KB049595

왜 동거밖에 팔지 않는 것입니까?

왜 동검밖에

WHY DO YOU

팔지 않는

ONLY SELL

에프 지음
천선필 옮김

것입니까?

COPPER SWORDS?

소미미디어
Somy Media

목차

예를 들어 마을의 한 곳밖에 없는 '그 상점'에 들어갔다고 하자.

그러면 가게 주인이 하는 말은 항상 똑같다.

"여기는 무기 상점이야. 무슨 용건으로 왔나?"

나는 계속 의문을 품고 있었다.

어째서 모험을 떠난 뒤에 처음 들르는 마을에서 파는 제일 좋은 무기가 《동검》인지.

어째서 어디를 가나 아이템을 파는 가격과 사는 가격이 똑같은 건지.

어째서 몬스터를 쓰러뜨리면 돈을 얻을 수 있는 건지.

어째서 여전히 《용사》들이 죽을지도 모르는 곳으로 떠나야 하는 건지.

지난 250년 동안 세계 각지에서 용사가 나타났고, 마왕도 세 번이나 쓰러트렸지만 그때마다 곧바로 새로운 마왕이 나타났기에 평화는 여전히 아직이었다.

내가 살고 있는 성 아랫마을, 파라그라는 거의 매해 용사를 배출한다.

용사는 토벌의 핵심이다. 표적은 해마다 다르다. 가장 마지막 표적은 언제나 마왕이지만, 거기까지 도달하기도 전에 거의 모든 토벌대가 전멸한다. 지금까지 살아 돌아온 용사는 없다.

빈번하게 개최되는 출진 퍼레이드와 위령제 때문에 질색하고 있자니 올해의 용사는 내 남동생이라고 한다.

용사가 살아 돌아올 확률은 0이다. 동생이 죽게 내버려 둘 수는 없다.

견습 상인인 내가 할 수 있는 일이라고는 여행 준비를 갖춰 주는 것 정도뿐이다.

동생을 위해서 무기와 방어구라도 강하고 좋은 것으로 마련해 주고 싶었다. ……그런데 말이지.

어째서 이 마을의 무기 상점에는 가장 좋은 무기가 《동검》인 거지?

《드래곤 킬러》나 《버스터드 블레이드》는 왜 가게에서 안 파는 거야?

등급이 높은 무기나 방어구는 매우 비싼 가격에 팔릴 것이다.

그런데 어째서 강한 장비를 팔지 않는 거지?

애초에 나라에서 자신들이 처리 못 할 골치 아픈 사명을 용사 일행에게 떠맡기는 거면서 어째서 그들에게 처음부터 강한 장비를 지급하지 않는 거지?

이 세계는 매우 부조리하다. 그건 나도 잘 아는 사실이지만, 그것에 굴복해서 동생을 잃는 건 싫다.

그래서 나는 여행을 떠나기로 했다.

……세계의 수수께끼를 풀기 위해서.

WHY DO YOU
ONLY SELL
COPPER SWORDS?

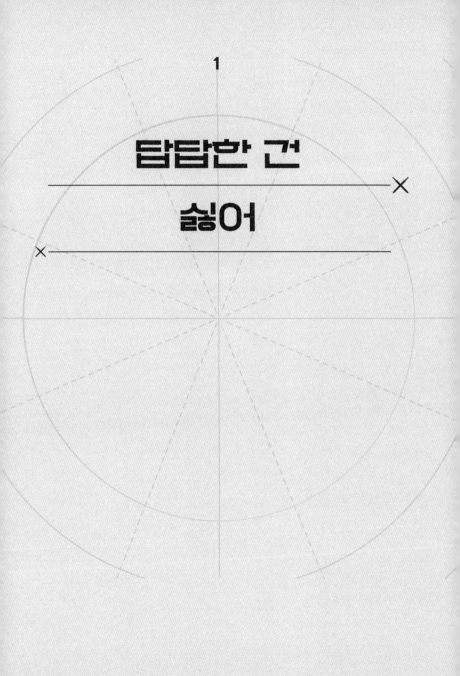

1

답답한 건
싫어

내 이름은 마루.

성은 없다. 본래의 성은 부모였던 인간이 쓰던 것이고, 이제 필요가 없어졌기에 버렸다. 지금은 그냥 견습 상인 마루다. 과거와 결별한 지도 이미 10년이 넘었다. 그 이후로 인생의 절반은 그냥 마루로 살아왔다.

두 살 어린 남동생의 이름은 바츠다. 이 녀석도 나와 마찬가지로 성을 버렸다.

형제가 마루(O)와 바츠(X). 정말 단순하다.

이곳 파라그라는 북동쪽 고지대에 왕성이 있는 성 아랫마을이다.

10년 전, 동생과 함께 길바닥에 나앉았을 때 도제라는 명목으로 들어가게 된 곳이 지금 내 일터인 무기 상점이다.

　무기 상점의 주인은 이웃 가게인 도구 상점의 주인도 겸하고 있고, 이 마을에서 유일한 가게이기에 매출도 안정적이다. 좀 더 욕심을 내도 될 것 같은데, 견실함을 중시하는 점주님은 그런 쪽에는 흥미를 보이지 않았고, 매상을 올리는 일에 의욕도 별로 없어서 그런지 상품은 수수한 것들뿐이다.

　물론 내 상사이기도 한 그 점주님이 그렇게 얌전한 성격이었기에 나와 동생이 얹혀살 수 있게 된 것이기도 하다. 하지만 어렸을 때부터 무술 솜씨가 뛰어났던 동생 바츠는 금방 마을 변두리 도장에 제자로 들어가서 살게 되었고, 나는 열두 살 때부터 가게를 돕기 시작해서 8년이 지난 지금은 견습이기는 하지만 실력이 좋은 종업원이 되었다.

　"……아. 점주님, 안녕하세요."

　장사꾼의 아침은 이르다. 평소처럼 일찍 일어나서 가게 청소를 마친 나는 위층에서 느긋하게 내려온 점주님에게 인사했다.

　"좋은 아침이야, 마루. 그런데 꽤 일찍 일어났구나. 오늘은《선정의 날》이니까 가게 문은 오후에 열 거라고 말했을 텐데."

　"뭐, 배달할 것도 있어서요.《선정의 날》이니까 오전에는 다들 집에 있을 것 같거든요."

　주문 전표를 확인하며 가게의 선반에서 무기 부속품과 소모품을 챙기기 시작했다. 배달은 내일 해도 되지만, 이왕 이야기가 나왔으니 빨리 해 버리는 게 나을 것 같다.

한동안은 손님이 오지 않을 거라는 사실로 인해 안심해서 그런지, 나는 검이 잔뜩 들어 있는 무기 상자의 먼지를 털어 내며 무심코 조용히 중얼거려 버렸다.

"어째서 《동검》인 걸까요."

"……응?"

내가 중얼거린 소리를 듣고 점주님이 안경 너머로 나를 보았다.

"상품 말이에요. 우리 가게에서 모험가들에게 파는 상품이요."

점주님은 무슨 뜻인지 이해하지 못한 듯 고개를 살짝 갸웃거렸다. 나는 옆에 놓여 있던 막대기를 손가락으로 가리켰다.

"우선, 《떡갈나무 막대기》."

"아, 가벼워서 누구나 다룰 수 있지."

나는 고개를 끄덕인 점주님을 보며 그 옆에 있는 두꺼운 막대기를 가리켰다.

"그다음으로는 《곤봉》."

"그래. 다루기 편하고 위력도 그럭저럭 강하지."

나는 상자 안에서 희미하게 빛나는 검을 들어 올렸다.

"그리고 《동검》."

"모험자라면 그 정도 장비는 구비해야겠지."

우리 주력 상품이야, 점주님이 그렇게 자랑하는 듯이 대답했다. 나는 어깨를 으쓱이며 검을 다시 상자에 넣었다.

"그럼 여쭙겠는데요.《드래곤 킬러》는요?"

그 단어를 들은 순간, 점주님이 작은 눈을 크게 키웠다. 나는 아랑곳하지 않고 계속 말했다.

"《버스터드 블레이드》는요?"

"자, 잠깐만 기다리거라, 마루. 무슨 소릴 하는 거야? 갑자기 왜 그러는데?"

나는 눈에 띄게 초조한 표정을 짓는 점주님에게 덧붙여 말했다.

"점주님, 이웃 마을 무기 상점에서는 《사슬낫》을 판다는데요."

"그래, 그런 이야기를 듣긴 했지."

나는 무심코 소리쳤다.

"그러니까! 우리 가게에도 강한 무기를 들여오면 되잖아요. 이 근처에 있는《슬라임》따위는 한방에 질척질척, 산산조각 낼 수 있는 걸로요!"

그렇다. 실은 계속 그 말을 하고 싶었다. 수요는 분명히 있을 거고 굳이 동검만 들여올 필요는 없을 텐데.

그러자 점주님이 카운터 너머에서 손을 뻗어 내 어깨를 툭툭 두드렸다.

"마루, 진정하거라. 슬라임은 원래 질척질척하고, 산산조각 내면 불쌍하잖니."

……아니, 지금 문제는 그게 아닌데.

불만을 품은 내 얼굴을 들여다보며 점주님이 타이르는 듯이 말했다.

"마루, 너도 견습 상인이니 좀 냉정하게 생각해라. 이곳 파라 그라는 용사가 여행을 떠나는 최초의 마을 중 한 곳이야. 주변에 서식하는 마물도 그리 강하지 않고, 쓰러뜨려 봤자 돈도 얼마 주지 않아. 드래곤 킬러나 버스터드 블레이드처럼 비싼 무기를 살 재력을 이곳 출신 용사나 모험자가 갖추고 있을 리가 없잖니?"

말투는 부드럽지만, 또 논점이 엇나갔다. 나는 바로 반박했다.

"그런 부분도 이상하죠. 용사는 나라에서 뒤를 봐주는 거 아니에요? 마왕을 쓰러뜨리고 오라며 항상 떠들썩하게 배웅해 주잖아요."

"당연히 그렇지. 용사가 토벌을 떠날 때는 나라 전체가 나서서 배웅해 줘야만 해."

점주님이 맞장구를 쳤다. 하지만 내 마음은 가라앉지 않았다.

"그럼 어째서 처음부터 용사에게 강한 무기나 방어구를 주지 않는 거죠?"

"높은 사람들에게도 분명히 깊은 생각이 있을 거야. 국왕 폐하께서는 사려 깊은 분이시니."

점주님은 그림으로 그려 놓은 것처럼 착한 사람이지만, 지나친 선량함과 어리석음은 종이 한 장 차이인 것이다.

나는 짜증을 내며 내 생각을 쏟아 냈다.

"점주님, 제 제안은 이런 겁니다. 우선 각지에서 강한 무기나 방어구를 독자적으로 들여오는 거죠. 그리고 나라와 협상을 해서 용사 일행에게 초기 장비를 판매하는 독점 계약을 맺는 거예요."

그러면 우리 가게는 이곳 성 아랫마을에서 거의 해마다 배출되는 용사에게 비싼 무기나 방어구를 독점적으로 판매할 수 있다. 돈은 가난한 용사 대신 나라에서 내달라고 하면 된다.

하지만 점주님은 수상쩍다는 듯이 눈살을 찌푸렸다.

"강한 장비를 들여온다고? 그런 걸 어떻게 들여오지?"

"무슨 말씀이세요. 옆에 있는 도구 상점에서 《키메라의 날개》를 팔고 있으니 다른 마을에 가 본 적이 있는 사람을 찾아낸 다음에 그 녀석하고 같이 키메라의 날개를 써서 날아가면 금방이잖아요."

키메라의 날개는 예전에 가 본 적이 있는 곳으로 한순간에 이동할 수 있는 소비형 매직 아이템이다. 전이할 곳이나 조건에 제한이 있고 한 번 쓰면 사라져 버리지만, 일반적인 이동 시간이나 여비를 감안하면 꽤 저렴한 상품이라 할 수 있다.

점주님은 내 제안을 듣고 호들갑을 떠는 듯이 한숨을 쉬었다.

"알겠니? 마루. 너는 젊고 머리도 좋아. 솔직히 말해서 상인으로서의 재능을 따지면 나보다 훨씬 낫겠지. 하지만 말이다, 상인은 야심을 숨기는 법도 배워야 한단다. 그렇게 표독스러운 말만 하다가는 주위 사람들이 경계할 테고 쓸데없이 적도 만들게 돼."

······아, 이 흐름은 알고 있는데.

나는 과거의 경험을 살려 배달할 짐을 서둘러 꾸렸다.

점주님은 자기 말에 취해 계속 이야기를 늘어놓고 있다. 예전에 몇 번이나 반복한 말이기에 끊임없이 계속 흘러나왔다.

"……멀리 동쪽에 있는 쟈폰이라는 나라에는 어렸을 적에 '얼간이'라 불리며 힘을 길렀던 노부나가라는 남자가……."

시작했네. 지금부터 인간인데도 마왕이라는 별명이 붙게 된 노부나가의 대모험이 펼쳐질 것이다.

"아~ 네, 네. 배달 다녀오겠습니다!"

"이봐, 이봐, 마루, 잠깐만 기다려!"

대충 이야기를 마치고 가게 밖으로 나서는 내 뒤로 점주님의 목소리가 날아들었다.

나는 배달하러 가면서 약간 반성하고 있었다. 지난 세월 장사를 하는 동안 계속 생각하던 것이긴 했지만, 굳이 이번에 말할 필요는 없었다.

우리 점주님은 무사안일주의. 같은 업계 사람들과의 협조를 중시하고, 새로운 일을 벌이는 데 소극적이다. 좋은 사람임에 틀림없고, 존경도 하고 있다. 의지할 곳 없는 우리 형제를 거두어 주기도 했고, 다른 주민들도 잘 따른다. 하지만 장사를 하기에 적합하지 않은 성격인 것 같다는 생각이 들 때가 있다.

아니, 우리 점주님뿐만이 아니다. 요즘 나는 이 마을의 상인들에 대해 의문이 드는 경우가 늘어났다. 예를 들어 옆집 도구 상점은 점주님의 친척이 경영하는 곳이라 실질적으로 같은 계열사이기에 이야기도 자주 나누고 업무 쪽으로 협력하는 관계다. 가게 앞에는 《약초》, 《해독초》, 《냄비 뚜껑》…… 그리고 키메라의 날개를 진열해 두고 판다. 그런데 참 이상하다. 어째서 팔기만 하는 걸까. 나라면 키메라의 날개를 써서 다른 마을로 간 다음, 새로운 아이템을 들여오기도 할 텐데.

현재, 키메라의 날개는 모험자들이 이동할 때 쓰는 아이템이다. 날개에 마력이 담겨 있어서 그것을 들어 올리고 예전에 자신이 가 본 적이 있는 도시나 마을을 떠올리며 정신을 집중하면 곧바로 전송되는 구조다. 모험자들에게는 필수품이라고 할 정도로 편리한 아이템이다.

참고로 키메라의 날개라는 건 상품의 이름일 뿐, 진짜 키메라를 재료로 만든 건 아니다. 마을 주변 초원에 사는 새 형태의 몬스터에게서 깃털을 뜯어낸 다음에 염색해서 마력을 담은 것이다. 이곳 성 아랫마을 주변 같은 경우에는 주로 《거대 까마귀》의 깃털을 재료를 사용한다.

대체 왜 그걸 사용해서 개인적으로 물건을 들여오는 상인이 나타나지 않는 건지 궁금하기 짝이 없다. 도구 상점 한 곳에서 가지고 있는 재고에도 한계가 있긴 하겠지만, 어느 정도 강한 장비를 열 개, 스무 개 정도 들여오는 건 충분히 가능할 텐데.

　도구 상점의 장사 방식 개선에 대해서도 내가 예전에 점주님에게 말한 적이 있다. 하지만 그때도 좀 전과 마찬가지로 노부나가 이야기가 나왔다.

　"호외요~! 호외!"

　그때, 앞쪽에서 크게 소리치는 남자가 보였다.

　마을의 중앙광장에 내걸리는 신문 제작 길드 쪽 사람일 것이다. 이날 이 시간대에 나오는 호외라면 어차피 용사 관련 소식이다. 어찌 됐든 오늘은 《선정의 날》이니까.

　그 남자의 목소리를 듣고 주민들이 신문이 내걸린 곳으로 모여들었다. 나도 다가가서 내용을 확인해 보니 '용사 쾌거!' '속보! 올해의 용사 결정'이라는 큼직한 제목이 보였다. 방금 게시된 신문 앞에서 사람들이 곧바로 떠들어 대기 시작했다.

　"이봐, 이거, 뭐라고 적혀 있는 거야? 나는 글자를 못 읽어서."

　"응~? 어디 보자…… 이웃 나라의 용사가 마물의 거점 한 군데를 괴멸시켰다는데!"

　"대단하네. 우리 쪽 용사도 이번엔 이 정도는 해 주려나?"

　"그래, 여기 적혀 있어. 하늘의 계시로 선택받은 용사는 검술 도장의 제자, 마을에서 가장 뛰어난 실력……이라는데! 이번에야 말로 틀림없을 거야! 반드시 마왕을 쓰러뜨려 줄 거라고!"

　"그렇다면 좋겠는데. 저번 용사는 중간에 당해 버렸으니까……."

새로운 용사가 나타나면 성 아랫마을의 주민들이 항상 이렇게 난리법석이다. 용사 같은 건 이 마을만 따져도 해마다 나타나는데, 용케 질리지 않는 것 같다.

세상에는 이곳 파라그라처럼 용사를 배출하는 도시나 나라가 여러 군데 있는 모양이다. 그런 모양이라고 추측하는 이유는 그러한 정보가 거의 공개되지 않기 때문이다. 아무튼, 이곳 파라그라가 용사의 배출 지역이라는 건 틀림없다.

각지에 대단한 예언자님이 있고, 하늘에서 계시를 받아 용사를 지명한다. 남자가 지명되는 경우가 많긴 하지만, 여자가 지명되는 경우가 전혀 없는 것도 아니다. 열여덟 살 이상의 나이 제한이 있다고 들었는데, 그것도 절대적인 법칙은 아닌지 예전에는 소년 용사도 있었고, 어린 소녀 용사도 있었다. 하지만 요즘은 여행을 떠날 때 자기가 모든 책임을 지겠다는 서류에 사인을 하는 과정을 반드시 거치게 되었기에 용사는 열여덟 살부터라는 암묵적인 규칙을 지키고 있다.

몇 번이나 말했지만, 이 마을만 따져도 거의 해마다 용사가 나타나고 있다. 아마 세계 전체로 따지면 수많은 용사가 양산되고 있을 것이다. 이렇게 인류는 거의 250년 동안 마왕을 쓰러뜨리는 일을 용사에게 맡기고 있지만, 아직 평화로워지진 못했다. 지난 시간 마왕을 세 번 쓰러뜨렸었지만, 쓰러뜨려도 곧바로 새로운 마왕이 나타나기 때문에 끝이 없는 것이다.

이제 딱히 드물지도 않은 '약간 특별한' 용사들이 전공을 세웠다거나, 마왕을 쓰러뜨리기 직전이라거나, 죽었다거나……. 그런 뉴스가 사람들의 몇 안 되는 오락이 되었고, 그럴 때마다 이렇게 신문이 내걸리게 되는 것이다.

"그래서, 올해 용사의 이름은 뭔데?"

"바츠, 라고 적혀 있네. 검호 바츠."

글자를 소리 내어 읽은 남자의 목소리를 듣고 나는 정신이 번쩍 들었다.

그것은 바로 동생의 이름이었다.

내 입으로 이런 말을 하는 건 좀 그렇지만, 나는 머리가 좋다.

어렸을 때 환경이 열악했던 것치고는 딱히 삐뚤어지지도 않고 열심히 자신을 갈고닦은 결과다. 애초에 피지컬 쪽이 약하기 때문에 그것을 보완하기 위해 멘탈 쪽을 단련했지만, 내가 나름대로 상식을 갖춘 어른이 된 것에는 동생인 바츠의 존재가 크게 작용했다.

"부탁할게, 바츠. 불경기를 해결해 줘."

"……나한테 그런 말을 해 봤자."

배달하러 간 도장에서 만나자마자 바람을 피력하는 나를 보고 바츠가 당황한 표정을 지었다.

"사치는 부리지 않을게. 우선 서쪽 끄트머리 영토를 마왕군으로부터 되찾아줘."

"그 정도면 충분히 사치인데……."

마왕군 중에서도 사천왕이라 불리는 간부급 거물 마족이 거점으로 삼고 있는 지역이다. 그곳은 자원이 풍부하고 금광산도 있지만, 수만 마리가 넘는 마물이 거점을 지키고 있어서 지금까지 아무도 공략하지 못했다.

"그리고, 남쪽 해역에 서식하고 있는 마물도 모조리 없애 줬으면 좋겠어."

그곳은 마물들이 바다에서 날뛰고 다녀서 어업에 지장이 크다고 들었다.

바츠는 내 말을 듣고 살짝 한숨을 쉬었다.

"그 해역은 암초투성이라서 배로는 공략할 수가 없어."

도장의 사범에게 배달을 마친 다음, 바츠와 잡담을 나누는 게 내 귀중한 휴식 시간이다. 동생인 바츠는 하늘의 계시로 인해 이번에 선택받은 용사다. 이 녀석의 실력을 감안하면 언젠가 용사로 선정될 거라 예상하긴 했다. 하늘의 계시는 마왕 토벌 적임자 선발 시스템이니 축적된 주민들의 데이터 중에서 바츠가 선발되는 일이 이상할 게 없다고 생각하긴 했다. 하지만 이렇게 빨리 소집될 거라 예상하지는 못했다.

왜 동검밖에 팔지 않는 것입니까 🗡

현실이 내 계산을 뛰어넘자 나는 살짝 짜증을 내며 바츠에게
물었다.

"용사는 민가에 불법 침입하거나 가구, 재산 같은 것들을 마구
뒤져도 된다면서?"

"그래. 각 나라와 연계해서 용사에게 그런 특권을 부여한 모양
이던데."

"그렇다면 모험이 끝나갈 때쯤에는 아이템을 정말 많이 가지
고 있겠지?"

"……그럴지도 모르겠네."

바츠가 어떤 이야기를 꺼내려는 건지 눈치를 보는 듯이 맞장
구를 치자 나는 "그렇지?"라고 하며 고개를 끄덕였다.

"그거, 모험이 끝나면 쓸 데도 없을 테니까 마왕을 쓰러뜨린
다음에 우리 무기 상점에 팔아 줘."

"……형, 진짜 돈 생각만 하는구나."

"네가 검 생각만 하는 거랑 마찬가지지."

내가 반사적으로 대답하자 바츠가 어깨를 살짝 으쓱였다.

"뭐, 전부 마왕을 쓰러뜨린 다음에 할 이야기지만."

"야, 야, 그건 제대로 해 주지 않으면 곤란하다고."

그러게, 바츠가 그렇게 대충 대답했다. 내 동생이지만, 도무지
이 녀석의 속내를 알 수가 없다.

나는 그런 바츠의 얼굴을 보다가 지저분해진 내 발끝을 내려

다보았다.

"……우리 가게, 제일 좋은 무기가 동검이거든. 미안해."

"갑자기 왜 그러는데."

"아니, 그 왜, 드래곤 킬러 같은 거…… 그런 게 있으면 좋잖
아?"

"그런 건 필요하게 되면 생각할 거야."

느긋한 바츠의 말투를 듣고 나는 큰 소리로 따졌다.

"죽은 다음에 필요했다는 걸 깨닫더라도 이미 늦은 거라고!"

"왜 갑자기 소리치는 건데……."

형은 원래 안 그랬잖아, 바츠는 그렇게 말하려는 듯이 눈을 약
간 크게 떴다.

나는 고개를 저었다. 알고 있긴 했지만, 막상 현실로 닥치니
가슴이 답답했다.

"나는 싫어. '용사 바츠는 용감하게 싸워 많은 전공을 세웠지
만, 마왕과 전투를 벌이다 처절한 죽음을 맞이했다. 그 고귀한 모
습은 모든 국민이 모범으로 삼아야 하며……'라고 뻔뻔하게 칭찬
하고, 네 몸 같은 건 거의 들어 있지도 않은 관짝에 어디 대단한
화가가 거창하게 그려낸 네 그림을 보면서 마을 사람들이 용사가
대단한 사람이었다느니, 우리를 위해 희생해 줬다면서 눈물을 흘
리는 모습을 보는 거."

응, 바츠는 그렇게 말하며 부드러운 미소를 지었다. ……왜 웃

는 거야? 네 이야기인데.

"나는 예전부터 그 빌어먹을 위령제를 정말 싫어했거든. 그 주역이 내 동생이라니, 말도 안 돼!"

"……응, 고마워."

"그러니까 네게는 처음부터 강한 무기를 말이지…… 《파멸의 프레일》 같은 거?"

"형, 그건 포기해."

바츠는 치트를 목표로 삼은 나를 어이없어하며 나무랐다.

부모가 없는 우리에게 서로가 얼마나 소중한 존재인지, 다른 사람들은 전혀 이해할 수 없다.

바츠는 다음 주에라도 여행을 떠날 것이다. 시간이 없다. 어떻게든 용사 바츠를 지원해 줄 수 없을까. 적어도 동검보다 강한 무기를 들여올 수만 있다면…… 하지만 그건 점주님이 용납하지 않는다.

내가 강한 힘을 지니고 있다면 함께 여행을 떠나겠지만, 이렇게 약한 실력으로는 발목만 잡게 될 테고…….

그렇게 생각하며 서둘러 가게로 돌아가고 있자니 뒤에서 남자들이 이야기를 나누는 소리가 들렸다.

"이봐, 그거 알아? 남쪽 항구 마을에서 '꽃'이 유행한다는데."

"꽃? 왜 그런 게 유행하는 건데?"

귀가 밝은 것은 상인의 재능이라 생각한다. 나는 귀를 기울였다.

"외국에서 수입해 온 꽃인 모양인데. 희귀한 종이라 비싸다는 소문이야. 꽃 장사로 한 밑천 잡은 녀석도 있다네. 그 왜, 항구 마을 녀석들은 돈이 많고 허세를 부리곤 하잖아?"

"아~ 그 녀석들이 유행에 사족을 못 쓰긴 하지."

"부자들은 자기 집 뜰에 그 꽃을 심는 걸로 재력을 과시하나 봐. 허영 경쟁이라는 거지."

호오, 이야기를 듣고 있던 쪽 남자가 그렇게 대답했다. 돈벌이 수단 같은 냄새가 났기에 나는 걷는 속도를 늦추며 확실하게 듣기로 했다.

"그리고, 안 그래도 비싼데 색이 희귀한 건 터무니없는 가격으로 팔린대."

……꽃에 터무니없는 가격이?

"그래서 일확천금을 노리고 그 꽃이나 알뿌리에 투자하는 녀석들이 늘어나고 있는 모양이야. 실제로 최근 몇 주 동안에 시세가 두 배, 세 배로 뛰었다는데."

"꽃에는 흥미가 없긴 한데, 큰돈을 벌 수 있다니 좀 신경 쓰이긴 하네."

미안, 바츠. 네 생각을 하고 있을 때가 아니게 되었어.

내게 재능이 넘쳐서 진짜 미안해.

"항구 마을이라……."

나는 그렇게 혼잣말을 했다. 기회에 민감한 것도 상인의 재능이다.

"점주님…… 저, 몸이 좀 안 좋은 것 같아서……."

내가 가게에 돌아오자마자 그런 이야기를 꺼내자 사람이 착한 점주님은 안절부절못했다.

"괘, 괜찮니?"

"네. 열이 나고, 목이 아프고, 두통이 심하고, 구역질도 나는 정도인데, 업무에는 지장 없어요."

"그거 큰일이구나! 오늘은 집에 가서 쉬렴. 나을 때까지 가게에 안 나와도 되니까."

나는 얌전히 점주님을 보았다.

"그럴 수는 없죠. 견습 상인인데 몸이 안 좋다고 쉴 수는……."

그러자 점주님은 타이르는 듯한 말투로 내게 말했다.

"알겠니? 마루. 상인에게 있어서 가장 중요한 건 신용이야. 몸이 안 좋은데 무리하다가 손님에게 폐를 끼치면 단번에 신용을 잃게 될 거다. 눈앞에 있는 것만 생각해선 안 돼. 무엇보다 네 몸이 걱정되는구나. 나을 때까지 집에서 쉬도록 하렴."

나는 침통한 표정으로 고개를 끄덕였다.

"그렇게까지 말씀하시니…… 아쉽지만 완치될 때까지 쉬겠습니다."

"그래, 혹시 독에 걸렸을지도 모르지. 만에 하나를 대비해 교회에 가서 승려에게 봐 달라고 하렴. 돈을 좀 줄 테니 신경 쓰지 말고 쓰도록 해."

점주님이 카운터 아래에 있던 작은 상자에서 돈이 들어 있는 주머니를 내게 건넸다. 작은 주머니인데도 꽤 묵직했다.

"이, 이렇게 많이 주셔도 되는 건가요?"

"상인은 몸이 자본이야. 몸에 돈을 들이는 것도 투자라고. 아, 잘 때는 몸을 따뜻하게 하고 벌꿀과 레몬을……."

"아, 네, 그럼 고생하시고요."

나는 점주님이 하는 말을 끝까지 듣지 않고 고개를 숙여 인사를 한 다음 가게를 나섰다.

"이봐, 이봐, 기다려!"

거짓말을 잘하는 것도 장사의 재능인 것 같다.

점주님, 저는 내일 항구 마을에 갈 거예요. 죄송합니다.

항구 마을까지는 성 아랫마을에서 걸어서 한나절도 안 걸린다.

중간에 마물이 나타나기도 하지만, 동검만 있으면 나 정도 실력으로도 어지간한 녀석들은 쓰러뜨릴 수 있다.

"그래…… 너 말고는 말이지."

지금 내 눈앞에 있는 《세뿔 토끼》라는 마물은 지정 보호 몬스터다. 멸종 위기종이기에 나라의 법률로 사냥을 금지하고 있다. 하지만 이 녀석은 날카로운 뿔을 가지고 있고, 적극적이진 않더라도 인간을 습격하는 경우가 있다. 마주치면 골치 아픈 녀석이다.

"야, 나는 저쪽으로 도망칠 거니까 쫓아오지 마라. 쉿! 쉿!"

지정 보호 몬스터 때문에 목숨을 잃는 신출내기 모험자도 드물지 않다. 도망쳐 다니다가 협공당하거나 길을 잃고 절벽에서 떨어지거나 해서.

……정말. 마물 같은 건 멸종시켜도 되잖아. 이런 법률이 있는 것 자체가 나는 이해할 수 없다. 애초에 용사는 마물들의 보스인 마왕을 쓰러뜨리러 가는 건데. 이 나라는 마물 보호 단체가 그렇게 무섭나?

이해가 안 되는 건 또 있다.

"으랏!"

나는 길 한복판에서 꿈틀대며 움직이는 물체를 향해 검을 휘둘렀다.

"꿰에엑!!"

"우와, 슬라임 단말마, 기분 나쁘네……."

눈살을 찌푸리며 질척질척한 슬라임 몸속을 헤집자 끈적끈적한 2골드가 나왔다. 이해가 안 되는 건 이거다.

이 《골드》라는 건 전 세계의 공통 화폐인데, 왠지 모르겠지만 마물을 쓰러뜨리면 이런 게 몸에서 나온다. 게다가 《슬라임》이라면 반드시 2골드, 《거대 까마귀》라면 반드시 3골드, 이렇게 쓰러뜨리는 마물에 따라 액수가 정해져 있다.

이 골드는 아무리 봐도 자연에서 생겨난 물건이 아니고, 생김새가 완전한 원형에 무늬까지 새겨져 있다. 그리고 개별적인 품질도 전혀 차이가 없다. 지금 시점에서는 인간의 기술로 가짜를 만드는 건 힘들고, 장소에 상관없이 반드시 마물로부터 얻을 수 있기에 전 세계에서 화폐로 쓰이게 된…… 모양이다. 이런 이야기는 떠들어 대기 좋아하는 점주님에게 들었다.

그런데 어째서 마물로부터 돈을 얻을 수 있는 걸까. 그 시스템은 전혀 해명되지 않았다. 마물의 두목인 마왕의 멱살을 잡고 실토하게 만드는 것 말고는 진실을 알 수 있는 방법이 없을지도 모르겠다.

"에잇!"

공중에 떠 있던 거대 까마귀에게 동검을 찔러 넣었다.

"까악!!"

"아, 깃털은 뜯어야지. 키메라의 날개 재료로 써먹을 수 있으니까……."

나는 찢어발긴 까마귀의 몸에서 3골드를 꺼내면서 하는 김에 긴 꽁지깃을 통째로 뽑아냈다.

그렇다, 이해가 안 되는 건 아직 남았다. 상인이 파는 아이템 중 모험자용 지정 아이템만은 각 나라에서 연계하여 시세를 정해 두었다. 예를 들어 키메라의 날개 가격은 1개에 25골드, 상인에게 팔 때는 18골드. 약초는 8골드, 상인에게 팔 때는 6골드.

그리고 이 동검은 100골드, 상인에게 팔 때는 75골드.

어떤 나라에서 사고팔더라도 모험자용 아이템의 시세는 똑같다. 경기나 국력의 차이와는 상관이 없다. 그로 인해 시세가 요동치는 것을 억제하여 모험자의 여행을 원활하게 만든다 어쩐다…… 일단 그런 이유를 둘러대고 있긴 하다. 하지만 이런 가격 규제는 견습 무기 상점 주인으로서 전혀 마음에 들지 않는다. 좀 자유롭게 장사를 하게 해 달라고!

"이런. 슬라임 무리다!"

가장 약한 몬스터라는 슬라임도 무리 지어 달려들면 꽤 상대하기 힘들다. 나처럼 체력에 자신이 없는 타입이라면 더더욱 그렇다.

앞쪽 길을 막은 슬라임 무리를 보고 나는 재빨리 오른쪽으로 빠졌다.

작은 나무숲을 빠져나간 우회로까지 와서 아무것도 쫓아오지 않는다는 걸 확인한 다음에 멈춰 섰다. 다시 걸어가면서 계속 생각했다.

이 세계의 규칙 중에 이해가 안 되는 건 더 있다.

예를 들어 이 동검. 모험자용 아이템은 가격뿐만이 아니라 품질조차 나라에서 정해 두었다. 다시 말해 '매우 잘 베이는 동검'은 절대로 만들 수 없다. 높으신 분이 정한 품질 기준에서 벗어났기 때문이다. 가격 경쟁뿐만이 아니라 품질 향상이나 창의력을 이용한 경쟁조차 불가능하다.

게다가 그러한 모험자용 아이템의 가격이나 품질은 《상인 길드》가 항상 감시하고 있다고 한다. 규칙을 어기면 길드에서 제명당하고, 정상적인 루트로 장사를 할 수 없게 된다.

그래서 모험자용 아이템의 규제를 무시하는 상인은 거의 없다. '평범한 동검'을 그냥 100골드에 팔 수밖에 없는 것이다.

한편, 식품, 음료나 의류, 생활필수품 같은 것은 기본적으로 나라에서 배급해 준다. 그렇기 때문에 그런 것들을 취급하는 가게는 거의 없다. 소매점으로 장사를 할 수 있는 건 무기 상점이나 방어구 상점, 도구 상점 같은 모험자용 아이템을 취급하는 업종뿐이다. 가끔 그런 가게에서 부업으로 생활필수품을 소량으로 판매하는 경우도 있지만, 그리 일반적이진 않다. 그렇기 때문에 모험자용 아이템에 특화된 상인 길드가 절대적인 힘을 지니고 있다…… 점주님에게 그런 이야기를 들었다.

공적 배급의 양에는 지역마다 차이가 있지만, 내가 살고 있는 파라그라는 성 아랫마을이기에 꽤 풍족한 편일 것이다. 하지만 최근 몇 년 동안은 파라그라에서도 배급이 줄어서 주민들이 서서히 가난해지고 있다.

참고로 나라에서 배급하는 의류 디자인은 몇 가지 패턴밖에 없기에 주민들의 복장은 거기서 거기다. 멀리서 보면 너무 개성이 없어서 똑같은 사람들로 보일 것이다.

그때, 갑자기 눈앞이 트였다. 숲을 빠져나온 것이다.

맑고 푸른 하늘과 하얀 구름, 그리고 햇빛을 반사하며 빛나는 진한 감색…….

"오~ 바다다!"

그 앞쪽에는 기와지붕이 얹힌 집들이 보였고, 안쪽으로 파고든 만 안에는 배 여러 척이 정박해 있었다.

희귀한 꽃이 거래되고 있다는 칸마 마을에 도착한 것이다.

WHY DO YOU
ONLY SELL
COPPER SWORDS?

가상의 꽃

태어나서 처음으로 온 항구 마을 칸마는 좋게 말하면 활기가 넘치고, 나쁘게 말하면 사람이 많아서 시끄러운 곳이었다.

경기는 좋은 것 같지만, 날마다 이런 느낌이라면 솔직히 여기 살긴 싫다. 그런데 마을로 들어가 보니 곧바로 노점상이 좌우에 늘어서 있고, 그것이 항구 쪽까지 이어져 있었다. 팔기 위해 가게 앞에 진열해 둔 상품도 파라그라에서는 본 적도 없을 정도로 신기한 것들뿐이었다. 그런 점만은 견습 상인으로서 솔직히 부럽다. 좋겠네, 배로 무역할 수 있다는 거 말이야.

용사 일행을 위해서라며 각 나라에서 막대한 비용을 들여 도로를 정비하고 있다.

상인들은 그 도로를 이용해서 짐수레로 무역을 하지만, 어디까지나 용사들이 걸어서 여행하기 위해 만든 길이기 때문에 도로

의 폭이나 경사가 대형 짐수레의 통행에 적합하진 않다. 그래서 육로 무역은 소규모에 불과하고, 대규모 무역을 하려면 해로로 진행하는 게 합리적이다.

……음, 우선 정보부터 수집할까.

나는 눈앞에 있는 무기 상점에 들르기로 했다. 다른 노점보다 약간 크고 칸막이로 나뉘기만 한 그 가게는 일반적인 무기 상점과는 약간 다른 느낌이지만, 갖춰진 상품들은 부족함이 없어 보였다. 나는 우선, 대면식 카운터 안쪽에 있던 남자에게 말을 걸었다.

"저기, 가게 분. 거기 있는 검 좀 보여 줘."

"그래, 멋대로 보라고…… 아니, 당신, 허리에 차고 있는 그거, 동검 아니야?"

가게 주인으로 보이는 젊은 남자가 그렇게 캐묻자 나는 한순간 말문이 막혔다.

"어?! 아, 저기…… 그렇지, 여기서 동쪽 멀리 있는 쟈폰이라는 나라에는 예전에 미야모 토무 사시라는 전설의 소드 마스터가 있었는데, 그는 검을 두 손에 하나씩 들고 다녔다고 하거든. 아, '이도류'라고 하는데 나도 그걸 따라 해 볼까 해서……."

"호오, '이도류'? 진짜로? 검을 두 자루나 써서 싸운다고?"

맞아, 맞아, 내가 그렇게 대답하자 남자가 휘파람을 살짝 불었다.

"쿨한데! 그게 유행하면 검의 소비량이 늘 것 같아."

우리 점주님의 따분한 이야기도 가끔은 도움이 되는 것 같다. 나는 적당히 둘러대며 남자에게 진짜 목적인 질문을 던졌다.

"그런데 말이야, 이 항구 마을에서 꽃이 유행한다는 이야기를 들었는데, 뭐 아는 거 없어?"

"꽃? 아,《튤립》말이지?"

곧바로 정보를 얻었다.

"튤립이라고 하는구나! 실은 나도 상인인데, 정말 꽃 같은 걸로 돈을 벌 수 있어? 수상쩍은 것 같은데."

"부자 녀석들이 팍팍 사들이고 있거든. 시세는 한동안 계속 오를 거야. 만약에 신경 쓰이면 지금은 남쪽 광장에 시장이 열렸으니 가 보지 그래?"

남쪽 광장이라. 나는 그 말을 입 속으로 되풀이하며 옆쪽 바구니에 담겨 있던 붉은 사과 더미에서 사과를 하나 집었다.

"그럴게. 고마워. 아, 그럼 이 사과 하나 줘."

"고마워!"

나는 팁 대신 약간의 골드를 받은 그 남자에게 얼굴을 가져다 대고 속삭였다.

"……이 가게, 드래곤 킬러 같은 건 없어?"

"드, 드래곤 킬러?! 이봐, 이봐, 무슨 소릴 하는 거야! 아무리 이 마을의 무역이 활성화되었다고 해도 그런 검을 가게에 가져다 두면 상인 길드에게 찍혀 버리잖아?"

……어?

"상인 길드에게 찍힌다고? 어째서?"

내가 멍하니 있자니 가게 주인이 한쪽 눈썹을 치켜올렸다.

"응? 뭐야, 당신, 상인이라 해도 견습인가?"

"……뭐, 그렇긴 한데."

"그럼 너희 가게 주인에게 가르쳐 달라고 해. 다른 곳 견습에게 쓸데없는 말을 하면 안 되니까. 자, 얼른 가라고."

퉁명스럽게 내치는 가게 주인의 태도에 나는 어쩔 수 없이 가게 밖으로 나왔다.

무기나 모험 아이템의 가격과 품질을 나라에서 엄격하게 관리하고 있다는 건 나도 잘 알고 있다. 하지만 판매 지역을 상인 길드가 관리하고 있다니, 게다가 그 이유조차 숨기고 있다니, 처음 듣는 이야기다.

하지만 지금 내가 알고 싶은 건 그게 아니다.

◈ ◈ ◈

"300골드!"

"500골드!"

"600!"

"네, 현재 600골드! 없나? 더 없어?!"

"650!"

"650 나왔다! 650골드 이상은 없나?!"

남쪽 광장은 이상한 열기에 휩싸여 있었다.

경매 때문에 사람들이 많이 모였기 때문만은 아니다. 다들 눈빛이 다르다. 마치 경매에 나온 꽃의 색처럼.

돈벌이는 본질적으로 불건전한 것 같다. 오늘은 날씨가 정말 좋은데, 이 광장만은 끈적한 분위기로 가득 차 있다.

사실 이런 유행은 내가 아는 것만으로도 예전에 몇 번이나 있었다. 모험자용 아이템의 가격, 품질 경쟁은 사실상 금지되어 있으니 이런 '규제되지 않는 아이템'으로 한 밑천 잡으려는 상인이 항상 있기 마련이다. 설마 이번처럼 그 대상이 꽃일 줄은 몰랐지만.

"650골드로 바아보오 상회가 낙찰받았다!"

경매 진행자의 목소리가 울려 퍼졌다. 나는 멍해졌다.

……저런 꽃이 650골드! 저 돈이면 동검을 여섯 자루나 살 수 있는데. 제정신인가?

광장을 둘러싸는 듯이 만들어진 화단에 튤립이라는 꽃이 잔뜩 심어져 있다. 하지만 그것은 생각보다 수수한 꽃이었다. 색이 다양하긴 하지만, 수집가가 사족을 못 쓸 정도로 희귀한 식물 같지는 않았다.

하지만 참가자들은 아무도 그런 걸 신경 쓰지 않는 듯한 기색으로 광장의 화단을 둘러보고 있었다.

"알뿌리~~~! 튤립 알뿌리 어떠세요~?"

노래하는 것처럼 소리치고 있는 사람은 알뿌리 장수일까.

"무슨 색 꽃이 피어날지 모르는 튤립 알뿌리~~!"

"저기, 알뿌리를 사고 싶은데, 살 수 있어?"

말을 걸어보자 그 여자 알뿌리 장수가 고개를 저었다.

"실물은 여기 없어~. 지금 할 수 있는 건 사전 구입 수속뿐이야~."

"어? 당신, 알뿌리를 파는 거 아니었어?"

그러자 여자가 고개를 끄덕이고는 약간 떨어진 곳을 턱으로 가리켰다.

"저기 화단에 심어져 있는 튤립 있지~? 나는 저 튤립에서 나중에 채집할 예정인 알뿌리의 권리서를 팔고 있어~. 다시 말해, 다음 시즌 알뿌리지~."

……그렇구나. 권리를 대리 판매하고 있는 건가?

"참고로 그 권리서는 한 장에 얼마야?"

"전부 300골드야~!"

"비싸! 알뿌리 하나잖아?!"

폭리다. 무심코 소리친 나를 보고 알뿌리 장수가 천천히 광장 구석의 게시판을 가리켰다.

"저기 튤립 시세표가 있으니까 보라고~. 우리는 시세대로 팔아~."

급하게 표를 확인해 보니 더욱 터무니없는 사실을 알 수 있었다.

……이 시세표가 사실이라면 튤립의 시세는 최근 1주일 동안 약 두 배가 올랐다.

그뿐만이 아니라 최근 한 달 동안에는 약 11배. 이렇게 말도 안 될 정도로 오를 수가 있나?

그러자 내 옆에서 척 보기에도 부자 같은 차림새인 중년 남자 두 명이 주위 사람들에게 들으라는 듯이 이야기를 나누기 시작했다.

"저희 집 정원을 드디어 전부 튤립으로 가득 채웠습니다. 아, 정말 아름다운 꽃이에요."

"우리 집도 전부 튤립으로 가득 채웠지. 신기한 푸른색 튤립도 들여왔고."

그러자 다른 한쪽 부자가 슬쩍 웃었다.

"아직 단색 튤립을 보고 기뻐하시는지? 저희 집 정원에 피어난 혼색 튤립이야말로 고귀하지요. 가격도 정말 비싸고요."

허무한 허영 배틀이다. 게다가 이렇게 엄청 비싼 꽃을 정원에 가득 채웠다고? 거짓말이지?

나는 고개를 갸웃거리면서 좀 전에 이야기를 나누었던 알뿌리 장수에게 돌아갔다.

"있지, 튤립이 왜 이렇게 비싸진 거야?"

애초에 이해가 안 된다. 그러자 여자가 방긋방긋 웃으며 대답했다.

"그건 튤립이 아름답고~ 외국에서 수입해 오는 희귀한 꽃이고~ 부자들 사이에서 트렌드가 되었기 때문이야~."

"부자 녀석들의 수요만으로 이렇게 가격이 오른다고?"

"그리고, 서민들도 튤립을 사는 경우가 많아~."

돈에 여유가 없을 것 같은 서민도 튤립을 산다고? 더더욱 이유를 알 수가 없다.

"서민이 뜰에 튤립을 한두 송이 심는다고 무슨 의미가 있는데?"

내가 그렇게 묻자 알뿌리 장수가 집게손가락을 펴 들고는 쯧쯧쯧, 소리를 내며 좌우로 흔들었다.

"농, 농. 뜰에 심어서 바라보려는 목적이 아니라 돈을 벌려는 목적이지~. 튤립 가격은 계속 오를 테니까~. 알뿌리도 좋고~. 나도 자세한 건 잘 모르겠지만~ 예를 들어 붉은 튤립 알뿌리에서 다른 색 튤립이 피는 경우도 있어~. 신기한 색 꽃이 피면 엄청 많이 벌 수 있고~. 너도 해 보지 그래~? 알뿌리 하나에 300골드~!"

그게 단골 영업 멘트인 건지, 알뿌리 장수가 신기한 리듬으로 단숨에 떠들어 댔다.

"음…… 300골드는 좀…….."

내가 미심쩍어하자 여자가 곧바로 추가로 조건을 내걸었다.

"전부 지불하지 않아도 돼~. 선금을 조금 내주기만 하면, 잔금은 나중에 지불해도 되니까~."

"어? 나중에 지불해도 된다고?"

"응~. 이 어음에 사인해 주기만 하면 돼~. 지금 돈이 별로 없어도~. 튤립은 가격이 계속 오를 테니까~ 나중에 튤립을 팔면 전액 지불할 수 있을 거야~."

어음 거래라, 지불을 미룰 수 있긴 하지만…….

"다들 그렇게 선금만으로 튤립을 사는 거야?"

"사람들마다 다르긴 한데~ 역시 자금이 부족한 서민들은 후불로 사지~. 뭐, 상인이나 부자들 중에도 그런 사람이 있긴 하지만~."

"그래도 만약에 튤립의 가격이 오르지 않으면 당신은 대금을 회수할 수가 없잖아?"

그러자 여자가 "괜찮아~"라며 느긋한 목소리로 해설을 덧붙였다.

"나는 그냥 판매 대행이니까~ 팔린 알뿌리 숫자에 맞게 점주에게 수수료를 받을 뿐이니까~. 그래도 튤립은 가격이 계속 오를 테니까, 어음이 부도날 걱정은 할 필요가 없겠지만 말이지~. 어때~? 알뿌리 하나에 300골드~~."

곧바로 영업을 시작한 알뿌리 장수의 눈을 빤히 보며 나는 이렇게 물었다.

"그래서, 당신은 튤립을 샀어?"

그러자 여자의 시선이 좌우로 이리저리 움직였다.

"……나? 무, 물론 잔뜩 샀지~! 도, 돈도 많이 벌었고~!"

"그렇구나! 이것저것 가르쳐 줘서 고마워! 튤립 알뿌리를 살때는 이 가게에서 살게! 그럼!"

싹싹하게 손을 흔들며 광장을 떠난 나는 한 가지를 확신하고 있었다.

……거짓말이다.

저 여자 알뿌리 장수는 튤립 같은 건 사지 않았다. 애초에 꽃이나 알뿌리의 가격이 계속해서 오를 거라 진심으로 믿고 있다면 권리 대리 판매처럼 이익이 별로 안 나는 장사를 할 리가 없다.

잘 살펴보니 이 광장에는 위험 부담을 떠안은 상인이 별로 없는데. 그들이 하고 있는 건 튤립의 대리 판매나 거래 중개, 시세 예상, 투자 권유, 감정, 선전…… 봐, 재고가 없는 장사뿐이잖아.

그런 것들이 나타내는 사실은 한 가지. 이 시세는 금방 터져서 사라질 '거품(버블)'이다. 거품 시세라는 걸 알고 있기 때문에 현명한 상인은 재고를 떠안지 않는다. 위험 부담을 다른 사람에게 떠넘기고 자기들은 이 시세를 이용해서 착실하게 이익을 챙기고 있다.

……젠장, 뭐 이런 녀석들이 있어! 나도 좀 끼워 달라고!

◈ ◈ ◈ ◈

"알뿌리~ 무슨 색 꽃이 필지 모르는 일확천금의 알뿌리~."

호객 행위를 보고 멈춰 서는 사람이 많다. ……그건 그렇고 알뿌리가 잘 팔리네.

나는 지갑에 넣어 둔 돈을 바라보았다. 성 아랫마을에서 열심히 모은 2,000골드와 점주님에게 받은 교회 치료비용 500골드, 다 합치면 2,500골드인가?

이 돈을 다 털어도 1개에 300골드인 튤립 알뿌리는 몇 개밖에 못 산다. 그러면 만약에 가격이 오르더라도 용돈벌이 정도밖에 안 되잖아.

"고마워~. 다음 시즌을 기대해~."

거래를 마친 알뿌리 장수가 방긋방긋 웃으며 손님을 배웅하고 있다.

하지만 내가 보기에 튤립 시세는 지금이 정점인 것 같다. 앞으로 가격이 오를 것에 베팅하는 건 별로 현명하지 못할 것 같고. 그렇다면 역시 나도 알뿌리 대리 판매를 시작해 봐야 하려나? 광고나 권유도 상관없고. 일단 재고를 떠안지 않아도 되는 장사다. 박리라 해도 그런 것들은 차근차근 벌 수 있을지도 모르고……. 하지만 외부인인 내가 지금부터 파고들어서 돈을 벌 수 있을까?

"후불이지~? 그럼 이 어음에 사인해~. 선금은 30골드야~."

저 남자 손님도 알뿌리를 산 모양이다. 차림새를 보아하니 빈민이고, 나이는 나와 비슷한 정도인가?

아~ 어음 같은 것에 사인을 해 버리다니. 무슨 색 꽃이 피는지 알 수 있는 건 다음 시즌이고, 그 무렵에 튤립 시세가 어떻게 될지는 아무도 모르는데.

그때, 내 옆을 스쳐 간 소녀가 거래를 마친 젊은 남자 손님에게 달려갔다.

"오빠, 알뿌리 샀어?"

"그래, 이제 돈을 많이 벌 수 있을 기아!"

나이 차이가 많이 나는 남매인 것 같다. 오빠가 어음 거래 증서를 펼치자 어린 여동생이 들떴다.

"앗싸! 돈을 많이 벌면 엄마 병도 고칠 수 있겠지?"

"당연하지! 맛있는 음식도 살 수 있고, 밀린 집세도 전부 낼 수 있어!"

보아하니 가난한 남매가 얼마 안 되는 돈으로 꿈을 산 모양이었다.

"……기분 나쁜 걸 봤네."

나는 마음속으로 혀를 찼다. 이래서 가난뱅이는 싫다고.

튤립은 신기한 색일수록 비싸게 팔 수 있는 거 아닌가? 남매가 산 알뿌리 하나에서 그런 색 꽃이 필 확률이 어느 정도지? 그리고 생각대로 잘 풀리지 않았을 때 잔금인 270골드를 어떻게 지불할 생각일까.

돈벌이는 돈벌이지만, 저건 도박이다. 결코 투자가 아니다. 저 남매는 방금 도박에 자신들의 인생을 걸어 버렸다.

부모를 구하고 싶다고? 바보 같은 말이야. 사람을 구해 주는 건 성실하고 현실적인 행동을 반복해서 쌓아 올린 결과다. 부모를 내세워서 무모한 행동을 정당화하지 말라고. 나는 가난뱅이의 그런 어리석은 모습을 싫어한다. 빼앗길 만하기에 빼앗기는 모습을.

저 남매는 도박에 지면 피해자 같은 표정을 지을 것이다. 모든 것은 자신이 한 선택의 결과인데도. ……나는 그런 녀석들을 '가엾다'거나 '안타깝다'고 생각하지 않는다.

결심했어. 나도 꽃 판매 대행에 참가하자.

저 빈민 남매처럼 꽝을 뽑지 않을 자신이 있다.

돈을 벌고 싶은 녀석들에게는 꽃이 얼마나 아름다운지나 희귀성 같은 건 아무래도 상관이 없을 것이다.

매매로 인해 이익이 생기기에 이 항구 마을에서 튤립이 가치를 지니는 것이다. 하지만 당연하게도 계속 오르기만 하는 시세는 없다. 언젠가, 누군가가 꽝을 뽑게 된다.

문제는 언제 '그때'가 오는지다. 내일일까, 모레일까, 1년 뒤일까.

"뭐, 나는 시세 같은 건 상관없이 벌 수 있을 때 벌 거지만."

나는 우선, 이 마을의 상인 길드의 문을 두드렸다.

"실례합니다. 아, 마루라고 합니다. 파라그라에 살다가 칸마에
는 처음 왔는데요."

뭐라고 해야 하나…… 생각보다 조용하고 음침한 곳이다. 건
물은 멋지지만, 인기척이 별로 없다. 안쪽 의자에 앉아 있던 남자
한 명이 내가 온 것을 눈치채고 일어섰다.

"……성 아랫마을에서? 으응? 왜?"

그 중년 남자도 나름대로 규모가 있는 상인일 것이다. 거만한
태도로 나를 꼬나보았다.

나는 힘없는 느낌으로 억지웃음을 지어 보였다.

"그 왜, 지금 튤립이 유행하고 있잖아요? 그 판매 대행을 맡겨
주셨으면 해서요! 이쪽 상인 길드라면 분명히 재고를 가지고 계
신 상인분도 계실까 싶어서……."

"판매 대행? 외부인에게 소중한 꽃을 맡길 순 없지. 알아서 사
오든가."

……이 아저씨는 대체 뭐지? 대놓고 사람을 업신여기네.

나는 발끈하면서도 억지 미소를 지으며 이야기를 이어 나갔다.

"아뇨, 그 말씀이 맞긴 한데요. 사려고 해도 가진 돈이 별로 없
어서."

"대금 중 1할 정도만 선금으로 내면 살 수 있을 텐데."

"그래도 그리 많이 살 순 없잖아요."

나는 가지고 있던 2,500골드를 지갑에서 꺼내 보였다.

그러자 중년 남자가 뚱뚱한 배를 쓰다듬으며 코웃음 쳤다.

"뭐야, 상인 주제에 그것밖에 없다고?"

"하하…… 죄송합니다."

진짜 싫다, 젊은이에게 고압적인 중년이라니. 나이를 먹어도 성숙해지지 못한 사람이 있곤 하지.

뭐, 이런 아저씨는 오히려 다루기가 쉽다. 나는 얌전히 제안을 해 보았다.

"그래도, 이제 슬슬 튤립 폭등도 끝나가지 않나요? 고점에 도달한 지금, 판매원을 늘려서 얼른 팔아 버리는 게 낫지 않을까요?"

"흥, 판매 대행처럼 남의 돈으로 장사를 하려는 녀석이나 할 만한 생각이군."

……거봐, 넘어왔잖아. 이제 얼빠진 표정으로 이렇게 물어보면 나불나불 떠들어 댈 것이다.

"네? 그게 무슨 말씀이시죠?"

"알겠나? 튤립의 가격은 더 오를 거다. 지금은 오히려 사들일 시기라고. 봐라!"

"우와……!"

남자가 뽐내는 듯이 보여 준 것은 대량의 권리서였다. 전부 튤립 관련 서류일 것이다.

"이거, 지금 시세로 따지면 가치가 얼마나 되나요?"

"시가로 100만 골드는 넘겠지."

"배, 백만?!"

진짜로 놀랐다. 아저씨, 부자네…….

"요즘은 튤립으로 자산가가 된 서민도 늘었다. 그 녀석들이 튤립에 투자를 더 늘리고 있거든. 성공을 꿈꾸는 녀석들도 따라서 튤립을 사지. 지금은 서민들이 꽃을 가장 많이 산단 말이야. 수요는 아직 있다고. 틀림없이!"

"그렇군요, 시장이 커지고 있다는 거네요."

"그래. 내가 보기에 이렇게 돈을 벌 기회가 생겼는데도 판매 대행이나 거래 중개, 감정 같은 걸 하고 있는 녀석들은 이류 이하의 상인이란 말이지. 위험 부담을 신경 쓰면서 재고를 떠안지 않고 이익도 얼마 안 되는 수수료 장사를 하다니, 바보야! 바보! 평생 성공하지 못할 녀석들이다!"

나는 "흐에에~"라며 맥 빠진 목소리로 맞장구를 쳤다.

"아저씨는 일류 상인이시죠. 분명히 시세 예측도 확실하게 하실 테고."

"그래. 뭐, 튤립 가격이 진짜로 정점까지 올라가면 다시 와라. 너도 판매원이 되어서 콩고물을 좀 얻어먹을 수 있을지도 몰라.

그게 몇 년 뒤가 될지는 모르겠다만."

말이 많은 아저씨네. 자기현시욕이 꽉 찬 주머니를 바늘로 찌른 것 같은 느낌이다.

"많이 배웠습니다~. 또 올게요. 그럼."

나는 인사를 한 다음, 상인 길드 건물을 나섰다.

……그렇군. 지금은 서민들이 튤립을 제일 많이 산단 말이지.

예전에 우리 점주님에게 배운 게 있다. '시세의 붕괴는 잘 알지 못하는 초보들이 잔뜩 참가한 뒤에 온다'는 것. 과거의 유행 상황을 보더라도 분명하다.

내가 예상했던 것보다 꽃의 시세가 일찍 붕괴할 것 같다. 그렇다면 판매 대행에 끼어드는 건 중지다.

시세가 내려가는 상황에서 돈을 벌 방법을 생각해 봐야겠다.

아니, 오히려 생각해 봐야 할 것은 시세를 '내리는' 방법일 것이다.

돈벌이 지상주의자들이 만든 시세를 가장 효과적으로 부수는 방법이 있다.

그들이 '돈이 안 된다'고 생각하게 만드는 것이다.

"600! 600골드! 더 없나?!"

"700!" "750!" "900!!"

"900골드 나왔다! 900! 더 없나?! 흰색과 붉은색이 섞인 튤립이라고!!"

……이렇게 열광적인 분위기에 찬물을 끼얹을 방법 말이지…….

나는 경매의 상황을 지켜보며 생각하고 있었다.

하루가 지나자 튤립의 시세가 더 올랐다. 하지만 뜨겁게 달아오른 건 경매에 참가한 사람들뿐일 것이다. 그들 주위에서 언젠가 다가올 시세의 붕괴를 예감하고, 대비하고, 도망칠 준비를 하고 있을 자들……. 이런 사태를 예전에 경험한 적이 있는 상인들은 겉으로는 열광적인 분위기를 연출하며 담담하게 재고 없는 장사를 해 나가고 있다. 아마 이 축제가 끝난 다음, 빈털터리가 될 사람은 투자자뿐일 것이다.

"예상대로라면 오늘, 배가 도착할 겁니다."

"오오, 또 튤립이 시장에 들어오겠군요. ……그래서, 가격 쪽은?"

"……뭐, 그건, 평소대로라고 해야겠죠."

몇 번이나 말하지만, 귀가 밝은 것은 상인의 재능이라 생각한다. 이렇게 열광적인 소용돌이 안에서도 내 귀는 상인들의 조용한 대화를 놓치지 않았다.

……그렇지, 튤립은 외국에서 수입해 오는 거잖아.

그렇다면 내가 오늘 밤에 가야 할 곳은 이미 정해졌다. 술집
이다.

"어서 와. 뭘로 하겠어?"

카운터 건너편에서 맥주를 따르고 있던 마스터가 나를 보고
말을 걸었다.

"음, 오렌지 주스 있어?"

"여기, 술집인데……."

나는 장소에 어울리지 않는 행동을 비난하는 듯한 마스터의
시선을 아랑곳하지 않고 지론을 전개했다.

"어? 오렌지 주스 없어? 요즘은 술집도 술 말고 다른 음료를
마련해 두어야 하지 않나? 조만간 유행할 텐데. 언젠가 젊은이들
이 술을 안 마시게 될지도 모르고."

"술을 안 마시게 된다고? 무슨 바보 같은 소리야. 취할 수 없
는 세상에 무슨 의미가 있는데."

툴툴대는 마스터에게 나도 곧바로 대꾸했다.

"그건 취해야만 살아갈 수 있는 사람의 사고방식 아니야?"

"넌 뭐 하러 술집에 온 건데……."

술집에 온 이유는 단 하나. 오랜만에 육지로 돌아온 그들을 만

나기 위해서다.

"마스터! 술!"

"술! 우선 술이다!"

"오늘은 죽을 만큼 마시자고."

"이예이……."

왔다, 왔다. 두꺼운 나무 문을 밀쳐서 열고 들어온 사람들은 척 보기에도 뱃사람 같은 느낌에 덩치가 큰 네 사람이었다. 험상 궂고 말투가 사나운데다 쓸데없이 목소리가 크다.

저기~ 다가가서 그렇게 말을 걸자 내 얼굴로 일제히 시선이 쏠렸다.

"너, 누구야?"

"전 상인인 마루라고 합니다. 유행하고 있는 튤립을 배로 옮겨 다 주신 여러분께 감사의 마음을 담아서 꼭 좀 술을 대접해 드리 고 싶어서……."

"사 준다면 괜찮지 않나? 술이고."

"너, 뭐야, 튤립 상인이야?"

"아, 네. 그래서 여러분께 튤립 이야기를 들었으면 해서요."

그러자 리더로 보이는 뱃사람이 흔쾌히 고개를 끄덕였다.

"좋아. 술을 먹은 만큼은 가르쳐 주지."

"아, 감사합니다! 마스터, 술, 술! 여기로 병을 통째로 가지고 와!"

내가 주문하자 카운터 안에서 "알겠어"라고 대답하는 목소리가 들렸다.

한동안 술을 먹이다 보니 리더로 보이는 남자의 혀가 술의 힘으로 인해 가벼워지기 시작했다.

"······흐음~. 우리가 배를 타는 동안에 튤립이 그렇게 유행했구나."

"네. 남쪽 광장이 큰 시장으로 변했어요."

"이해가 안 되네. 그런 꽃은 저쪽에선 희귀하지도 않은데. 둘러보면 잔뜩 자라나 있고."

"어? 그런가요?"

놀란 척하긴 했지만, 예상했던 대로다. 꽃의 희귀성은 상인들이 만들어 낸 게 틀림없다.

"그래. 아니, 튤립 같은 건 거들떠보지도 않는다고, 저쪽 나라에서는."

"그렇게 돈을 많이 벌 수 있다면 말이야, 나도 내일 시장에서 사 볼까~."

"그래, 그거 괜찮겠다. 사자고."

동료 뱃사람도 맞장구를 쳤다. 나는 곧바로 목소리를 낮추며 남자들 쪽으로 얼굴을 가져다 댔다.

"······튤립을 사실 거면 여러분께서는 돈을 더 많이 벌 방법이 있을 것 같은데요? 키메라의 날개를 써서 직접 튤립을 들여온 다음에 시장에서 팔면 되잖아요."

"이봐, 이봐, 그러면 안 되잖아?"

뱃사람 중 한 명이 취기가 돌아서 꼬인 혀로 대답했다. 리더도 고개를 끄덕였다.

"무역상이 튤립은 배로 수입해야만 한다고 하던데."

"그 상인들은 무슨 근거로 해로로 무역을 해야만 한다고 했나요? 적어도 키메라의 날개를 이용한 무역을 금지하는 법률 같은 건 이 나라에 없을 텐데."

"음~ 근거나 법률 같은 걸 따져도 말이지. 우리는 그런 걸 잘 모르거든."

신중하게 말을 고르던 리더에게 내가 다그쳤다.

"그거 아마 튤립의 가격을 올리기 위한 협정일 거예요. 상인들끼리 연계해서 꽃의 희귀성을 유지하기 위해 일부러 수고를 들여서 해로로 수입하는 거죠."

흐음 같기도 하고 휴우 같기도 한 한숨, 그 놀라움이 섞인 한숨이 뱃사람들의 입에서 일제히 새어 나왔다.

"뱃사람이신 여러분은 이미 튤립의 원산지에 가 보신 적이 있죠. 그렇다면 키메라의 날개를 쓰기만 해도 간단히 들여올 수 있을 거라고요. 그 비싼 튤립을요."

"그렇구만."

"그거 괜찮겠는데."

"그렇죠? 그러니 여러분께서 튤립을……."

"아니, 잠깐만."

리더로 보이는 뱃사람이 말을 가로막았기에 나는 "네?"라고 하며 그의 얼굴을 보았다.

"그러면 안 되지. 위험했네. 만약에 그런 짓을 하면 무역상이 망해 버릴 거야. 우리 같은 뱃사람은 이제 배를 못 타게 될 거라고."

리더가 한 말을 듣고 다른 뱃사람들도 저마다 맞장구를 쳤다.

"그러게~. 우리가 타는 배는 상인의 배고, 우리 고용주도 상인이야."

"괜히 튤립 같은 것에 손을 댔다가 해고당하고 싶진 않다고~."

그러게~ 그렇게 말하며 서로 고개를 끄덕이던 그들에게 나는 다음 공격을 날렸다.

"잠깐만요, 여러분, 지금 튤립 시세를 알고 계신가요?"

그러자 뱃사람들이 술로 인해 빨개진 얼굴을 서로 마주 보았다.

"뭐…… 10골드 정도 아닌가?"

"그래, 저쪽 나라에서는 2골드도 안 되니까 대충 그 정도겠지."

그때, 나는 최대한 진지한 표정으로 말했다.

"지금 이곳 항구 마을에서는 일반적인 튤립의 시세가……

600골드입니다."

"……뭐?"

뱃사람들이 굳어 버린 것도 어쩔 수 없었다. 외국에서는 주변에 얼마든지 피어 있는 꽃이 이 마을에서는 600골드라는 이야기를 들었으니까.

"이게 튤립의 시세표입니다."

나는 광장에서 베껴 온 종이를 슬쩍 테이블 위에 내놓았다. 종이를 본 뱃사람들이 끙끙댔다.

"진짜로……? 이런 걸 600골드 주고 사는 녀석들은 바보인가?"

"어쩐지 요즘 무역상이 돈을 많이 버는 것 같더라니."

"그, 그래도, 우리 임금은 안 올랐잖아?"

"왠지…… 열받는데."

"이 시세를 이용해서 튤립 무역으로 돈을 벌면 여러분께서는 앞으로 평생 일을 할 필요가 없어지겠죠. 마음만 먹으면 자기 배를 살 수도 있을 테고요."

갑자기 현실적인 느낌이 생겨난 그 꿈만 같은 이야기를 듣고 뱃사람들의 눈빛이 바뀌었다.

"……우리는 당신처럼 장사 지식이 있는 게 아닌데."

"괜찮아요. 수속이나 교섭은 전부 저, 마루가 할 테니까요. 우선 튤립의 원산지로 함께 가 주세요. 아, 이래 봬도 상인 나부랭이라서 수수료는 받겠지만요."

"그건 상관없는데, 금액은 튤립 매출에 따라 맞춰 줬으면 좋겠군."

리더가 한 말을 듣고 나는 고개를 크게 끄덕였다.

"네, 물론이죠."

첫 번째 관문 돌파다. 자, 이제 자금 조달을 해야겠구나.

"안녕하세요! 일류 상인 아저씨 계신가요~?"

상인 길드의 문을 두드린 나를 맞아 준 것은 그 거만하고 고압적인 아저씨였다.

"……저번에 왔던 꼬맹이가 또 왔군. 무슨 용건이지?"

"일류 상인 아저씨께 드리고 싶은 말씀이 있어서요."

"뭔데?"

"역시 제 생각에는요, 튤립은 이제 가격이 오르지 않을 것 같거든요~."

그러자 아저씨가 "뭐?"라고 하면서 한쪽 눈썹을 치켜올렸다. 나는 아랑곳하지 않고 계속 말했다.

"확실하게 말씀드리자면 말이죠, 아저씨는 사실 일류 상인이 아니고, 튤립의 가격이 오른다는 예측도 빗나가는 게 아닐까~

싶어서요."

"흥! 풋내기가! 튤립 시장을 보긴 했나? 서민들이 잔뜩 밀려들어서 가격은 날마다 최고치를 갱신했고, 내 이익은 커져만 가고 있다. 내가 일류 상인이 아니라면 누가 일류라는 거지?"

당당하게 말한 아저씨에게 나는 도발하듯이 말했다.

"호오~ 자신감이 대단하시네. 그럼 이 거래를 받아들이시지."

"……거래?"

"우선, 내가 당신에게 튤립의 권리서를 '빌릴 거야'. 그리고 빌린 권리서를 시장의 지금 시세로 팔 거고. 나중에 권리서를 시장 시세로 사들여서 당신에게 돌려주지. 그게 다야."

아저씨는 내가 한 말을 곱씹어 보는 듯한 표정을 지었다.

"다시 말해 너는 꽃의 가격이 오르면 손해를 보고, 내려가면 이득을 본다는 건가?"

"그런 뜻이지."

"바보 같은 녀석이라고 생각하긴 했다만…… 상상 이상이었군."

"바보인지 아닌지는 시세가 가르쳐 줄 테니까 받아들일지 아닐지만 대답해 줘. 일류 상인 아저씨."

일부러 '일류 상인'이라는 부분을 강조하며 부추기자 아저씨가 의심하는 눈초리로 나를 보았다.

"……보증은?"

"보증?"

"어차피 튤립 가격은 오를 거고, 너는 큰 손해를 볼 거다. 그때, 가격이 오른 권리서를 사들일 돈이 없다면 내가 곤란하지. 그러니 보증금을 맡아 두겠다고. ……그래, 보증금의 다섯 배 금액까지 튤립 권리서를 빌려주마. 너, 애초에 돈을 얼마나 가지고 있지?"

"다섯 배라. 일단 이번 승부를 위해서 1만 골드를 마련해 두었는데."

"1만? 겨우 그걸로 승부를 내겠다는 거냐?"

"아니, 아저씨는 이류도 못 되는 상인이고, 튤립 가격은 내려갈 테니까."

당당하게 선언하자 아저씨의 눈동자에 분노의 불꽃이 튀기는 걸 알아볼 수 있었다.

"거래 계약서를 쓰지. 사인해 주마. 승부다!"

"오오, 그렇게 나오셔야지."

도발에 약한 것은 상인으로서 실격이지만, 내게는 형편이 좋다.

아저씨는 짜증을 내며 말을 빠르게 늘어놓았다.

"미리 말해 둔다만, 나는 장사에 관해서는 여자든 아이든 아랑곳하지 않는다! 만약에 보증금을 때우지 못할 만큼 튤립의 가격이 오른다 해도 그 차액은 반드시 받아 낼 거다!"

"응!"

······이 녀석, 무슨 소릴 하는 거야? 그런 건 당연하잖아.

상인 길드에 가서 아저씨에게 거래를 제안하기 이틀 전.

나는 술집에서 만난 뱃사람들과 함께 키메라의 날개를 이용해 튤립의 원산지에 와 있었다.

노점상 가게 앞에는 화분에 심어 둔 튤립이 빽빽하게 늘어서 있었다.

"이, 이 꽃, 얼마인가요?"

"2골드입니다."

"그, 그럼, 이쪽, 혼색 튤립은요?"

"3골드입니다."

"그, 그럼, 이쪽······."

"이봐, 마루, 진정하라고. 가격표가 붙어 있으니까 일일이 점원에게 물어볼 필요는 없잖아."

옆에 있던 리더 뱃사람에게 혼난 나는 어깨를 들썩이며 숨을 내쉬었다.

역시 이 마을에서는 이런 꽃이 전혀 희귀하지 않다. 그런데 항구 마을 칸마 상인들이 결탁해서 '외국의 희귀하고 아름다운 꽃'이라는 가치를 만들어 냈다. 키메라의 날개를 쓰면 손쉬운 수입 방법을 일부러 해로만으로 한정한 것도 희귀성을 연출하기 위해 상인들끼리 맺은 협정일 것이다. 사실 튤립에 그 정도의 가치는 없다.

"어때, 이제 우리가 한 말이 맞다는 걸 알겠지?"

리더가 한 말을 듣고 나는 고개를 끄덕였다.

"네. 잘 알겠습니다. 뱃사람은 거짓말 안 해."

"그래서, 이제 어떻게 할 건데?"

"우선, 이 튤립을 적당히 살 거예요. 키메라의 날개로 가지고 갈 수 있을 만큼만. 그리고 며칠에 걸쳐서 천천히, 시장의 참가자들에게 들키지 않게끔 경매에 내놓죠. 그것만으로도 꽤 많이 벌 수 있을 겁니다."

그렇군, 리더 뱃사람이 그렇게 말하며 고개를 끄덕였다.

"그래도 언젠가는 다들 눈치챌 텐데?"

"네, 일부 상인들은 틀림없이 위화감을 느낄 거예요. 그 이후에는 스피드 승부죠. 키메라의 날개로 저쪽과 이쪽을 왕복하면서 튤립을 마구 되파는 겁니다. 이익이 나오는 한, 그걸 반복해 주세요. 끝났을 때쯤이면 여러분은 분명히 부자가 되겠죠."

오오…… 뱃사람 네 명이 그렇게 중얼거렸다. 그들은 꿈꾸는 듯이 튤립을 잡았다. 나는 급하게 말렸다.

"앗, 그렇게 들면 안 돼요! 줄기 말고 화분을 들어요! 앗, 앗, 꽃잎은 만지지 말고! 진짜, 조심성이 너무 없으시네!"

◇ ◇ ◇

그로부터 이틀 뒤, 튤립 화분의 소규모 되팔이로 종잣돈 1만 골드를 만든 나는 자칭 일류 상인 아저씨에게 거래를 제안하고 5만 골드 가량의 권리서를 손에 넣었다.

튤립 권리서를 되판 돈까지 합치면 지금 가지고 있는 돈은 7만 골드. 며칠 동안 번 금액치고는 훌륭한 결과일 것이다. 이제 튤립의 가격이 떨어지면 권리서를 사들여서 아저씨에게 돌려주기만 하면 된다.

나는 팔짱을 끼고 남쪽 광장에 들어선 튤립 시장의 경매를 바라보고 있었다.

이렇게 약간 떨어져서 관찰해 보니 잘 알 수 있다. 여전히 열광적인 분위기를 보이는 건 일반인 튤립 신자뿐이고, 냉정한 상인들은 미소를 지으면서도 시세나 판매자를 힐끔거리며 확인하고 있다. 철수할 시기를 재고 있는 것 같다.

"자, 400! 400이야! 더 없나?!"

경매 진행자가 쉰 목소리로 소리 지르며 경매장을 둘러보았지만, 나서는 사람은 아무도 없었다.

"……어~ 그럼 400골드로 어르간이 상회에 낙찰."

낙찰 금액이 400골드…… 슬슬 왔나?

"다음은 이쪽 혼색 튤립, 20송이를 한꺼번에 내놓는다! 그럼

1만 골드부터!"

"1만 1천!"

"자, 1만 1천 나왔다!"

"1만 2천!" "1만 2천 5백!"

시작되자마자 금액이 조금씩 올라갔다. 얼마 전까지는 그러지 않았다.

"1만 2천 5백이야! 희귀한 혼색 튤립 20송이 세트! 현재, 1만 2천 5백이라고! 괜찮겠어?! 1만 2천 5백인데? 시세보다 훨씬 싸잖아?!"

경매 진행자가 몇 번이나 소리쳤지만, 경매장은 또다시 조용해진 상태다.

"……그럼 1만 2천 500에 호그 상회에 낙찰."

이거, 무너진다. 시세를 맹신하던 녀석들도 웅성대기 시작했다.

"이, 이봐, 오늘은 좀 이상하지 않아? 왠지 기세가 없다고 해야 하나……."

"아니~ 오늘은 우연히 사러 온 사람이 없었던 거 아닌가?"

"아니야. 오히려 지금이 살 때라고. 이런 말을 자주 하곤 하잖아, '시세는 의심 속에서 자라난다'고."

상인은 준비가 9할. 우리 점주님에게 그렇게 배웠고, 나도 그렇게 생각한다. 사건이 일어난 뒤에 허둥대는 건 이류 이하다. 당연히 내 준비는 이미 전부 끝났다.

그러는 동안에도 내 동료 뱃사람들이 키메라의 날개로 마을을 왕복하며 이익이 생기는 한, 튤립을 계속 팔고 있다. 이곳 항구 마을과 원산지의 가격 차이가 있는 한, 공급은 멈추지 않는다. 하지만 이변을 눈치챈 상인들이 곧 압력을 가하기 시작할 것이다.

지금부터 시작될 것은 경매가 아니다. 재고 떨이다.

"자, 가격이 얼마나 내려가려나?"

"삼류 상인 아저씨~!"

칸마의 상인 길드로 들어가자 일류 상인이었던 아저씨가 축 처져 있었다.

화를 내도 곤란하니까 쓸데없이 도발하지 말고 얌전히 거래를 마쳐야겠다. 그리고 '그 건'에 대해서도 물어봐야지.

"이거, 빌렸던 튤립 권리서야. 돌려줄게."

"……그래."

"아저씨, 혹시 권리서 때문에 손해 봤어? 빚 같은 건 괜찮고?"

내가 얼굴을 들여다보자 아저씨가 떨쳐 내려는 듯이 손을 저었다.

"시끄럽다. 어서 나가!"

"미안, 미안. 그래도 마지막으로 한 가지만 가르쳐 줬으면 하는 게 있거든. 정보 제공료로 만 골드를 낼게."

"마, 만 골드?"

"그래. 지금 아저씨에게는 거금이지? 빚을 갚는 데 보태라고."

"……뭘 알고 싶은 건데?"

아저씨는 실망과 굴욕으로 가득 찬 표정으로 나를 올려다보았다.

"상인 길드가 모험자용 아이템 종류를 감시하고 있다는 게 사실이야? 예를 들어 파라그라 마을 무기 상점에서는 제일 좋은 무기가 동검인데, 그거, 상인 길드에서 압력을 가하는 거야? 만약에 그 무기 상점이 멋대로 드래곤 킬러나 버스터드 블레이드 같은 걸 팔면 상인 길드는 어떻게 하는데? 무슨 짓을 하는 거야?"

"……너, 아직 자기 가게가 없구나?"

"응. 견습이니까."

"그럼, 너희 가게 주인에게 가르쳐 달라고 해라."

그렇게 말할 줄 알았지. 그런데 왜 숨기는 거야?

"우리 가게 주인은 가르쳐 주지 않아서 아저씨에게 물어본 거야. 만 골드나 내면서 말이지."

"……추천 아이템 제도, 다."

아저씨는 뭔가 포기한 듯이 낮은 목소리로 그렇게 말했다.

"상인 길드에서는 각 도시나 마을마다 '추천' 아이템을 정해 두고 있다. 나라에서 정한 모험자용 아이템 중 각 도시나 마을의 가게가 팔아야 할 아이템을 정한 곳이 길드지. 예를 들어 성 아랫마을 파라그라 같은 경우, 무기 상점의 추천 아이템은 떡갈나무 막대기, 곤봉, 동검. 그것 이외의 모험자용 아이템을 상점에 두는 건 상인 길드에서 용납하지 않는다. 나라의 법으로 정해진 건 아니지만, 만약에 그걸 어길 경우에는 길드에서 제재를 가하지.”

“제재라니?”

“그야 이런저런 것들이 있다고. 물건을 들여오는 걸 방해하거나 악평을 퍼뜨리고, 상인 커뮤니티에서 추방시키기도 하지.”

그런 짓을 당하면 장사 자체를 할 수 없게 되잖아.

“……아저씨네 상인 길드가 하는 일이 그런 거야?”

“그것도 업무 중 하나다. 어쩔 수 없잖아? 경쟁을 막기 위해서라고. 만약에 성 아랫마을에서 강한 장비를 팔아 버리면 다른 마을이나 도시는 어떻게 되는데? 먹고 살지 못하게 되어 버린다고.”

“그래도, 그러면 다른 마을에서도 강한 장비를 들여오면…….”

“그러면 이번에는 성 아랫마을이 더 강한 장비를 들여오겠지? 그걸 반복하면서 상인들이 피폐해지는 걸 막기 위한 내부 규칙이라는 거야.”

아저씨는 신념을 지니고 있는 것 같았다. 이게 상인 길드의 불문율이라는 건가?

“이해가 안 되네. 모험자용 아이템의 가격이나 품질은 나라에서 규제하고 있으니까 어쩔 수 없지만, 종류를 상인 길드에서 정하다니. 자유롭게 장사를 하고 그 결과 풍요로워지는 게 사회의 건전한 모습이잖아. 그리고…… 일부러 모험자에게 위험한 여행을 하게 만드는 거 아닌가? 용사는 목숨을 걸고 세계의 평화를 위해 마왕을 쓰러뜨리러 가는데."

그 말에는 아저씨도 아무런 대꾸를 하지 않았다. 나는 계속 물었다.

"저기, 누가 제일 먼저 그런 생각을 한 거야?"

"상인 길드의 마스터…… 일 거다."

……일 거라고? 고개를 갸웃거리는 내게 아저씨가 변명을 하듯이 덧붙여 말했다.

"여기는 상인 길드의 지부에 불과해. 그래서 자세한 건 모른다. 우리는 그저 급료를 받으며 본부의 지시를 수행하고 있을 뿐이야. 경멸하나?"

"당연히 하지. 다른 사람의 발목을 잡는 일을 돈까지 받으면서 하다니. 그런 빌어먹을 규칙을 만든 길드 마스터는 어디 있는데? 길드 본부 같은 곳?"

그러자 아저씨가 힘없이 고개를 저었다.

"……모른다. 우리는 아무것도 몰라. 본부가 있는 곳도, 길드 마스터의 이름이나 외모도."

"아니, 아니, 아니. 그럼 어떻게 지시를 받는데?"

"지시가 내려올 때는 다른 지부에서 지시서가 온다. 우리 같은 경우에는 북쪽에 있는 텐이라는 지부에서 오지. 하지만 그 텐의 지부 녀석들도 다른 지부에서 지시를 받고 있으니 본부가 어디 있는지는 아마 모를 거다."

그게 뭐야……. 나는 완전히 어이가 없었다.

……점주님, 이렇게 상인들을 업신여기는 걸 보고도 가만히 있으셨나요? 견습에게는 가르쳐 줄 수 없다는 거예요? 젠장, 돌아가면 캐물어야지……. 그렇게 생각하던 나는 정신이 번쩍 들었다.

어라? 내가 이 마을에 며칠 동안이나 있었지?

"……이런. 장사하느라 정신이 팔려서 너무 오래 있었네. 어서 돌아가지 않으면 꾀병이라는 걸 들킬 거야!"

"어? 꾀병?"

나는 깜짝 놀란 삼류 상인 아저씨에게 고맙다는 인사를 한 다음, 지갑에서 돈을 꺼냈다.

"그, 그럼 갈게, 아저씨! 자, 만 골드!"

"그, 그래……."

이런. 어서 파라그라로 돌아가야 해. 최악의 경우, 점주님의 잔소리 세 시간 코스다.

길드 건물을 나선 나는 마을의 가장자리로 향했다.

큰길에는 오늘도 좌우로 노점이 잔뜩 늘어서 있다.

"어서 오세요~! 아, 형씨. 다른 나라의 신기한 물건이 잔뜩 있어!"

노점의 주인이 호객 행위를 하며 내 팔을 잡았다.

"자, 잠깐만, 아저씨, 나, 파라그라에 있는 가게로 돌아가야 해서……."

"오, 당신, 상인이야? 잠깐만 보고 가지? 그쪽에서는 거의 안 팔 텐데."

잡화점인가? 거의 못 본 것들 투성이긴 하다.

"아~ 그럼, 거기 있는 푸르스름한 건 뭐야? 급하니까 간단히 설명해 줘."

나는 푸르스름하고 투명한 그릇을 손가락으로 가리켰다. 사실 아까부터 신경 쓰이긴 했다.

"보는 눈이 있군 그래! 이건 유리로 만든 병이야."

"어? 유리로? 유리로 이렇게 예쁜 형태의 병을 만들 수 있다니……."

무심코 그렇게 중얼거리자 그 말을 들은 상인이 곧바로 영업을 하기 시작했다.

"이야기를 들어 보니 모래와 석회를 섞은 걸 고온으로 가열해서 가공한 거라던데. 매우 숙련된 기술자가 아니면 이렇게 깔끔한 형태의 병을 만들지 못한다더라고. 봐, 안이 비쳐 보여서 예쁘지? 귀족들은 이런 걸 좋아하거든. 다른 나라에서 우연히 들여온 레어 아이템이야!"

레어 아이템. 그 매력적인 단어를 듣고 내 시선이 유리병에 사로잡혀서 움직이지 않게 되었다.

"형씨, 가지고 싶지?"

"아니, 딱히……."

솔직히, 엄청나게 가지고 싶다. 그러자 노점 주인이 그 마음을 꿰뚫어 보았는지 씨익 웃었다.

"하지만 비싸다고, 이거. 도저히 서민이 살 금액이 아니야. 5,000골드거든."

"비싸! 희귀하다고 해서 너무 바가지를 씌우네. 잘해 봐야 3,000 정도잖아."

"아니, 5,000. 이건 양보할 수 없어."

구입 의욕이 있다는 걸 들켜서 상대방이 이미 내 약점을 잡은 시점에 이미 패배했다. 하지만 나는 강한 자세를 무너뜨리지 않았다.

"바보 같은 소리지! 3,500이면 살게? 괜찮지?!"

"4,500, 더 이상은 힘들어."

"아저씨! 그 꽃이 폭락해서 이 마을의 서민하고 귀족 녀석들은 큰 손해를 봤거든? 아무리 희귀한 유리병이라고 해도 그런 가격으로는 한동안 못 팔 거야. 3,700!"

그러자 노점 주인이 먼 곳을 바라보았다.

"……나도 그 꽃 때문에 큰 손해를 봤거든. 처자식을 먹여 살리기 위해서라도 어떻게든 만회해야 해. 진짜, 왜 갑자기 폭락한 건지……."

노점 주인이 울상을 지으며 코를 훌쩍이자 나는 말문이 막혔다.

이 상인도 대폭락의 범인이 눈앞에 있는 애송이라는 걸 눈치채진 못할 것이다. 하지만 그 말을 들으니 약간 죄책감이 들었다.

"……사, 4,500에 살게."

뜻밖의 지출이긴 하지만, 사도 손해는 아닐 것이다. 그래, 혹시 점주님의 화가 가라앉지 않는다면 이걸 선물로 주고 비위를 맞춰 주면…….

"고마워! 유리는 강한 충격을 가하면 깨지니까 가지고 갈 때 조심하고!"

신이 난 노점 주인의 배웅을 받으며 문득 뒷골목을 보았을 때, 보고 싶지 않은 것이 눈에 들어왔다.

건물 그늘에 있던 것은 얼마 전, 튤립 알뿌리에 인생을 걸었던 가난뱅이 남매였다.

"오빠, 튤립 가격이 다시 오르겠지?"

"으, 응, 아마……. 남쪽 광장의 시세 담당자도 분명히 다시 오를 거라고 했어. 오히려 지금은 밑바닥까지 떨어졌으니까 살 때라고."

어디선가 들어 본 듯한 변명이다. 차마 봐줄 수가 없다.

"엄마 병을 낳게 해 줄 거지?"

"그, 그래…… 괜찮아. 분명히 다시 가격이 오를 테니까, 지금은 조금만 참자."

"응!"

튤립 시세는 이제 예전처럼 오르지 않는다. 아니, 혹시나 어떤 상인이 거창하게 가격이 오르는 '연출'을 할지도 모르겠지만…….

하지만, 나는 딱 잘라 말할 수 있다. 저 남매 같은 녀석들은 시세가 어떻게 되든 언제나 착취당하는 쪽이다. 만약에 튤립으로 돈을 벌더라도 그 돈을 다시 튤립에 투자해 버리면…… 불리한 승부를 계속하다 보면 당연히 질 수밖에 없다.

나는 지금, 저 남매를 바로 구해 줄 수 있을 만한 돈을 가지고 있다. 하지만 절대로 베풀어 주진 않는다.

그들은 이익을 얻기 위해 위험 부담을 짊어졌다. 자기책임이다.

"……멍청이."

나는 키메라의 날개를 들어 올린 다음, 성 아랫마을 파라그라를 떠올렸다.

손해 본 녀석의 자기책임

어린 동생은 "더 먹고 싶어", "배고파"라며 울고 있다.

어머니는 울먹이는 동생을 나무랐고, 아버지인 남자는 처자식을 신경 쓰지도 않고 혼자 침실로 향했다.

나도 이 묽디묽은 그루얼(귀리죽)을 다 먹으면 얼른 자고 내일 밭일을 대비해야겠다.

일어나 있어 봤자 배가 고프기만 하니까…….

어느 날 아침, 눈을 떠 보니 아버지라던 남자가 자취를 감췄다.

"아빠는 어디 갔어?"

동생이 묻는데도 어머니는 아무런 대답을 하지 않았다. 그저 슬픈 듯이 고개를 숙이고 있을 뿐이다.

하지만 어린 나도 안다. 남자는 도망친 것이다, 이 가난으로부터.

더욱 묽어진 그루얼이 가르쳐 주고 있다. '앞으로는 더욱 가난해질 거다'라고.

내일부터는 일할 사람이 어머니와 나뿐이다.

먹기 위해서는 일을 해야만 한다. 지금까지보다 더 열심히.

⋯⋯열심히, 일한다⋯⋯?

아무리 일을 해 봤자 부자가 되는 건 자치 영주뿐인데? 우리가 언젠가 부자가 될 가능성은 전혀 없는데?

그 이후로 나는 몸소 깨닫게 된다.

인간은 내일 먹을 게 없으면 미래에 희망을 품을 수 없게 된다는 것을.

아무도 자신들을 구해 주지 않을 거라고 각오하는 것은 살아가는 의미를 잃는 것과 마찬가지라는 것을.

그리고 또다시 어느 정도 세월이 지나자⋯⋯.

이번에는 어머니가 몸소 가르쳐 주었다.

인간은 일을 너무 많이 하면 그렇게 덧없이 죽어 버리는 모양이라는 것을.

⋯⋯배가 고프다⋯⋯.

요즘은 깨어 있는 동안 계속 그 생각만 한다.

어린 동생은 힘없이 천을 빨아먹고 있다. 땀과 눈물이 밴 천을 빨면 약간 짠맛이 나기 때문이다.

배가 고프다. 날이 갈수록 동생이 쇠약해지는 게 느껴진다.

어느날, 아버지라는 남자가 돌아왔다.

집을 떠났을 때보다 앙상해진 모습을 보니 금방 알 수 있었다. 이 남자는 우리를 구해 주러 온 것이 아니라는 사실을.

어머니가 죽었다고 말해 주자 남자는 예전처럼 추하게 성질을 냈다.

그것은 부인을 잃은 슬픔이 아니라 자신의 기대가 엇나갔다는 것에 대한 분노였다.

일이 생각대로 풀리지 않을 때, 남자는 항상 성질을 내고 불쾌해하며 다른 사람을 상처입힌다.

그렇게 자기중심적인 남자가 이제 와서 자신의 부인에게 무엇을 기대했던 건지, 이제는 생각하고 싶지도 않았지만, 어찌 됐든 제대로 된 생각이 아니라는 것만은 분명했다.

어린 동생이 죽어 가고 있다고 말하자 남자는 관심이 없다는 걸 숨기지도 않고 건성으로 대답했다. 그런 다음, 잠깐 생각하다가 내 손을 잡고 동생을 업었다. 물어보니 마을로 간다고 했다.

지금까지 경험을 통해 아마 일이 제대로 풀리진 않을 거라 생각했다.

마물로부터 도망치며 한나절 정도 걸려서 목숨을 겨우 건져

도착한 성 아랫마을 파라그라.

아버지라는 남자는 나와 동생을 데리고 눈에 띄는 가게로 들어갔다.

그리고 가게 주인으로 보이는 사람에게 말했다.

"이 아이들을 사지 않겠나?"

실망이란 기대의 반증이다. 애초에 기대를 하지 않으면 실망할 일도 없다.

아버지라는 남자는 우리 형제를 돈으로 바꾸기 위해 가게를 여기저기 돌아다니며 교섭했다.

하지만 나는 그 모습을 보고도 전혀 실망하지 않았다. 애초에 남자에게 일말의 기대 같은 것을 하지 않았기 때문이다.

우리의 가격은 처음 들어간 가게에서 1,000골드였다. 다음 가게에서는 500골드까지 떨어졌고, 그다음 가게에서는 300골드가 되었다.

하지만 공교롭게도 어떤 가게든 인간을 취급하지는 않았던 모양인지, 남자는 다시 항상 그랬듯이 성질을 내며 다른 가게로 들어갔다.

가게 안에는 나무 막대기와 가시가 달린 둔기, 적갈색 검이 늘어서 있었다. 무기 상점일 것이다.

그리고 그 가게에서는 100골드부터 교섭이 시작되었다.

무기 상점의 주인으로 보이는 사람은 내 아버지라는 남자의 제안을 듣고 있던 동안에 우리 세 사람을 가엾은 눈초리로 보고 있었던 것…… 같다.

하지만 점주님의 대답은 다른 가게와 마찬가지였다. 인간은 취급하지 않는다고.

교섭이 결렬되려 한 순간, 나는 아무런 감정도 없는 눈초리로 점주님에게 말했다.

"당신이 사 주지 않는다면 이 남자는 우리를 버리거나 죽일 수밖에 없을 거예요. 동생은 몸이 약해져서 금방 죽을 테고, 저는 버림받으면 이 가게 앞에서 구걸하겠어요. 살해당하면 시체 마물이 되어서 똑같이 행동할 거고요. 이 가게의 평판이 떨어지겠지만, 어쩔 수 없죠."

협박할 생각은 없었다. 실제로 그럴 거라 생각했기 때문에 그렇게 말했을 뿐이다.

점주님의 눈초리가 가엾어 하던 느낌에서 놀라운 느낌으로 바뀌었다. 그러고는 진지한 표정으로 나와 동생을 보고는 뭔가 생각하기 시작했다.

내가 장사를 시작한 것은 열 살 때.

태어나서 처음으로 판 상품은 나 자신과 동생이었다.

점주님에게 처음으로 배운 건 글을 읽고 쓰는 것이었다.

날마다 동생과 둘이서 가게 일을 돕고, 그게 끝나면 말을 배우고, 글을 읽고, 글자를 썼다. 말은 개념을, 글은 논리를 가르쳐 주었다. 새로운 단어를 하나 알게 될 때마다 보이는 세계가 넓어지는 것 같았다.

공부와 노력은 즐겁다. 배우는 것이 용납되는 환경은 나를 확실히 행복하게 만들어 주었다.

그렇게 약하고, 작고, 당장에라도 죽어 버릴 것 같던 동생은 금방 나보다 키가 더 커졌고 듬직해졌다. 나무타기도, 돌 던지기도, 팔씨름도, 전혀 이길 수 있을 것 같지 않았다. 특히 막대기로 칼싸움을 할 때는 거의 상대가 되지 않았다. 그러자 점주님은 동생을 마을의 검술 도장에 소개해 주었다.

동생은 검술 실력을 인정받게 되었고, 나는 계속 학문과 장사에 몰두했다.

점주님은 완전히 남인 우리에게 식사를 주는 것뿐만이 아니라 각자의 적성을 잘 살펴본 뒤에 갈고닦을 기회도 마련해 주었다. 우리 형제는 착한 사람인 점주님 덕분에 다시 태어났다.

그래서 알게 된 것이 있다.

우리는 운이 안 좋게 그 남자의 피를 이어받고 태어났지만, 그 남자가 아버지라고 할 수는 없다.

점주님과는 안타깝게도 피가 이어져 있지 않지만, 우리 아버지는 여기 있었다.

그렇잖아? 가난에 맞서 싸우지도 않고, 제멋대로 성질만 내고,

교양도 없는 데다 가족에게는 관심도 없다. 게다가 아이들을 팔아서 푼돈을 벌려 하는 냉혈한이 아버지일 리가 없으니까.

우리의 진짜 아버지는 점주님이었던 것이다.

어젯밤에는 왠지 꽤 긴 꿈을 꾼 것 같다. 먼 옛날의 꿈이다.

키메라의 날개를 써서 집에 온 뒤, 정신없이 자고 나서 아침 일찍 직장인 무기 상점에 출근했는데, 하필이면 오늘은 점주님이 먼저 카운터에 들어와 있었다.

"좋은 아침입니다……."

조심조심 말을 걸자 의자에 앉아 있던 점주님이 불쾌한 듯한 목소리로 대답했다.

"좋은 아침."

"점주님, 덕분에 몸 상태는 완벽해요! 오늘부터 다시 열심히 일하겠습니다!"

최대한 공손한 태도로 말해 보았지만, 점주님은 여전히 인상을 찌푸리고 있었다.

"그러냐. 교회에도 가지 않고, 집에서 쉬지도 않고, 어디서 뭘 했는지 전혀 알 수가 없다만, 어지간히 푹 쉬었던 모양이로군."

우와…… 꾀병을 완전히 들켰다. 거짓말은 소용없겠네. 솔직하게 말하고 사과할 수밖에 없겠다.

"죄, 죄송합니다! 점주님! 솔직히 말씀드리자면, 항구 마을에
다녀왔습니다!"

"……튤립이야?"

그것도 들켰나……. 점주님은 둔하고 착한 사람이지만, 가끔
엄청나게 예리하다.

"네, 네. 항구 마을 칸마의 튤립 시세가 엄청나게 뛰었길래 저
도 모르게 푹 빠져서…… 그, 그래도 시세를 이용해서 만 단위로
돈을 벌었어요!"

"그래서, 누가 손해를 봤지?"

갑자기 그런 질문이 날아들었기에 나는 어? 라는 심정으로 점
주님의 얼굴을 보았다.

"네가 시세를 이용해서 돈을 벌었다면 누군가가 손해를 봤을
텐데."

"그, 그건 당연히 그렇지만, 투자에 참가한 이상, 그건 자기 책
임이잖아요? 이익을 얻기 위해 위험 부담을 짊어진 거니까, 손해
를 봤더라도 남을 원망하면 안 되죠. 안 그래요?"

그러자 점주님은 더더욱 인상을 썼다.

"나는 그런 명분 같은 이야기를 하는 게 아니야. 장사 재주가
있는 사람들이 문외한들을 선동해서 시장에 참가하게 만든 다음
에 돈을 착취하고 있잖아. 자기 책임이라는 말은 그런 불공평한

상황에서 써먹는 면죄부다. 그 투자가 누구에게나 공평했다고 당당하게 말할 수 있겠어? 일부 사람들만 입수할 수 있는 정보가 없었나? 의도적인 시세 조작은?"

평소와는 달리 공격적인 점주님의 말을 듣고 놀란 나는 횡설수설했다.

"아, 아뇨, 그러니까, 그런 것까지 포함해서 투자에 참가한 사람들의 자기 책임인 것 같은데……."

휴우…… 점주님은 그렇게 한숨을 쉬었다.

"지금은 말해 봤자 이해를 못하는 건가."

능력에 자신이 있는 나로서는 그렇게 가엾어 하는 태도가 매우 거슬렸다.

"맞다, 저도 점주님께 드리고 싶었던 말씀이 있는데요."

"하고 싶은 말이 있다고?"

"상인 길드의 추천 아이템 제도에 대해 어째서 제게 가르쳐 주지 않으셨던 건가요?"

그 말을 들은 점주님의 안색이 바뀌었다.

"마루, 너, 어디서 그 이야기를……."

"항구 마을의 상인 길드에서 들었어요! 이곳 파라그라에서 파는 무기 중에 제일 좋은 게 동검인 건 상인 길드가 만든 빌어먹을 규칙 때문이라고요. 게다가 그걸 어기면 길드에서 압력을 가한다면서요!"

점주님은 벌레를 씹은 듯한 표정을 짓고는 다그치는 나를 보고 있었다.

"설마 점주님께서도 상인들끼리 피곤해지지 않게끔 경쟁을 피해야 한다고 하시는 건 아니겠죠? 만족스러운 장비도 마련해 주지 않고 용사를, 바츠를 위험에 처하게 만드는 짓에 가담하다니."

"마루, 그건 네가 상상하는 것보다 훨씬 복잡한 이야기란다. 그리고 지금 너는 결코 이해할 수 없을 거다."

아직 미숙한 녀석 취급이다. 나는 발끈했다.

"저는 베테랑 상인에게도 지지 않아요! 튤립 건을 통해 잘 알게 되었다고요."

"그건 거만한 생각이다, 마루. 젊은 상인들 중에는 그런 경우가 종종 있지만, 단 한 번의 성공을 통해 모든 것을 알게 되었다고 생각하면 안 된다. 추천 아이템 제도도 마찬가지야. 그것에는 상인들끼리 지나친 경쟁을 벌이는 걸 막는 것 이상으로 큰 의미가 있고, 그걸 네가 이해하려면 10년 정도 시간이 더 필요할 거다. 그러니 지금은 견습 상인으로서 경험을 쌓고⋯⋯."

"나가겠습니다."

나는 딱 잘라 말했다. 그러자 점주님이 안경 너머로 작은 눈을 동그랗게 떴다.

"뭐, 뭐라고?"

"저, 여행을 떠나겠습니다. 상인 길드 본부에 가서 길드 마스터와 직접 이야기를 하겠어요. 그리고 추천 아이템 제도처럼 말도 안 되는 규칙을 없애겠어요. 상인들이 자유롭게 장사를 할 수 있게끔. 모험자들이 강한 장비를 편하게 얻고 안전하게 여행할 수 있게끔요."

"마루, 진정하렴. 너는 아직 미숙한 견습 상인이야. 알겠니? 이곳에서 멀리 동쪽에 있는 쟈폰이라는 나라에 노부나가라는 남자가 있었단다. 그 남자는……."

"외국과 적극적으로 교류하고, 다양한 아이템과 문화를 유연하게 받아들이고, 낡은 관습에 얽매여 있던 국내의 라이벌들을 추월했다."

맞죠? 나는 그렇게 말하며 점주님을 노려보았다.

이런 건 기세가 중요하다. 점주님을 스승님이나 아버지로 생각하고 있지만, 그렇기 때문에 부모의 곁을 떠나지 않으면 나는 언제까지나 달걀 껍질이 붙은 병아리처럼 미숙한 견습에서 벗어나지 못할 것이다.

"저도 노부나가를 본받아서 각지에서 견문을 넓히고 오겠어요. 점주님께서는 드래곤 킬러를 들여올 준비를 해 주세요. 그럼!"

"마루, 기다리렴! 마루!!"

나는 말리는 점주님을 뿌리치고 성큼성큼 가게를 나섰다.

나를 따라 밖으로 나온 점주님을 돌아보진 않았다.

"연락은 꼭 하거라~!"

몇 번이나 내 이름을 부르던 점주님의 목소리에는 점차 체념한 느낌이 섞이기 시작했다.

일단 집으로 돌아가 짐을 다 꾸린 나는 바츠의 검술 도장으로 향했다.

짐이라고 해도 어깨에 걸쳐서 메고 다니는 천 가방 하나 정도다. 비위를 맞추기 위해 가게로 가져갔던 유리병도 점주님에게 보여 줄 틈도 없이 다시 가져와 버렸다.

"이봐~! 바츠! 아직 있어~?"

도장 안을 들여다보고 있자니 안쪽에서 동생인 바츠가 나타났다.

"그렇게 소리치지 마. 토벌은 다음 주에 떠난다니까. 이번 주는 출정식하고 퍼레이드가 있어."

용사 일행이 마왕을 쓰러뜨리기 위해 출발할 때, 반드시 개최되는 행사다. 나는 어깨를 늘어뜨리며 한숨을 쉬었다.

"아, 그 쓸데없는 행사 말이지."

"너무 그러지 말라고."

쓴웃음을 지은 바츠는 용사. 다시 말해 이번 이벤트의 주역이다. 나는 무뚝뚝하게 말했다.

"나는 지금부터 여행을 떠날 거야. 신파극 같은 퍼레이드는 안 봐도 되니까."

"어? 여행? 왜?"

"……뭐, 이런저런 이유가 있어서. 그래서 이걸 주려고 왔지."

나는 천으로 싸 둔 기다란 물건을 바츠의 손에 쥐여 주었다.

"구리가 아니라 《강철 검》이야. 외국 마을에서 샀지. 이게 있으면 한동안 편할 거 아냐? 어지간한 슬라임 같은 건 산산조각 낼 수 있다고."

"산산조각 내는 건 좀 불쌍하지 않아? 아니, 외국에서? 어떻게?"

"……뭐, 이런저런 이유가 있어."

"형은 그 말만 하네. 여행을 떠난다니, 점주님은 허락해 줬고?"

"어? 아, 응. 그야 뭐, 물론이지. 당연하지요!"

바츠는 내 눈이 떨리고 있다는 걸 눈치채고는 나무라는 듯한 눈초리로 바라보았다.

"은인 눈에서 눈물이 나게 만드는 짓은 하면 안 돼. 점주님은 착하고 좋은 사람이잖아."

이 녀석은 가끔 나를 어린애 취급할 때가 있다. 동생이면서.

"……나도 알아, 안다고. 그래도 괜찮아. 제대로 돌아올 거니까. 점주님은 아직 건강하니 내가 여행을 떠난 동안에 갑자기 죽진 않을 테고."

바츠는 내 결단을 부정하지 않았다. 잠깐 눈을 감았다가 문득 뭔가 생각났다는 듯한 표정을 지었다.

"맞다. 여행을 떠날 거면 우리 파티에 들어올래? 뭐, 상인 한 명 정도는 어떻게든 될 것 같거든. 다른 멤버도 있고."

설마 용사 일행에 초대를 받을 줄이야. 나는 고개를 마구 저었다.

"아니, 아니, 아니, 절대로 안 들어가! 왜 내가 용사하고 여행을 하는데. 만약에 그랬다간 강한 마물에게 찍혀서 금방 죽을 텐데? 사천왕 같은 녀석은 죽어도 만나고 싶지 않고!"

그럴 줄 알았지, 바츠는 그렇게 말하고 웃으며 "조심해"라고 중얼거렸다.

바보다. 진짜로 조심해야만 하는 건 너라고, 바츠.

"너야말로 괜찮겠어? 돈은 잘 모아 두라고. 처음부터 강철 검을 가지고 있으니 중간까지는 무기 같은 걸 살 필요가 없을 거야. 절약해서 남은 돈으로 좋은 방어구를 사. 제일 비싸고 좋은 방어구를 사라고!"

다그치는 나를 보고 바츠가 느긋하게 대답했다.

"그래도 같이 여행할 동료가 있으니까. 그 사람들 장비도 사야 하고."

"……아, 그랬지."

이 녀석이 용사로 선택받았을 때, 절망하면서도 이해했다.

바츠만큼 다른 사람 생각을 해 주는 녀석은 별로 없다. 타인을 위해 자신을 희생하는 것도 마다하지 않으며 강하고 착한 남자. 그야말로 나라가 모범적으로 생각하는 용사의 이미지 그 자체다. 그래서 기분 나쁜 예감만 든다.

용사는 희생의 대명사다.

예전에 마왕이 세 번 쓰러지긴 했지만, 용사가 살아서 돌아온 적은 없다. 그 현실을 미화하려는 듯이 '용사가 자신을 희생하여 마왕을 쓰러뜨린다'라는 진부한 이야기를 우리는 어렸을 때부터 계속 들으며 자랐다. 자신을 희생하는 것은 고귀하며, 그런 행동을 마다하지 않는 용사는 국민의 모범이라고.

그게 빌어먹을 짓이라고 생각하는 건 내가 자신의 이익을 가장 중요시하는 상인이기 때문일 것이다.

"있지, 바츠."

"왜?"

용사 같은 건 전 세계에 얼마든지 있으니까 너는 부상이나 병에 걸렸다는 이유를 대고 대충 빠져 버려…… 그런 말이 목까지 올라왔다. 하지만 그런 말을 소리 내어 하지 못하는 건 말해 봤자 소용이 없을 거라는 사실을, 오랫동안 이 녀석의 형이었던 내가 가장 잘 알고 있기 때문이다.

"잘 보라고. 네가 여행하는 동안에 전 세계의 어떤 무기 상점에서도 최강의 장비를 손에 넣을 수 있게끔 해 줄 테니까. 이 마을도 제일 좋은 무기가 동검이 아니게 될 거고."

"그런 게 가능해?"

항상 내 뒤를 따라다니던 그 어린 시절 바츠의 눈빛 그대로 용사가 나를 보았다.

"나라면 말이지. 네가 마왕의 성에 도착하기 전에 그런 세상으로 만들어 줄게!"

타악, 힘껏 내 가슴을 두드려 버려서, 아야야…… 나는 그렇게 말하며 제자리에 웅크려 앉았다.

"그럼 기대해 볼까."

체력 쪽으로는 전혀 미덥지 못한 형의 한심한 모습을 본 바츠가 활짝 웃었다.

"……이제 갈게."

"응, 조심해. 그래도 그렇게 멀리 가진 않을 거지?"

내 목적지는 길드 마스터가 기다리고 있는 상인 길드 본부다. 그게 어디 있는지, 지금은 모른다. 그래서 망설임 없이 고개를 끄덕였다.

"그래. 잠깐 여행을 할 뿐이야. 너야말로 조심하라고. 금방 죽어 버리지 말고."

"이 검이 있으면 어떻게든 될 것 같아."

바츠가 기쁜 듯이 천으로 싸인 강철 검을 들어 올렸다.

"……바츠, 또 보자."

가볍게, 정말로 아무렇지도 않다는 듯이 나는 그렇게 말했다.

너무 호들갑을 떨면 평생 작별하게 될 것 같으니까.

검술 도장이 보이지 않는 곳까지 간 나는 키메라의 날개를 들어 올리고 칸마 마을을 떠올렸다.

WHY DO YOU
ONLY SELL
COPPER SWORDS?

분노 하나,
1골드

항구 마을 칸마에 도착한 내가 처음 한 일은 용병을 고용하는 것이었다.

　칸마에서 북쪽으로 길을 따라 이틀 정도 걸어간 곳에 있는 텐 마을에는 칸마의 길드에 본부의 의향을 전해주는 상인 길드가 있다고 한다. 놀랄 만큼 정보가 적고, 본부의 위치도, 길드 마스터의 정체도 모르는 지금 상황에서 목적지에 도착하기 위해서는 이렇게 점과 점을 이어서 선으로 만드는 것밖에 방법이 없기 때문이다.

　……그래서, 화제를 다시 돌려서 용병 고용이다.

　솔직히 말해 용병은 비싸다. 하지만 칸마에서 텐까지는 멀리 떨어져 있다. 그리고 이 근처에 서식하는 몬스터는 파라그라나 칸마와는 비교도 되지 않을 정도로 강하다. 독을 지닌 거대한 애

벌레나 전갈도 있다. 용병을 고용하지 않으면 나 같은 건 목숨이 아무리 많아도 부족하다.

"마루 씨. 텐 마을이 보이네요, 저기요."

임시로 고용한 청년 용병이 앞쪽을 가리키며 그렇게 말했다. 난폭한 사람들이 많다는 용병 중에서도 비교적 예의가 바른 사람이다. 동생인 바츠만큼은 아니지만, 체격도 꽤 크다.

"오오…… 겨우 도착했구나…… 오, 오래 걸렸네……."

어깨를 들썩이며 숨을 쉬던 내가 감격하자 옆에서 다른 용병 한 명이 "호들갑이네"라며 웃었다. 이 녀석은 좀 전에 말한 청년 용병의 후배인 것 같은데 몸집이 우락부락하고 꽤 건방지다.

"칸마에서 걸어서 이틀 정도니까 그렇게 오래 걸리지도 않았는데요."

"……당신들 용병 감각으로는 그럴지도 모르지."

하지만 나는 뼛속까지 사무형 인간이다. 너희들 같은 뇌순남과 똑같을 거라 생각하지 마.

마음속으로 독설을 내뱉고 있자니 앞쪽의 풀숲이 부스럭거리며 부자연스럽게 움직였다.

선배 용병이 그 사실을 눈치채고 재빠르게 검에 손을 가져다 댔다.

"마루 씨! 물러서요!"

후배 용병이 내 앞으로 나서서 막아섰다. 하지만 풀숲은 계속 부스럭거리기만 할 뿐, 흉악한 몬스터가 나올 낌새는 보이지 않았다.

한동안 풀이 흔들리는 걸 바라보고 있자니 잠시 후에 주륵…… 철퍽, 그렇게 수분을 잔뜩 머금은 소리가 들리며 풀 틈새로 연두색에 반투명한 슬라임이 나왔다.

"뭐야, 슬라임인가? 그런데 신기하네. 이 근처에 슬라임이 서식하던가?"

선배 용병이 그렇게 중얼거리자 후배가 "얼른 해치워 버리죠"라고 하며 검을 겨누었다.

"피, 피갸악!!"

살기를 느낀 슬라임이 방향을 바꿔서 다시 풀숲 안으로 도망치려 했다.

"야, 도망치지 마."

후배 용병이 칼끝으로 찔러대자 슬라임이 떨면서 앙칼진 목소리를 냈다.

"나쁜 놈 아니야! 나, 나쁜 슬라임, 아니야!"

……어? 방금 이 녀석이 말한 건가?

그 말을 듣고 나뿐만이 아니라 용병 두 명도 깜짝 놀란 모양이었다. 당연하지만, 하등 몬스터인 슬라임에게는 언어 기능이 없다.

"기분 나쁘네. 슬라임이 말을 하다니……."

선배 용병이 그렇게 말하자 후배도 칼끝으로 슬라임을 건드리며 고개를 끄덕였다.

"얼른 죽여 버리자. 기분 나쁘잖아."

"나쁜 놈 아니야! 나, 나쁜 놈 아니야!"

사람 말에 반응을 보인 슬라임이 동그란 눈을 이리저리 움직이며 다시 소리쳤다.

"자, 잠깐만! 용병 씨! 그 슬라임은 죽이지 마!"

나는 슬라임의 중심을 향해 검을 꽂아 넣으려던 용병을 급하게 말렸다.

어? 그렇게 말하며 돌아본 후배 용병에게 이어서 지시를 내렸다.

"죽지 않을 만큼만 괴롭혀 줘! 빈사 정도로만!"

"오히려 그게 더 힘든데요…… 음, 이 정도면 되려나?"

선배 용병이 자신의 검 옆면으로 슬라임의 표면을 몇 번 때렸다.

"피끄에엑…….."

"응? 조금만 더 때려! 아, 너무 심했네. 오케이, 오케이, 그 정도면 돼!"

땅바닥에 축 늘어진 슬라임을 보고 용병들은 당혹스러워했다.

"이렇게 기묘한 슬라임을 반쯤 죽여서 어쩌려고요?"

"그야 잡아서 팔아야지요. 보기 드문 말하는 슬라임, 100만 골드!"

용병 두 사람이 그렇게 비싸게 팔리려나……라는 분위기를 풀

풀 풍겼지만, 아랑곳하지 않았다. 그들은 이 슬라임의 희귀성을 이해하지 못하는 것이다.

자, 잡으려면 우선 넣을 용기가 필요한데. 주머니나 바구니가 아니라 밀봉할 수 있는 용기.

"아, 이거면 되겠구나. 유리병!"

점주님에게 미처 주지 못했던 투명한 병을 꺼낸 나는 빈사 상태인 슬라임을 건져서 넣었다. 걸어가면서 무심코 쏟아 버리지 않게끔 병 입구를 마개로 막았다.

"이건 분명히 팔릴 거야. 자신이 있다고. 말하는 슬라임이 있다는 이야기를 들어 본 적도 없으니까!"

두 용병은 병을 햇빛에 비춰 보며 웃는 나를 말하는 슬라임을 봤을 때보다 더 기분 나쁜 듯한 눈초리로 쳐다보았다.

"……당신, 조만간 자기 친형제도 팔아넘길 기세네요."

고용주에게 너무 실례잖아.

"뭐, 그 정도 기개가 없다면 상인 같은 건 못하지. 자, 텐으로 서둘러 가자고."

내가 여행을 떠난 목적은 상인 길드의 공략이다.

어차피 텐의 길드원도 본부가 어디 있는지는 모를 것이다. 그렇게 되었으니 모조리 뒤져 봐야겠다. 지부를 차근차근 거슬러 올라가서 길드 본부를 찾을 수밖에 없다. 그리고 본부에 도착한다면 추천 아이템 제도 같은 말도 안 되는 규칙을 폐지시킬 것이다.

여행 동료인 용병 두 명에게 성공 보수를 주고 헤어진 다음, 나는 도착한 지 얼마 안 된 텐을 둘러보았다. 아마 이곳이 중심지일 텐데, 왠지 모르겠지만 활기 같은 게 느껴지지 않는다. 한마디로 표현하자면 '한적한 마을'이다.

"돈 냄새가 거의 안 나는데. 이런 곳에도 상인 길드가 있으려나."

자, 어디로 가야…… 그렇게 생각하며 포장되지 않은 길을 걸어가고 있자니 멀리서 목소리가 들렸다.

"감사합니다! 안녕하세요! 일 같은 건 바보들이나 하는 짓이지! 출근하지 말자고!"

멀리서 누군가가 소리치고 있다. 앙칼진 목소리다. 어린애인가?

"다들 날마다 열심히 일하고 말이야! 그러면 안 돼! 일을 하면 지는 거라고! 지는 거!"

예상했던 대로 광장 가장자리의 단상 위에서 소리치고 있던 건 웬 어린애였다. 꽤 말랐는데, 아마 열 살 정도 되는 것 같은 남자애다.

"다들, 일하는 게 당연한 거라고 생각하지? 꼭두각시 인형 같은데?"

그 소년은 어른들 백여 명에게 둘러싸인 채 흔들림 없는 눈빛과 일부러 선택한 것 같은 강한 단어로 그들을 계속 도발하고 있었다.

"뭐라고! 이 자식!"

"망할 꼬맹이, 사회를 얕보지 말라고!"

그러면서 소년을 둘러싸고 있던 어른들이 매도를 퍼붓는 모양인데…… 이게 대체 뭐지?

"네~ 여러분. 이 아이에게 공을 던질 권리입니다! 자, 공 하나에 1골드입니다! 이 아이에게 공을 던질 권리입니다~! 하나 사세요~!"

어린애 옆에서 그렇게 안내해 주고 있던 건 시원찮아 보이는 중년 남자였다.

"좋아! 그 공, 하나 줘!"

"나도 세 개 살래!"

"감사합니다!"

공이 골드와 맞바꾸어 차례차례 어른들의 손으로 넘어갔다.

단상 위에 있던 어린애는 줄을 선 사람들을 둘러보며 도발하는 듯이 외치고 있었다.

"일하는 걸 기특한 일이라 생각하는 사람은 바보인 것 같아."

"이 자식~! 먹어라!"

온 힘을 다해 던진 공을 배에 맞은 소년이 아파하며 얼굴을 찡 그렸다.

"꼴좋다! 망할 꼬맹이!"

그렇게 욕설을 내뱉은 남자는 말이 나온 김에 침까지 뱉고는 줄에서 빠져나왔다.

"네, 다른 분들도 던지세요! 저 아이에게 공을 던질 권리, 1골 드! ……아, 거기 당신! 돌은 던지지 마세요! 던질 거면 돈을 내고 이 공을 사 주세요!"

잘 살펴보니 어린애 옆에는 '공 가게'라고 적힌 간판이 세워져 있었다.

……그렇구나, 지금 상황을 겨우 이해했네.

다시 말해 저 아이는 일부러 주위 사람들을 도발해서 자신에 대한 적의를 부추기고 있는 것이다. 그리고 다른 일행인 공 장수 가 '적의를 한 몸에 받고 있는 어린애에게 공을 던질 권리'를 판 다. 그런 장사인 것 같았다.

던질 권리하고 공을 같이 파니까 공 가게인 건가? 그런데…… 돌만큼 단단하진 않을 것 같긴 하지만, 저 공도 맞으면 꽤 아플 것 같은데. 뭐, 장사 시스템을 감안하면 어느 정도 아파야만 공이 팔리는 건지도 모르겠지만.

그런 생각을 하고 있자니 사회자를 겸하고 있던 공 장수가 두 손을 들어 올리고 흔들었다.

"네~ 시간이 다 되었습니다! 죄송하지만 오늘은 이만 해 주십시오!"

그러자 모여든 어른들이 저마다 욕설을 내뱉었다.

"흥! 내일 또 올 테니 두고 보자, 너."

"자기 아이를 이용해서 돈을 벌다니, 아버지인 너도 정말 쓰레기로군."

"노동을 깔보지 말라고, 멍청아!"

"내일까지 그 망할 꼬맹이에게 교육을 잘 시켜 둬!"

어른들은 그런 말을 남기고 해산했다. 살짝 웃으며 그들의 뒷모습을 바라보던 공 장수 중년 남자는 단상 위에 있던 소년을 향해 돌아섰다.

"아들아! 오늘은 105골드나 벌었단다!"

"아빠, 아파……."

소년은 자기 몸을 끌어안으며 제자리에 주저앉았다.

놀랐다. 좀 전에 어른들이 그렇게 말하긴 했는데, 저 둘이 정말로 부자관계였나?

아버지가 단상 위에서 아들을 안아 내려 준 다음, 머리를 쓰다듬었다.

"미안, 미안. 기특하다. 잘했어. 맞는 말을 확실하게 하고, 너는 정말 훌륭하구나. 아…… 오늘 공이 좀 단단했나? 그, 그래도 내일 또 부탁한다?"

"응…… 그런데 다들 내게 '쓰레기'라거나 '망할 녀석'이라고 하는데……?"

소년은 슬픔과 당혹스러움이 한데 섞인 듯한 눈초리로 아버지를 보았다.

아버지는 그 말을 큰 목소리로 부정했다.

"그, 그렇지 않아! 쓰레기는 그 녀석들이지. 돈을 벌 방법이 정말 다양한데도 그 녀석들은 노동에만 얽매여서 기존 방식만 대단하다고 생각하는 바보들이야! 하지만 너는 그렇지 않지. 너는 그런 꼭두각시 인형이 아니라 자유로우니까! 기존 방식으로 노동 같은 걸 하지 않더라도 말이지. 봐라, 이렇게 돈을 많이 벌었잖니."

아버지는 주머니에 모인 공 값을 아들에게 슬쩍 보여 주었다. 그런 다음에 어리고 가녀린 소년의 어깨에 두 손을 얹고는 타이르는 듯이 다시 말했다.

"너는 기특하다. 너는 대단해. 너는 자유로워. 그러니 내일부터도 가르쳐 줘라. 그 꼭두각시 인형들에게 기존 방식의 노동이 얼마나 하찮은지를. ……정의는 너에게 있다!!"

"으, 응……!"

아버지는 다시 아들의 머리를 쓰다듬으며 타이르는 듯이 말했다.

"그리고 말이다, 도발의 종류를 좀 더 늘리는 게 좋겠어. 똑같은 말을 반복하다간 손님들이 질려 버리니까. 아버지가 새로운 걸 생각해 볼 테니 내일까지 연습해 두려무나."

"응, 알겠어……."

어린애를 미끼로 돈을 버는 아버지라니, 정말 바람직하지 못한 것 같긴 하지만, 아마 그들은 빈민일 것이다. 가난 때문에 아이에게 도둑질이나 구걸을 시키는 부모도 많으니, 저들도 별반 다를 게 없을 것 같다. 나도 잘 알고 있다. 돈이나 능력이 없는 사람은 저렇게 먹고 살 수밖에 없다.

"좋아, 착하구나. 오늘은 술집에서 밥이라도 먹을까! 먹고 싶은 걸 주문해도 되고!"

"응!"

소년의 얼굴에 그제야 미소가 돌아왔다.

"어이쿠, 공은 확실하게 챙겨서 가야지. 이걸 만드는 것도 공짜가 아니니까."

두 사람은 흩어져 있던 공을 주워 모은 다음, 손을 잡고 떠나갔다.

보아하니 그 부자는 예전의 나보다 그나마 나은 것 같긴 하다. 아버지는 필사적으로 자기 자식을 관리해 주고, 아들은 아버지를 믿고 있다. 양쪽 다 봐주지 못할 만큼 어리석긴 하지만…….

"공 가게의 망할 꼬맹이는 진짜로 바보 같은 녀석이라고오오오오오오!"

……응? 이번에는 저쪽에서 남자의 큰 목소리가 들리기 시작하는데.

"그 꼬맹이, 노동자를 바보 취급하기는! 사회를 모르니까 그렇지, 그 공 가게 꼬맹이!"

"맞아!"

"그렇다니까!"

"너도 가끔은 맞는 소리를 하는구나!"

또냐……. 이번에는 광장 옆에 설치된 작달막한 단상 위에서 어떤 남자가 아까 그 공 가게를 비판하고 있다. 그리고 어른들 수십 명이 또 모여서 맞장구를 치며 고개를 끄덕이고 있다.

그때, 청중 중 한 명이 금화 한 개를 단상 위로 던졌다. 그 뒤를 이어 금화 몇 개가 날아들었다.

"감사합니다! 감사합니다! 그래서 공 가게의 망할 꼬맹이는……."

……다시 말해 저기도 그런 장사인 건가? 공 가게에 울분이 쌓인 녀석들을 모아서 공 가게를 비판하고, 그걸 통해 돈을 얻는 식으로…….

놀랐다. 잘 살펴보니 그 남자뿐만이 아니었다. 저쪽에서도, 그 건너편에서도, 비슷한 행동으로 손님을 모아서 매도를 퍼붓고 있는 녀석들이 있는데.

"대, 대체 뭐지, 이 마을……."

◈ ◈ ◈

광장을 나선 나는 우선 무기 상점으로 향했다.

"음~.《부메랑》하고《철제 창》,《철제 손톱》이라……."

텐 마을의 상품은 역시 파라그라나 칸마와는 달랐다.

그때, 가게의 아이템을 바라보고 있던 내게 가게 주인인 듯한 남자가 말을 걸었다.

"형씨, 상인이야? 상인이라면 손톱은 다루지 못할 텐데. 부메랑이나 창을 사라고."

"그러게, 잠깐만 생각 좀 하고. 아, 그런데 여기, 드래곤 킬러는……."

"있을 리가 없잖아? 농담이라 해도 안 웃긴데."

곧바로 부정당한 나는 "그러게요~"라고 대답했다.

"그런데 광장에 그거, 유행하는 거야?"

"그거? 아, '샌드백 가게' 말인가?"

가게 주인은 금방 짐작한 모양인지 내가 원하던 정보를 주었다.

"지금은 그렇게 다양해지긴 했는데, 원래는 노동자들의 스트레스 해소 쪽으로 장사를 할 수 있겠다고 생각한 빈민이 시작한 거였어. 한 방 맞는데 몇 골드입니다~라고 말이지. 우리 마을에서는 꽤 역사가 깊은 장사라고."

악취미의 극에 달한 역사로군, 마음속으로 그렇게 혀를 내두르고 있자니 가게 주인이 내 마음을 읽었는지 자학하는 듯한 미소를 지었다.

"악취미라고 비난한다면 어쩔 수 없겠지만, 이 마을에서 할 일은 한정적이거든. 직업을 얻지 못하는 빈민들은 도둑질이나 구걸, 샌드백 가게가 아니면 먹고 살 수가 없어. 개인적으로 도둑질보다는 나은 것 같은데."

그렇게 볼 수도 있다는 건가. 나는 질색하며 가게 주인에게 물었다.

"이 마을에서 지금 제일 장사가 잘 되는 샌드백 가게는 누군데?"

"샌드백 가게는 한철 장사라서……. 그래도 뭐, 지금은 공 가게겠지. 빈민 꼬맹이가 자기들이 하는 일을 업신여기니까 노동자들의 분노가 폭발했어. 어린애에게 던질 공도 날개 돋친 듯 팔리고. 어떤 샌드백 가게가 인기를 끌면 보통 다른 샌드백 가게도 거기에 편승하거든. 지금은 공 가게를 비판해서 돈을 벌려고 하는 샌드백 가게도 늘어났는데, 그런 녀석들이 얼마나 많은지도 인기의 반증이라고 할 수 있겠고."

샌드백 가게라는 장사도 심오하구나. 하지만 그와 동시에 어둠이나 업도 깊은 것 같다…….

나는 마음을 다잡고 가게 주인에게 계속 물었다.

"그런데 말이야, 아무리 그래도 어린애에게 공을 던지는 어른이 그렇게 많은 건 좀 이상하지 않아? 평범한 어른은 '뭐, 어린애가 하는 말이니까'라고 생각하기 마련 아닌가?"

"그야 뭐, 그만큼 이 마을의 노동자들도 살기 힘들다는 뜻이지. 텐은 나라에서 나오는 배급도 적어. 직장을 잃은 노동자가 샌드백 가게로 먹고 살게 되는 경우도 드물지 않고, 샌드백 가게를 이용하는 노동자들도 나중에 어떻게 될지는 모르잖아. 돈도 그렇게 많지 않으니 저렴하게 스트레스를 해소할 수 있는 샌드백 가게를 이용하는 거겠지."

"아~. 사람은 돈이 없으면 분노를 오락에 이용하는구나."

그렇게 말한 다음에 눈치챘다. 내 아버지라던 그 남자도 그랬다. 며칠 전에 꾼 꿈이 떠올라서 가슴이 답답해졌다.

"그런데 당신, 그 가방 안에 들어 있는 건 뭐야?"

"어? 아, 이거."

가게 주인이 묻자 나는 어깨에 비스듬히 걸친 천 가방에서 약간 드러나 있던 슬라임이 든 병을 꺼냈다. 안에 빽빽하게 들어차 있는 것은 연두색에 반투명한 물체였다.

"그거…… 떠 있는 게 눈알이지? 파는 상품인가?"

나는 뚜껑을 빼내며 몸을 앞으로 내밀고 설명하기 시작했다.

"잘 물어보셨습니다! 이건 정말 신기한 《말하는 슬라임》이에요!"

그러자 가게 주인이 어이없다는 듯이 병 안을 보았다.

"거짓말. 그런 슬라임이 어디 있어?"

"진짜라니까! 야, 너, 말해!"

나는 병 입구로 손가락을 집어넣고 슬라임을 찔러댔다. 하지만 슬라임은 말이 없었다. 꿈틀거리며 움직이긴 했지만, 아무런 목소리도 내지 않았다.

"어라? 이상하네. 야, 말하라니까! 아까는 나불나불 떠들었잖아!"

몇 번을 찔러대도 슬라임은 아무런 말을 하지 않았다.

가게 주인의 싸늘한 눈초리가 내 얼굴에 꽂혔다. 나는 실실 웃었다.

"지, 지금은 상태가 안 좋은 것 같은데, 이 말하는 슬라임, 싸게 줄까?"

"그렇게 속이려 해 봤자 소용없어. ……이제 됐으니까, 물건을 사지 않을 거면 가라고."

나는 급하게 카운터 위에 있던 사과를 집었다.

"살 거야, 산다고! 이 사과 하나."

"……고맙군."

나는 이미 싹싹한 접객을 포기한 듯한 가게 주인에게 사과값을 건네고 나서 물었다.

"그리고 말이야, 상인 길드가 어디 있는지 좀 가르쳐 줄래?"

"저쪽 모퉁이를 돌아가면 있어. 근처라고."

가게 주인은 턱을 들어 내가 물어본 곳을 가리켰다.

"여기, 상인 길드, 맞지……?"

나는 건물 앞에서 당황하고 있었다.

길드도 건물을 좀 제대로 고르는 게 낫지 않을까. 먼지가 쌓이고 꾀죄죄한 외부, 현관문은 바람 때문에 끼익, 끼익 소리를 내고 있다. 인기척이 없는데, 폐허……는 아니겠지?

각오를 다지고 현관으로 이어지는 돌계단을 올라가던 도중에 뒤에서 "이봐"라고 부르는 목소리가 들렸다.

돌아보니 모험자 장비를 갖춘 남자가 서 있었다.

"당신, 상인인 마루인가?"

"그런데요……."

이 녀석, 누구지? 내가 수상쩍어하는 표정을 짓자 모험자가 안심한 듯이 웃었다.

"오, 다섯 명째에 겨우 찾아냈군! 여기로 다가오는 젊은 남자에게 닥치는 대로 말을 걸었거든. 나는 파라그라에서 온 모험자야. 무기 상점 주인이 편지를 맡겨서."

……으엑. 점주님이?

전서구 역할을 해 준 모험자에게 고맙다는 인사를 한 다음, 나는 천천히 편지를 뜯어보았다.

『마루에게.

가게를 나설 때 '상인 길드 마스터를 만날 거다'라고 하길래 분명히 각지의 상인 길드에 물어보러 돌아다닐 것 같아 이 편지를 너에게 전해 달라고 모험자들에게 의뢰했다.

지금은 칸마나 텐, 스트로피 근처에 있을까. 우선 그 마을로 모험자를 파견했는데, 조만간 그들 중 누군가를 만나길 기원하는구나.

자, 평소에는 제멋대로 행동한 너에게 상인의 길에 대해 세 시간 정도 이야기를 해 줘야겠지만, 이미 일어나 버렸으니 어쩔 수 없겠지.

상인으로서 견식을 넓힐 좋은 기회라고 생각하고, 너의 의향을 존중하기로 했단다. 어찌 됐든, 언젠가는 필요한 일이었으니까.

그리고 중요한 것에 대해 두 가지 정도 적어 두마.

첫 번째. 설마 그러진 않겠지만, 용병도 고용하지 않고 여행을 하는 어리석은 행동을 저지르진 않았겠지? 텐이나 스트로피 이후로 나타나는 몬스터는 사납다. 너의 가녀린 팔로는 도저히 맞서 싸우지 못할 거야.

절약은 상인의 기본이지만, 목숨보다 비싼 것은 없단다. 써야 할 때는 아끼지 말고 돈을 쓰거라. 제대로 용병을 고용해야 해. 알겠지?

두 번째. 반드시 편지에 답장을 쓰거라.

지금 어디에 있고, 뭘 경험했고, 무슨 생각을 했는지, 확실하게 알려다오. 알겠니?

편지를 주고받을 때는 모험자를 통해서 주고받자. 내가 손을 써서 곳곳에 배치해 둘 테니.

답장용 종이와 잉크도 그들에게 건네 놓을 테니 안심하고.

아, 귀중한 종이에 공간이 이제 얼마 남지 않았구나.

마지막으로, 건강만큼은 유의해야 한다.

키메라의 날개로 언제든 돌아와도 되고.

점주.』

……굳이 그렇게 가르쳐 주지 않아도 용병은 고용했다고. 그것도 텐 마을로 올 때부터.

나는 그렇게 혼잣말을 하면서 얌전한 점주님의 예상치 못한 행동력에 매우 놀랐다. 과보호하는 듯해 귀찮지만, 그 마음이 고맙기도 하다.

"좋아. 편지는 확실하게 건넸다. 답장을 받아 가야겠는데."

모험자가 갑자기 나를 들여다보았기에 나는 깜짝 놀랐다.

"다, 답장……?"

"그 무기 상점 주인은 당신이 답장을 쓰지 않으려 할 거라고 하더군. 답장을 회수하는 것까지가 내 일이라고. 자, 어서 답장을 써.”

아무리 그래도 점주님의 연락은 무시할 수 없겠지만…… 아아 아아아아…… 역시 귀찮다.

“아니, 지금은 좀 바빠서요. 나중에 드려도 될까요.”

“하루 정도라면 기다릴 수도 있긴 한데, 도망치진 마.”

“안 도망쳐요!”

그러자 모험자가 앞쪽에 있는 여관을 손가락으로 가리켰다.

“나는 저기 묵을 예정이니까 편지를 다 쓰면 말해 줘.”

“네, 네, 알겠습니다. 그럼 나중에 뵙죠!”

끈질긴 모험자를 겨우 쫓아낸 나는 다시 길드 건물 쪽으로 돌아섰다.

“실례합니다~.”

작은 목소리로 인사하고 안으로 들어서자 조용하긴 했지만 사람이 있었다. 앞쪽 응접세트에서 남자 두 명이 조용히 이야기를 나누고 있었던 것이다. 아니, 주로 이야기를 하는 쪽은 나이든 상인 같은 남자였고, 젊은 남자는 쭈뼛쭈뼛 상대방의 안색을 살피고 있었다.

나는 무심코 귀를 기울였다.

“아니, 따분한 글을 쓰는 사람은 앞으로 영원히 따분한 글만 쓰게 되니까.”

"네에……", 젊은 남자가 그렇게 말했다.

"이런 말을 하긴 좀 그렇긴 한데, 네 글에서는 센스나 재능이 느껴지질 않아. 이야기도 난해해서 주제를 이해할 수가 없고. 특히 마무리가 심각해, 마무리가. 이래선 답이 없잖아."

"네, 네에……."

끈적한 표정을 지으며 거만한 태도를 보이는 남자가 종이 다발을 앞에 두고 무언가를 비평하고 있었다.

그 '지적'을 들으며 고개를 꾸벅꾸벅 숙이고 있는 젊은 남자는 작가일까.

"아~ 귀중한 종이가 울고 있네. 글자 같은 걸 쓰지 않고 그냥 파는 게 더 가치가 있었을 텐데. 미안하지만, 이 정도 각본으로 연극 같은 걸 상영할 순 없잖아."

"네, 네……."

"너는 말이야, 이런 글을 쓸 수 있는 교양이 있으니 말이지, 각본가 같은 꿈을 꾸지 말고 좀 더 안정적인 직업을 얻는 게 어때?"

"네에……."

사정은 잘 모르겠지만, 정말 짜증 나는 비평이다.

이야기하고 있을 때 표정을 본인에게 거울로 보여 주고 싶다. 만약에 지금 저게 연극이라면 분명히 악역에 딱 어울릴 정도로 나쁜 성격이 잘 드러나는 밉살스러운 표정일 것이다. 저런 녀석은 평생 다른 사람들을 거만한 눈초리로 평가하기만 할 뿐, 자기 자신은 주역이 되지 못하겠지.

"그, 그래도 말이죠……."

그때, 고개만 숙이던 젊은 남자가 각오를 다진 듯이 입을 열었다.

"마을 사람들에게 이 각본을 보여 주니까 재미있다고 했거든요. 그러니까 부탁드립니다. 극장을 빌려주세요……."

"어차피 아는 사람 몇 명에게 보여 준 것뿐일 텐데? 그야 당연히 재밌다고 하겠지. 너를 배려해서 말이야. 이런 각본에 우리 극장을 빌려준다는 건 말도 안 돼. 공연 한 번에 돈이 얼마나 들어오는지 아나?"

이 악역 상인은 극장 일정을 결정할 수 있는 입장이기도 한 모양이다. 자기가 보기에 괜찮은 것만 상연한다는 주의인가?

"그래도 어떻게 좀…… 손님이 별로 안 오는 시간대라도 상관없으니까요."

청년이 테이블에 이마가 닿을 정도로 고개를 숙였다. 하지만 상인은 그렇게 필사적인 탄원도 받아들일 생각이 없는 것 같았다.

"연극 같은 것보다 샌드백 가게를 무대에 올리는 게 더 많이 번다고. 이제 돌아가!"

"죄, 죄송합니다…… 또 오겠습니다. 실례했습니다……."

"끈질기군. 안 와도 돼!"

상인이 그렇게 말하자 각본가 지망인 남자가 어깨를 늘어뜨리며 돌아갔다.

악역 상인이 내가 이야기를 주고받는 모습을 지켜보고 있다는 걸 알고 돌아보았다.

"뭐야, 애송이. 너도 내게 용건이 있나? 설마 방금 그 어중이 떠중이 같은 각본가처럼 연극을 하고 싶으니까 극장을 빌려 달라고 하진 않겠지?"

나도 꽤 많이 느끼긴 했지만, 이 업계에서는 젊은 것만으로도 얕잡아 보이곤 한다.

끈적한 악역처럼 생긴 길드원은 좀 전에 센스나 재능이 없다는 말을 했는데, 자기보다 젊은 사람이 자기보다 더 뛰어난 재능을 지니고 있을 가능성은 고려하지 않는 걸까. 상대방이 젊다는 것만으로도 얕잡아 보는 게 이 남자의 수준을 말해 주고 있다.

하지만 나는 그런 감상을 전혀 드러내지 않고 낮은 자세로, 그리고 밝은 목소리로 대답했다.

"아뇨! 저는 여쭈어보고 싶은 게 좀 있어서 왔을 뿐입니다. 저기…… 상인 길드의 본부가 어디 있는지 모르시나요? 아, 짐작 가는 게 없으시다면 지부라도 상관없습니다. 이곳 길드는 어떤 지부에서 지시를 받고 있나요? 그것만 가르쳐 주시면 바로 돌아갈 테니까요."

그러자 악역 상인의 표정이 단숨에 굳었다.

"……어째서 그런 걸? 우리가 본부에서 지시를 받는다는 이야기를 누구에게 들었지? 본부가 어디 있는지 알아서 어쩌게? 애초에 너는 대체 정체가 뭐냐?"

아차. 끈적대는 표정이 나타내는 것처럼 끈질긴 성격이다. 계속 캐묻는다.

"실례했습니다. 저는 마루라고 하는데요, 올해 이 나라의 용사로 선택받은 바츠라는 남자의 형입니다. 그래서 그쪽 관련으로 따로 행동하면서 상인 길드 본부로 가려 하고 있고요. 사정에 대해 자세히 말씀드리고 싶은 마음은 굴뚝같습니다만, 아무래도 용사의 마왕 토벌에 관련된 중대 임무라서……."

그런 사실은 없지만, 이렇게 말하지 않으면 이야기를 해 주지 않을 것 같다.

용사는 전 세계에서 가장 우선시되는 존재다. 그 용사의 형이라고 하면 어느 정도 허풍은 먹힐 것이다. 동생의 지위를 이용하는 것 같아 꼴사납긴 하지만, 수단을 가릴 처지가 아니다.

"……용사 바츠의 형이라고."

"네. 보세요, 이거. 용사의 친족이 받는 겁니다."

나는 옷깃 안쪽의 사슬을 잡고 옷 안쪽에서 목걸이를 꺼내 보였다.

용사의 친족은 이렇게 용사의 이름을 새긴 액세서리를 받게 된다. 이 펜던트는 열 수 있고, 그 안에 용사의 머리카락이나 그림 같은 걸 넣는 것이 일반적이다.

다시 말해 유품을 미리 주는 것이다. 지금까지 토벌을 떠난 용사는 아무도 돌아오지 못했으니까.

용사의 목걸이는 특히 유명해서 상인이라면 모르는 사람이 없다. 왜냐하면 큰 전공을 세운 용사의 이름이 새겨진 목걸이에는 프리미엄이 붙고, 부자 수집가 녀석들이 거금을 들여서 사들이기 때문이다. 유품이긴 하지만, 생활이 곤란해진 유족이 팔아치우는 경우도 드물지 않다.

"음…… 그 목걸이는 진짜인 것 같긴 하다만……."

"본부가 어디 있는지 말씀하시기 껄끄러우시면 지부가 어디 있는지라도 상관없는데요."

"……본부는 모르겠다만, 지부라면 가르쳐 줄 수도 있지. 하지만 조건이 있다."

"그렇겠죠~. 그런데 어떤 조건인가요?"

방긋방긋 웃으며 대답한 내게 상인은 "샌드백 가게는 알고 있나?"라고 물었다.

"네. 과격한 말과 행동으로 사람들을 모아 스트레스를 해소하게 만들어서 돈을 버는 사람들이죠."

"맞아. 우리는 이 마을에 극장을 지니고 있다. 예전에는 노래나 춤, 따분한 연극 같은 걸 했다만, 최근에 샌드백 가게 녀석들을 출연시켜 보니 꽤 성황이라서."

"네에…… 극장에 샌드백 가게를."

문화 사업 같은 것에 고상함을 따지지 않고 성적 우선으로 일정을 정하는 건 상인 길드로서 올바른 판단일지도 모르겠다.

"맞아. 입장은 무료다만, 샌드백 가게에게 물건을 던지는 건 유료. 그리고 극장 내부 곳곳에 광고를 걸어서 광고주에게도 광고비를 받고 있다."

"호오~ 그거 참 많이 벌리겠네요."

"많이 벌리지. 그런데 정말 바보 같은 손님들이야. 샌드백 가게는 각본대로 연기할 뿐인데 진심으로 매도를 퍼붓고 돈을 지불하면서까지 물건을 던진다니까. 평소에 울분이 정말 많이 쌓인 모양이라고. 보통 사람은 그렇게까지 적극적으로 화를 내지 않아. 다시 말해 그 녀석들은 일부러 극장에 화를 내러 오는 거야. ……웃기지 않나? 돈이 되긴 하지만, 그렇게 되고 싶진 않아."

표정이 끈적거리니 이야기의 내용도 끈적거리게 되는 모양이다. 나는 억지 미소를 지으며 물었다.

"그래서, 제게 뭘 하라는 건가요?"

"그래, 우리는 언젠가 이 마을의 샌드백 가게를 모두 모아서 매도와 비웃음이 오가는 대규모 극장을 만들 생각이야. 그런데…… 샌드백 가게의 숫자가 아직 부족하거든."

"그렇군요. 그러니까 제가 샌드백 가게를 끌어들이면 되는 건가요?"

"그렇지. 그것도 집객을 잘하는 녀석들을 끌어들여 줬으면 해."

"그러니까…… 공 가게 같은 사람들 말이죠?"

"만약에 그 녀석들을 끌어들일 수 있다면 좋겠지만, 사실 한 번 거절당했거든. 우리가 챙기는 돈이 마음에 안 드는 모양이라서. 극장을 빌려주는 대신, 매출의 2할을 받기로 했으니."

"집객을 잘 하는 사람들은 극장에 의존하지 않고 자기들끼리 사업을 하는 게 더 많이 벌릴 테니까요."

"……뭐, 그렇지."

내 말투가 마음에 들지 않았는지, 악역 상인이 씁쓸한 표정으로 대답했다.

"알겠습니다. 그럼 말씀하신 대로 손님을 끌어모을 수 있는 샌드백 가게를 끌어들이죠. 그 대신, 상인 길드의 지부가 어디 있는지 가르쳐 주세요."

"약속하마. 딱히 그렇게까지 가치가 있는 정보도 아니고."

그렇다면 교환 조건 같은 걸 내걸지 말고 바로 가르쳐 주지.

그런 구석도 상인다운 모습이겠지만…….

"정보의 가치도 사람들마다 다르네요."

좋아. 나도 샌드백 가게나 이 마을의 답이 없는 모습에 흥미가 있었으니까.

이왕 이렇게 된 거, 잘 해 봐야지.

WHY DO YOU
ONLY SELL
COPPER SWORDS?

좋아하는 것만으로는 살아갈 수 없다

우리 상인은 다양한 물건을 다루지만, '감정'도 예외는 아니다. 감정이 담긴 주머니, 인간을 상대하는 이상 그것도 엄연한 상품인 것이다.

맛있는 걸 먹으면 기쁘다. 오락은 즐겁다. 우리 상품 선반에는 슬픔도, 분노도 진열되어 있다. 샌드백 가게도 그중 하나에 불과하다.

저렴하고 악취미인 오락은 강하다. 돈이 없는 자에게 남겨진 '분노'를 해소할 수 있는 오락은 특히 강하다. 마음이나 생활에 여유가 없는 사람은 언제나 누군가, 무언가에 화를 내고 싶어 하기 때문이다.

그렇다. 지금 내 눈앞에 있는 그들처럼.

"감사합니다! 안녕하세요!"

밝게 울려 퍼진 소년의 목소리를 듣고 광장에 있던 어른들이 활기를 띠었다.

"야! 또 공 가게의 망할 꼬맹이가 뭔가 시작하는데!"

"서둘러!"

관객이 적당히 자신을 둘러쌀 때까지 기다린 소년은 밝은 목소리로 떠들어 대기 시작했다.

"출근 같은 건 안 해도 돼! 일하지 않는 건 불행한 게 아니야. 오히려 싫으면서도 억지로 일하러 가는 사람이 더 불행한 것 같은데! 왜냐하면 그건 꼭두각시 인형이나 마찬가지니까!"

"망할 꼬맹이, 까불지 마라!"

"또 바보 같은 소리나 지껄이기는!"

야유가 맞장구를 치는 것처럼 날아드는데도 소년은 겁을 먹지 않았다.

"나는 이렇게 생각하는데. 생활 물자는 나라에서 배급해 주니까, 그렇게 필사적으로 일을 할 이유가 없잖아? 그런데도 굳이 일을 하는 사람들은 세뇌라도 당한 거 아니야?"

"그 배급 물자가 부족하니까 이렇게 일을 하는 거잖아!"

"모두가 너처럼 생각하면 사회가 정체된다고!"

"나라의 배급에만 의존하다니, 그렇게 꼴사나운 짓을 어떻게 하냐!"

세상을 잘 모르는 빈민 아이가 뭔가 안다는 듯이 잘난 척하며 떠들어 댄다. ……이렇게까지 사람들의 '분노'를 부추기는 콘텐츠는 없다. 곧바로 공 장수가 끼어들었다.

"네, 이 아이에게 공을 던질 권리입니다~! 공 하나에 1골드. ……앗, 거기 당신, 돌 던지지 말라고 했잖아! 공이라고, 공을 던지세요! 1개에 1골드입니다~!!"

"어린애를 이용해서 장사를 하다니, 정말 쓰레기 같은 아버지로군! 공 하나 내놔!"

"매번 감사합니다! 1골드입니다!"

평소처럼 공 가게의 아들이 어른들을 도발하고, 아버지가 매도당하면서 공을 팔러 다니고, 어린애를 둘러싼 어른들은 너도나도 분개했다.

부모가 아이를 가르칠 때는 저런 표정을 짓지 않는다. 적어도 우리 점주님은 그러지 않았다. 어른이 아이에게 친절한 마음으로 조언을 할 때도 저렇게 천박한 표정은 짓지 않을 것이다.

소년을 보는 어른들의 눈빛은 무언가에게 화를 내고 싶은 사람이 공격해도 되는 대상을 발견했을 때 특유의 눈빛이다. 보면 볼수록 샌드백 가게가 제공하는 '분노'라는 상품의 수요가 얼마나 큰지 알 수 있었다.

내가 이 마을에 머무른 지 시간이 어느 정도 지났다. 지금까지 샌드백 가게 몇 군데의 장사 패턴을 분석해 보았는데, 역시 수많은 플레이어 중에서도 공 가게 부자가 제일 잘 부추기는 것 같다.

"젠장! 그 손님, 내가 쓰레기 같은 자식이라고? 쓰레기는 너잖아, 빌어먹을 밑바닥 노동자가! 아~ 열받네!"

공 가게 남자가 짜증을 내며 혼잣말을 늘어놓았다. 그런 다음, 피곤한 기색인 아들에게 소리쳤다.

"야, 다음에는 그 녀석들에게 이렇게 말해 줘라. '다들 아침부터 저녁까지 열심히 일하는데, 왜 어린 나보다 돈을 못 벌어?'라고! 그러면 그 녀석들이 공을 더 많이 던질 거야. ……응? 왜 그래?"

"나…… 이제 이거 안 하고 싶어…… 공을 맞으면 아프니까……."

하소연하는 아들에게 아버지가 갑자기 소리를 질렀다.

"야, 야, 갑자기 왜 그래? 좀 아프다고 어때서, 자신을 가져! 너는 훌륭하게 돈을 벌고 있잖아. 그 밑바닥 노동자 녀석들보다, 밉살스러운 교양인들보다 더 많이!"

"그래도 아픈데……."

예전과는 달리 고집을 부리는 아들을 아버지가 싸늘한 눈빛으로 바라보았다.

"……아, 그래. 그럼 이제 안 할 거야? 이제 샌드백 가게를 그만두고 다시 가난해질까?"

아들은 울상을 지으며 웅크려 앉았다.

"말을 안 하면 모르잖아. 어떻게 할래? 공을 맞으면 아프니까 이제 그만둘래? 그만두고 가난해질까? 내일 밥도 안 먹고 참을래?"

그러자 아들은 '그만두겠다'는 말을 할 수 없게 되어 버렸다.

"저기……."

살짝 말을 걸자 공 가게 부자가 나를 미심쩍어하는 눈초리로 보았다.

"뭐죠?"

"아, 아뇨. 공 가게 분들은 항상 인기가 많으신 것 같아서요. 대단하시네요."

"감사합니다. 내일도 할 테니까 다음에는 '일을 할 때'와 주세요."

"네, 그래서 말씀드릴 게 있는데요……. 알고 계신가요? 텐의 상인 길드에서 극장에 샌드백 가게들을 모아서 장사를 하잖아요? 공 가게분들께서도 참가하지 않으시나 해서요."

"뭐야, 당신, 상인 길드에서 보냈어? 그거라면 이미 거절했을 텐데."

나는 쌀쌀맞게 대답한 아버지를 물고 늘어졌다.

"그래도 샌드백 가게의 유행은 금방 지나간다던데요. 지금은 괜찮겠지만, 언젠가 손님들이 떠나갈 때를 대비하는 것도 장사하는 데 중요한 요소 아닐까요?"

"……길드 쪽 장사에 끼면 그 대비가 된다는 건가?"

아버지가 약간이나마 흥미를 보이기 시작했다. 나는 고개를 크게 끄덕였다.

"네! 극장에는 샌드백 가게가 많이 모이죠. 공 가게 분들에 대해 모르는 손님도 다른 샌드백 가게를 보러 극장에 오고요. 다시 말해 극장이라는 곳 그 자체가 손님을 모으는 힘을 지니고 있는 겁니다. 만약에 나중에 두 분의 집객 능력이 떨어진다 하더라도 극장에 소속되면 안심이라는 거고요."

"그래도…… 수수료가 말이지."

아버지가 씁쓸한 표정을 지었다. 역시 걸리는 건 그건가.

하지만 길드도 장사를 한다. 극장의 수수료를 면제해 주는 건 힘들 것이다. 적어도 내가 지금 멋대로 판단을 내릴 수 있는 건 아니다. 그렇다면 지금은 다른 이득을 들어서 공 가게의 의욕을 끌어낼 수밖에 없다.

"극장에서 공연하면 손님이 늘어날 테니 수수료를 내더라도 지금보다 수입이 늘어날 겁니다. 지금처럼 야외에서 하는 것보다 훨씬 그럴싸한 설비도 있죠. 비가 오는 날도 활동할 수 있고요."

"……알겠어. 다시 한번 길드 쪽 이야기를 들어 봐도 되겠군."

"감사합니다!"

마음이 바뀌기 전에 데리고 가려던 내게 아버지가 갑자기 시비를 걸었다.

"당신은 그건가? 교양인이라는 건가? ……좋겠어, 젊은 나이에 똑똑해서. 나 같은 녀석은 이 나이가 되었는데도 아무런 기술도 없고, 글자도 제대로 못 읽는다고. 아들에게 가르쳐 줄 수 있는 것도 거의 없어. 그래서 이런 장사를 하는 거라고."

"네에……."

맞장구를 쳐 줄 수가 없다. 애초에 나는 이렇게 비굴하게 구는 사람을 정말 싫어한다.

"머리가 좋은 당신들은 바보 같은 우리를 '잘 써먹어 주마'라고 생각하겠지. 그런데 당신들은 돈을 얼마나 벌지? 나는 이 일로 돈을 많이 번다고. 어지간한 상인들보다 더 많이. 교양인들이 으스대며 학문의 중요성을 말하곤 하는데, 돈도 못 버는 녀석들이 그런 말을 아무리 해 봤자 웃기기만 하잖아. 아무리 공부를 열심히 해 봤자 번 돈으로 사치를 부리지 못하면 의미가 없어. 다시 말해, 나보다 돈을 못 버는 교양인들은 몇 년 동안이나 쓸데없는 노력을 했다는 뜻이지. 인생 낭비하느라 고생이 많아!"

"공 가게 여러분은 훌륭하시죠. 저는 잘 압니다. 잘 써먹어 주다니, 말도 안 되죠! 샌드백 가게 여러분 덕분에 극장이 있는 거니까요."

……정말. 왜 내가 상인 길드를 옹호해 줘야만 하는 건데.

그러자 아버지는 고개를 돌리고는 마치 들으란 듯이 중얼거렸다.

"흥, 깔보기는."

그렇게 교양이 신경 쓰인다면 날마다 버는 돈으로 조금이나마 공부에 투자하면 될 것을. 내 아버지라던 남자나 죽은 어머니도 그랬는데, 가난한 녀석들은 기본적으로 그런 생각을 하지 못한다. 그날 그때 밥값에만 관심이 있고, 그 너머를 볼 기력이 없다. 그래서 일시적으로 돈을 벌더라도 저축이나 투자에 쓸 수가 없다. 가난한 사람은 가난해지는 사고방식을 가지고 있기에 계속 가난한 것이다. 마찬가지로 가난했던 나는 진심으로 그렇게 생각한다.

나는 방긋 웃으며 부자에게 고개를 숙여 인사했다.

"그러면 길드로 안내해 드리겠습니다."

"다녀왔습니다~. 공 가게 여러분을 모시고 왔습……니다?"

내가 공 가게 부자를 데리고 길드로 돌아오자 예전과는 달리 건물 안이 소란스러웠다.

"자, 잠깐만요! 어떻게든 할 테니까! 광고를 거두어들이진 말아 주세요!"

"아니, 당신들 극장은 너무 천박해졌어. 그런 곳에 광고를 내면 우리 사업 인상이나 평판도 추락할 거라고!"

유복해 보이는 상인이 엄청난 기세로 따지고 있었다. 그 사람에게 필사적으로 변명하고 있던 사람은 각본가 지망인 남자에게 거만하게 다그치던 그 끈적끈적한 악역 상인이다.

"샌드백 가게 녀석들은 주목을 끄는 것만 생각하면서 다른 사람들의 마음이나 폐가 된다는 걸 전혀 고려하지 않잖아! 극장에 손님들을 모으고 있긴 하지만, 손님들이 너무 천박해! 품위가 없다고!"

"그, 그러니까요, 얻어맞는 녀석들의 행동에는 규제를 만들어서 대처하겠습니다. 부디 좀 기다려 주시죠."

아무리 악역 상인이라 해도 자신보다 높은 입장에 있는 사람에게는 낮은 자세를 보였다.

따지러 온 사람은 네 명. 극장에 광고를 낼 수 있을 정도로 주머니 사정이 넉넉한 걸 보니 길드에 있어서도 중요한 손님일 것이다. 대표로 이야기하던 광고주가 콧김을 거세게 내뿜으며 말했다.

"애초에, 극장 무대에 샌드백 가게 같은 걸 올리지 말아 주셨으면 하는데요! 그 녀석들은 해충처럼 끈질기다고요. 규제를 만들어 봤자 어차피 요리조리 피하면서 살아남으려 할 텐데요!"

"아, 알겠습니다! 앞으로는 샌드백 가게를 무대에 올리지 않겠다고 약속하겠습니다!"

이봐, 이봐, 그런 약속을 해 버려도 괜찮겠어? ……아니, 당신은 저번에 나한테 샌드백 가게 스카우트를 의뢰했잖아. 얼마 지나지도 않았는데 손바닥을 뒤집으면 안 되지. 항의에 너무 약한 거 아닌가?

하지만 그렇게 재빠른 대처가 광고주에게는 잘 먹힌 모양이었다.

"……뭐, 그렇다면."

"으음. 그렇게 한다면 광고도 지금까지처럼 유지하지."

"아니, 아니, 광고료에 대해 다시 이야기를 나눌 필요가 있지 않습니까?"

"그렇긴 하지요. 그럼 나중에 다시 저희가 견적을 내서 찾아뵙겠습니다."

그렇군. 광고주 쪽에서도 시끌벅적하게 항의해서 광고료를 낮추는 걸 노렸던 건가? 역시 상인이야. 결국에는 속임수 대결이네.

"이번에는 정말 폐를 많이 끼쳤습니다……, 앞으로도 잘 부탁드리겠습니다."

고개를 꾸벅꾸벅 숙이는 길드원의 배웅을 받으며 극장의 광고주들이 돌아갔다.

……그런데, 잠깐만. 이건 나한테 바람직하지 못한 상황 아닌가?

살벌한 분위기를 느끼고 겁을 먹은 공 가게 부자를 작은 목소리로 달래며 나는 마구 불쾌해하며 의자에 앉은 악역 상인에게 말을 걸었다.

"저기~ 말씀하신 대로 요즘 인기가 많은 샌드백 가게를 데리고 왔는데요. 요즘 소문이 자자한 공 가게 부자거든요? 자, 약속한 정보를 가르쳐 주……."

왜 동검밖에 팔지 않는 것입니까 ✏

"시끄러워! 방금 그거 봤잖아?! 샌드백 가게의 행동이 장사의 인상을 해친다고 광고주들이 화가 머리끝까지 났단 말이다!"

"안타깝긴 하지만, 그건 그거고 이건 이거죠. 약속은 지켜 주세요."

그러자 악역 상인이 힘차게 의자에서 일어섰다.

"거절한다! 앞으로 그 극장의 일정은 전부 건전한 내용으로 짤 거야. 추악한 샌드백 가게는 출입 금지다! 애초에 나는 예전부터 그 녀석들의 천박한 말과 행동이 마음에 들지 않……."

그러자 지금까지 계속 입을 다물고 있던 공 가게 아버지가 상인의 말을 가로막았다.

"돈을 잔뜩 벌어 놓고 말이 너무 심하잖아! 이러니까 상인은 말이지!"

"아, 잠깐만! 아빠!"

그렇게 소리치고 화가 잔뜩 나서 건물을 나간 아버지를 따라 아들도 빠른 걸음으로 쫓아갔다.

나는 호들갑스럽게 한숨을 쉬었다.

"아~. 공 가게 분들이 화가 나서 돌아가 버렸네요. 모처럼 데리고 왔는데."

"앞으로는 건전한 연기자 말고는 사절이다!"

"말씀은 그렇게 하셔도, 건전한 거라고 하면 노래나 춤, 연극 같은 거죠?"

그래, 상인이 그렇게 낮은 목소리로 대답했다. 나는 나무라는 듯이 말했다.

"그걸로는 손님들이 많이 오지 않아서 샌드백 가게를 무대에 올린 거잖아요."

"나도 알아. 하지만 어쩔 수 없잖나! 너도 아이디어를 내 봐!"

"그렇게 말씀하셔도 말이죠……."

그게 내가 할 일인가? 자기가 무능한 건 거들떠보지도 않고, 이 남자가 대체 무슨 말을 하는 거지?

"어떻게든 해 봐! 안 그러면 상인 길드에 대해서는 안 가르쳐 줄 거다!"

이 녀석, 엉망진창이다. 하지만 정보를 얻기 위해서는 협력할 수밖에 없을 것 같다.

"젠장…… 내일부터 공연이 전부 취소된 건가. 서둘러 메꾸지 않으면 손해가 엄청날 텐데……."

끈적끈적한 얼굴에서 땀이 흘러내렸다. 그 모습을 보고 나는 개구리 마물을 떠올려 버렸다.

◈ ◈ ◈

극장에서 있었던 일을 통해 배우게 되었다.

광고를 주요 수익으로 삼을 경우, 극장 같은 시설이나 참가하는 연기자들은 자유롭지 못하다. 구조상 돈을 내는 광고주의 의향을 가장 우선시해야만 하니까.

……다시 말해, 좋아하는 것만으로는 살아갈 수 없다는 뜻이지.

나는 그런 생각을 하며 술집 벽에 붙어 있던 신문을 훑어보았다. 오늘 1면 기사는 '용사 바츠가 칸다라 도적단을 토벌했다'였다.

"……열심히 하고 있네, 바츠."

내가 이러는 동안에도 바츠는 위험에 처해 있다. 앞으로는 도적단뿐만이 아니라 거대한 식인 마물이나 사천왕, 마왕의 측근…… 그런 녀석들을 쓰러뜨리게 될 것이다. 언제 죽더라도 이상할 게 없잖아.

무기는 아직 내가 준 강철 검을 쓰고 있을까. 거점으로 삼은 마을에서는 좋은 장비를 팔고 있을까. 동료들 장비만 우선시하고 있는 건 아니겠지.

추천 아이템 제도 같은 게 없다면 각지의 상인들도 자유롭게 장사를 할 수 있다. 그러면 용사 일행도 장비 때문에 고생하지 않을 텐데.

……그래, 어서 상인 길드 본부로 가야 해.

그러기 위해서는 그 개구리처럼 끈적거리게 생긴 길드원으로부터 지부의 정보를 얻을 필요가 있다. 그리고 그 녀석은 정보의 대가로 극장에 사람들을 끌어모을 수 있는 건전한 콘텐츠를 요구했다. 하지만 그렇게 간단히 좋은 아이디어가…….

"아! 나쁜 놈 아니야!"

갑자기 옆에 있던 가방 안에서 앙칼진 목소리가 들렸다.

그 목소리를 낸 건 슬라임이다. 나는 유리병을 꺼내 술집 테이블 위에 올려놓았다.

"……깜짝 놀랐네. 뭐야, 너. 혹시 계속 기절해 있었던 거야?"

그래서 무기 상점에서 말을 안 했던 건가? 잡을 때 너무 세게 때렸나…….

병 속에서 눈알을 이리저리 움직이는 슬라임을 한동안 바라보던 나는 먹이를 줄 필요가 있다는 걸 느꼈다. 하등한 몬스터라고는 해도 이 녀석도 영양 보급이 필요하지 않을까.

슬라임은 천천히 움직이며 병 입구 쪽으로 눈알을 뻗었다.

잘 살펴보니 귀엽다고 봐주지 못할 것도 없는 것…… 같다. 어디가 얼굴인지, 애초에 얼굴이 있는 건지조차 구별이 안 되지만, 눈알이 있다면 그 근처에 입 같은 조직도 있을지 모른다. 나는 접시에 담겨 있던 빵을 작게 뜯어서 병 속에 있는 슬라임에게 가져다 대 보았다.

"자~ 알겠어? 이건 '빵'이야."

슬라임은 내 말을 곱씹는 듯이 눈알을 슬쩍 움직였다.

"빵. 자, 빠·앙. 말해 봐."

"빠……앙……."

작은 목소리가 들렸다. 역시 이 녀석은 인간의 말을 할 수 있는 대단한 슬라임이다.

"맞아! 맞아! 빵! 자, 빵 줄게. 알겠어? 지금 뚜껑을 열 건데, 도망치지 마라? 만약에 그런 짓을 하면 이 동검으로 베어 버릴 테니까."

나는 뚜껑을 열고 병 속으로 재빨리 빵을 던져 넣었다.

"싫어!"

한동안 빵을 가지고 놀던 슬라임은 그것을 퉷, 토해 버렸다.

보아하니 빵은 마음에 안 드는 모양이다. 왠지 모르겠지만 사치스러운 녀석이다.

"그럼 이건 먹을 수 있어? 고기야. 고·기. 자, 말해 봐."

"고……기."

"그래, 고기. 자, 먹어 봐."

육포를 뜯어서 병에 넣어 주자 슬라임이 그것을 몸속으로 빨아들이고는 천천히 씹는 것 같았다. ……그런데 육식이면 먹이 값이 많이 들겠는데.

"맛있으면 제대로 '맛있다'고 해야지."

꿈틀꿈틀 움직이는 슬라임에게 말을 걸어 보았지만, 이번에는 딱히 대답이 들리지 않았다.

뭐, 이렇게 자주 말을 걸다 보면 언젠가는 사람의 말도 원활하게 할 수 있게 될 것이다. 확실하게 교육을 시켜서 언젠가 부자 호사가에게 100만 골드에 팔아 주마. 아니, 그냥 극장 같은 곳에서 토크쇼를 개최해서 관람료를 받는 방법도 있겠는데.

그때…….

"저기, 너…….."

슬라임 장사를 꿈꾸고 있던 내게 누군가가 말을 걸었다.

어? 그렇게 현실로 돌아오자 바로 옆에 종이 다발을 든 젊은 남자가 서 있었다.

"아니…… 저기, 상인 길드에서 본 사람이길래……."

생각났다. 어디선가 봤다 싶더라니, 그 악역 상인에게 괴롭힘 당하던 남자다.

"아~ 각본가라고 했던가?"

남자는 고개를 끄덕이고는 들고 있던 종이 다발을 테이블 위에 올려놓았다. 작은 글자가 빽빽하게 늘어서 있는 걸 보니 귀중한 종이를 알차게 활용해서 만든 각본인 모양이었다.

"나, 또 새 각본을 썼거든. 그래서 그 사람에게 보여 주고 싶은데, 쫓겨나 버려서……. 너, 그 길드원하고 아는 사이지? 부탁이야, 만나게 해 줘!"

각본가 지망도 힘들겠다. 쓰기만 하는 게 아니라 이렇게 영업도 열심히 해야만 하니까. 하지만…….

"솔직히 힘들 것 같은데. 아마 그 남자는 연극 각본 같은 건 흥미가 없을 테니까."

"이번 각본은 자신이 있어! 저기, 그럼 네가 시험 삼아 읽어 봐."

나는 필사적으로 종이 다발을 떠넘기는 청년의 손을 슬쩍 밀어냈다.

"거절하겠어. 연극은 그거지? 종교나 역사, 그런 걸 주제로 삼은 따분하기 짝이 없는 이야기잖아. 예전에 성 아랫마을의 극장에서 본 적이 있는데, 중간에 잠들어 버렸어. 나는 분명히 그 각본을 읽더라도 하품만 할 텐데."

"아니야! 아니야! 나는 그런 걸 쓰지 않아! 읽어 주지 않을 거라면 상관없어. 내가 여기서 연기를 해 볼 테니 그걸 보고 평가해 줘!"

"어? 여기서? 아니, 여긴 술집인데……."

"상관없어. 장소가 어디라 해도!"

각본가 지망도 힘들겠다. 쓰기만 하는 게 아니라 술집에서 연기까지 해야 하니까.

멍해진 내 앞에서 각본가 지망이라는 남자가 테이블 위로 올라갔다.

"오! 여흥인가?"

"좋다! 해라! 해!"

이변을 눈치챈 주정뱅이들이 무책임하게 박수를 치기 시작했다.

"어쩔 수 없지. 봐줄 테니까 얼른 끝내줘."

"고마워. 하지만 금방 끝낼 수는 없거든."

각본이 적힌 종이 다발은 여전히 테이블 옆에 놓여있다.

남자는 고개를 숙여 인사를 하고는 갑자기 소리쳤다.

『……용사 베맥스는 황야에서 세 마녀를 만났다.』

이봐, 이봐, 혼자서 몇 사람이나 연기할 셈인데. 아니, 각본이 전부 머릿속에 들어 있는 거야?

『그리하여 왕을 죽이고 왕위에 오른 용사 베맥스는 더맥프에게 살해당했다. 하지만 불행하진 않다. 왜냐하면 그는 그제야 광기와 죄책감으로부터 해방된 것이니까.』

"……끝. 들어줘서 고마워."

남자가 그렇게 말하자 보이지 않는 무대의 막이 내려갔다.

주정뱅이들은 한참 전부터 떠들어 대던 것을 멈췄고, 술집은 문을 열기 전인 것처럼 조용했다.

"어? 끝났어?"

청중 중 한 명이 각본가 지망이라는 남자에게 물었다.

"끝났어."

"그래도 용사 베맥스는 주인공이잖아? 주인공이 죽고 끝난다는 건 좀……."

그러자 주위에 있던 손님들이 저마다 감상을 늘어놓기 시작했다.

"아니…… 응, 그게 좋은 거지. 나는 그쪽이 더 나은 것 같네. 애수가 느껴져."

"그런가? 나는 좀 답답한데. 애초에 말이지……."

"아니라니까. 죽는 것으로 인해 고통으로부터 해방된 거야. 죽음이 무조건 불행한 건 아니라고!"

"잠깐만 기다려 봐. 용사 베맥스의 생사보다 그 이후가 신경 쓰이는데. 다음에 왕위에 오르는 건 말캄이지? 그렇다면……."

"뒷이야기는? 뒷이야기는 없어?!"

갑자기 술집 전체가 다시 시끄러워졌고, 여기저기에서 뜨거운 토론이 시작되었다.

술기운 때문에 일어난 소동이 아니다. 남자가 연기한 내용에 대해 칭찬이나 비판, 의문…… 각자 하고 싶은 말을 떠들어 대는 듯한 느낌이다.

다시 말해 그건…… 아마 그 1인극이 성공했다는 뜻일 것이다.

"있지, 어땠어?"

테이블에서 내려온 남자가 앙상한 볼을 살짝 붉히며 감상을 물어보았다.

솔직히, 압도당했다. 내가 알고 있던 연극과 그의 연극은 완전히 달랐다.

나는 연극 감상에 대해 잘 알지 못하지만, 그런 나조차 이해할 수 있는 정서와 감동, 그리고 확실한 오락성이 있었다. 그는 연기를 잘하는 편이 아니었으니 각본의 힘일 것이다.

입을 다문 나를 각본가 지망이라는 남자가 불안한 듯이 바라보았다.

"……저기?"

이 연극은 돈이 된다. 지금은 나도 그 가치를 알 수 있다. 연극 같은 것에 전혀 흥미가 없는 것 같던 술집의 취객들도 흠뻑 빠졌으니까.

하지만 문제는 산더미처럼 쌓여 있다. 운영에 드는 비용은 어떻게 하지? 연기자, 무대 장치, 대도구, 소도구, 의상도 마련해야 할 것이다. 극장과의 교섭은? 홍보, 선전은? 티켓 가격은 얼마 정도로 잡지? 각본의 종류는?

"……너, 아마 각본가가 될 수 있을 거야."

내가 천천히 그렇게 말하자 남자가 눈을 동그랗게 떴다.

"내일, 상인 길드로 가 볼까."

나는 악수하기 위해 오른손을 내밀었다.

◈ ◈ ◈

"그러니까, 연극 같은 걸로는 손님들을 끌어모을 수가 없다고 했잖아? 아무리 우리 극장이 건전한 콘텐츠를 필요로 한다고 해도……."

내 예상과는 달리 상황이 호전되지는 않았다. 끈적거리는 느낌의 그 길드원의 반응이 각본을 본 뒤에도 바뀌지 않았던 것이다. 술집을 떠들썩하게 만든 걸작도 그가 보기에는 평작인 모양이다.

"그가 쓴 각본은 술집에서 정말 반응이 좋았는데요."

내가 말하자 악역처럼 생긴 길드원이 의심하는 듯한 표정을 지었다.

"반응이 좋다 해도 주정뱅이들에게나 좋았던 거지? 아무래도……."

믿기지 않는다는 모양이다. 하지만 각본가 지망이라는 남자는…… 아니, 이제 어엿한 각본가인 청년이 연달아 고개를 숙였다. 얼굴에 생기가 넘쳐나는 이유는 새로운 각본에 대한 자신감과 술집에서 1인극을 하면서 배짱이 붙었기 때문일 것이다.

"잘 부탁드립니다! 부디 공연하게 해 주세요!"

"보세요, 의욕도 있잖아요. 그리고 광고주들이 샌드백 가게를 금지해서 극장이 개점휴업 상태잖아요. 밑져야 본전이니 해 보시죠?"

나는 사실을 말했을 뿐이지만, 그것은 악역 상인에게 있어서 현재 가장 큰 약점이기도 하다.

"흥…… 이런 각본은 샌드백 가게 같은 임팩트가 없다고. 바보 같은 손님들은 좀 더 이해하기 쉽고 하찮은 콘텐츠를 원한단 말이다! 다시 말해 좀 더 단순한 분노야! '분노'! 이 각본에는 그게 없단 말이지!"

"네. 물론 '분노'의 수요를 부정하진 않겠지만, 인간에게는 희로애락이 있습니다. 그중에서 '분노'만 계속 팔더라도 언젠가는 다들 질릴 텐데요."

내가 조용히 따지자 길드원이 개구리처럼 생긴 얼굴을 찌푸렸다.

"아니, 항상 울분이 쌓여 있는 녀석들이 '분노'에 질릴 일은 절대로 없어. ……그래도……뭐, 시험해 보기 나름인가. 좋다."

겨우 상연 허가가 떨어졌다. 길드 쪽에서도 어쩔 수 없기 때문이다.

"감사합니다! 마루 씨도 감사해요!"

신참 각본가는 매우 기뻐서 당장에라도 울음을 터뜨릴 것 같았다.

그가 그 길로 먹고 살 수 있을지 여부는 이번 공연의 결과에 달렸을 것이다. 하지만 이번 연극은 분명히 성공한다. 나는 예언자가 아니지만 코는 남들보다 좋다. 특히 장사에 관련된 쪽으로는.

그렇다, 파는 상품을 '분노'로 한정지을 필요는 없다. '기쁨'이나 '애수'도 훌륭한 상품이 될 수 있다. 창작 능력이 뛰어난 각본가라면 다양한 콘텐츠를 만들 수 있을 테고, 상품 선반에는 다양한 상품을 갖출 수 있다. 선반에 물건이 많고, 가격이 적당하고, 품질까지 좋다면 가게는 저절로 번창하게 된다. 그것은 장사의 기본이다.

악역 상인은 끈적끈적한 한숨을 쉬었다.

"샌드백 가게…… 샌드백 가게만 써먹을 수 있다면……."

아직 저러고 있네……. 그에게 있어서 극장의 품격 유지는 아무래도 상관없고, 자극적인 콘텐츠로 손쉽게 돈을 버는 것이 더 중요한 것이다.

"자, 약속하셨죠. 저는 건전한 콘텐츠를 소개했어요. 당신은 이쪽 길드에 지시를 내리고 있는 상인 길드가 어디 있는지 가르쳐 주셔야죠."

내가 약속을 지키라고 재촉하자 개구리처럼 생긴 길드원이 힘없이 고개를 들었다.

"……그래, 여기서 북쪽으로 길을 따라가면 하이프라는 마을이 나온다. 그곳 상인 길드야. 큰 곳이니 금방 알아볼 수 있을 거다."

이제야 다음 목적지가 정해졌다. 나는 고맙다는 인사를 하고 텐의 상인 길드를 나섰다.

◈ ◈ ◈

길드 건물 바깥으로 나온 순간, 뒤에서 누군가가 내 목덜미를 붙잡았다.

"한참 찾았다고! 얼마나 기다리게 할 셈이야!"

"……어?"

맥 빠진 목소리로 말하며 돌아보니 그곳에는 모험자처럼 차려입은 남자가 있었다.

"편지라고! 편지! 답장을 써 달라고 했잖아?!"

……아, 그러고 보니 그런 적도 있었지…….

나는 기억을 더듬었다. 파라그라에서 기다리는 점주님에게 답장을 쓰라고 했는데, 정신이 없어서 깜빡 잊고 있었다. 사실은 귀찮아서 떠올리고 싶지 않던 것이다.

게다가 시간이 꽤 지나지 않았나? 이 사람은 하루 정도만 기다린다고 했을 텐데…… 오늘이 며칠이지? 내가 답장을 쓸 때까지 기다리면서 여기에 머무르다니, 대단하네. 모험자라고 해도 되는건지조차 수상하다. 그냥 장기 숙박객 아닌가…….

"저기, 죄송합니다. 나중에 쓸 테니까……."

그렇게 말하며 도망치려 했더니 귀에 벼락이 떨어졌다.

"아니! 못 기다려! 여기서 쓰라고! 여기서! 종이는 가지고 있지? 자, 잉크. 자, 얼른 써! 얼른!"

엄청나게 재촉한다. 잉크병하고 깃털 펜까지 내게 떠넘겼다.

"……아니, 받칠 게 없으면 못 쓰는데요."

"자, 이걸 대신 받치라고!"

모험자는 한 손으로 내 목덜미를 잡은 채 다른 쪽 손으로 옆에 있던 나무 받침대를 끌어당겼다. 그 받침대 위는 진흙과 흙이 덮여서 지저분했고, 가죽 신발 자국이 잔뜩 찍혀 있었다.

"그거 샌드백 가게가 쓰는 받침대잖아요…… 지저분한데."

불평해 보았지만, 모험자는 손에 힘을 빼지 않았다.

나는 포기하고 점주님께 편지를 쓰기로 했다.

『점주님께.

지금은 급해서 간단히 쓸게요.

이제 렌 마을을 떠나서 하이프 마을로 가려는 참입니다.

물론, 용병은 굳이 말씀하지 않으셔도 고용했으니 안심하세요.

점주님께서 하신 말씀 정도는 저도 명심하고 있으니까요.

이곳 렌 마을에는 샌드백 가게라는 장사가 유행하고 있었습니다.

일부러 화를 내게 만드는 말과 행동으로 사람들을 모아서 돈을 받고 자신을 공격하거나 험담을 하게 만드는 장사입니다. 꽤 성공해서 샌드백 가게 상대로 평소에 쌓인 울분을 풀려는 사람들이 잔뜩 있었습니다.

하지만 '분노'를 파는 쪽도, 사는 쪽도, 왠지 가난한 것처럼 보였습니다.

능력이 있다면 '분노'를 상품으로 팔 필요도 없을 테고, 마음에 여유가 있다면 '분노'를 사지도 않을 겁니다.

그러니 이건 노력을 통해 자신의 상황을 개선하려 하지 않는 가난한 사람들끼리만 하는 장사라는 생각이 들었습니다.

그런데 앞으로도 이렇게 편지를 주고받게 되는 걸까요?

~~귀찮~~ 저는 걱정하실 필요 없으니 신경 쓰지 마세요.

마루.』

나는 단숨에 편지를 썼다. 중간에 펜이 미끄러진 부분도 있긴 하지만, 애교로 봐줬으면 좋겠다.

"……여기요, 그럼 이걸 점주님께 가져다줘요."

밀봉한 편지를 맡기자 그 모험자는 마치 몬스터를 쓰러뜨린 것처럼 시원스러운 미소를 지었다. 농담이 아니라 내게 편지를 주고 답장을 쓰게 만드는 게 그의 이번 모험의 전부였을지도 모르겠다.

……그렇게까지 하면서 사람을 파견할 의미가 있나요…… 점주님…….

과보호를 하는 건지, 돌봐 주는 걸 좋아하는 건지, 아니면 아무런 생각도 없는 건지, 아버지 겸 스승님이 하는 행동은 가끔 이해가 안 된다.

"좋아, 이제 의뢰 달성이다!"

모험자는 큰 목소리로 그렇게 말하고는 키메라의 날개로 떠나갔다.

나도 슬슬 용병을 고용해서 하이프로 출발할까…… 그렇게 생각하던 참에 소년의 앙칼진 목소리가 들렸다. 그 공 가게 어린애다.

"감사합니다! 안녕하세요! 출근 같은 건 안 해도 돼! 노동자는 불행한 것 같아!"

"이봐, 또 공 가게 망할 꼬맹이가 말도 안 되는 소리를 하고 있는데!"

청중들이 재빨리 눈치채고는 삼삼오오 모여들었다.

적당히 분위기가 달아오르자 공 장수 아버지가 소리쳤다.

"네~ 여러분! 저 아이에게 공을 던질 권리입니다! 자, 공 하나에 1골드입니다! 공을 던질 권리입니다~! 하나 사세요~!"

"공 줘~!"

"나도!"

"두 개 줘!"

차례차례 목소리가 들리자 아버지가 재주 좋게 돈과 수제 공을 교환했다.

"매번 감사합니다! 매번 감사합니다~!"

"출근 같은 건 안 해도 돼! 다들, 꼭두각시 인형이 되지 마!"

"조용히 해라! 이 망할 꼬맹이!"

공 가게 부자의 목소리와 손님들이 매도하는 목소리가 뒤섞여서 맑은 하늘로 빨려 들어갔다.

하지만 그들의 상품 선반에는 '분노'밖에 없다.

아무것도 없는 사람은 그것 정도밖에 팔 수 있는 게 없는 것이다.

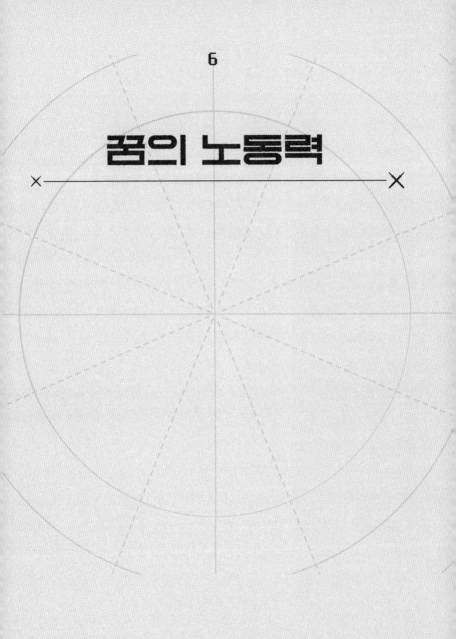

꿈의 노동력

하이프에 도착한 나는 이 마을의 몇 가지 장점을 금방 눈치 챘다.

우선, 매우 청결하다. 이렇게 인구 밀도가 높을 것 같은 도시인데도 길에 '그것'이 떨어져 있지 않다. 물론 냄새도 안 난다. ……이유가 뭐지?

그리고 주민들의 표정이 다들 밝다. 게다가 나라에서 배급되는 획일적인 디자인의 옷이 아니라 다채로운 옷을 입은 사람들이 많다.

게다가 그들이 데리고 다니는 개나 고양이. 야생 동물이 아니라 이른바 애완동물이라는 것이다. 다들 털에 윤기가 있고 통통하다. 다시 말해 자기 말고도 다른 생물을 살찌울 수 있을 만큼 주인이 부유하다는 뜻이다.

……이런 마을은 지금까지 본 적이 없다.

"냄새! 냄새! 냄새!"

내가 킁킁거리며 코를 움찔거리고 있자니 가방 속에서 병에 든 슬라임이 앙칼진 목소리로 말했다.

날마다 해 준 언어 강습이 효과를 발휘했는지 요즘은 슬라임이 말하는 단어의 종류가 늘어났다. 그와 동시에 호기심이 싹튼 건지 가끔 병뚜껑을 열어 주면 찐득거리는 몸과 동그란 눈알을 병 밖으로 살짝 내밀어서 주위를 둘러보기도 했다.

어디까지나 비싼 상품으로 돌봐 주고 있는 것뿐이지만, 이 녀석의 '인간의 언어를 할 수 있다'는 스킬은 위험하다. 요즘은 조금 정이 들기 시작했다.

나는 다시 한번 공기에 섞인 냄새를 코로 들이마셨다.

"그래, 이건 달콤한 냄새야."

"달콤! 달콤! 달콤!"

……신기하네, 무슨 냄새지?

냄새의 근원을 찾으려고 둘러보던 나는 매번 들르는 무기 상점을 발견했다.

역시 정보를 수집할 때는 이런 상점이 제일이다. 곧바로 문을 두드리고 안으로 들어갔다.

"안녕, 장사 잘 돼?"

내가 인사하자 카운터 건너편에서 검을 닦고 있던 중년 가게 주인이 고개를 살짝 들었다.

"뭐, 그럭저럭."

상대방도 내가 같은 업계 사람이라는 걸 눈치챈 모양이었다. 접객 모드에 들어가지 않고 대답했다.

"어~. 이렇게 경기가 좋아 보이는 마을에 가게를 냈으면서, 그럴 리가 없잖아?"

"나쁘진 않지만, 하이프의 경기를 이끌어 가는 건 우리가 아니라서. 북쪽에 있는 탄광하고 동쪽에 있는 대규모 농장의 경영자들이 이끌어 가고 있거든."

탄광하고 농장? 대기업이긴 하겠지만, 그런 시설이라면 다른 지역에도 있는데.

"돈이 벌리긴 하겠지만…… 그것만으로 이렇게 부유해졌다고? 믿기질 않네."

"……뭐, 그렇겠지."

가게 주인이 의미심장한 말투로 이야기했다. 외부에는 없는 돈벌이 비결이 있다는 건가?

"잠깐만, 그 이야기를 좀 더 자세히 해 줘!"

내가 카운터에 두 손을 짚고 몸을 앞으로 내밀자 가게 주인이 슬쩍 웃었다.

"상인 길드에 가서 이야기를 들어 보는 건 어때? 당신, 상인이지? 그렇다면 탄광이나 농장을 안내해 줄 거야."

"어? 왜······?"

그렇게 형편 좋은 일이 있을 수 있을까. 놀란 내게 가게 주인이 아무렇지도 않다는 듯이 말했다.

"그 녀석들은 항상 투자자를 모집하거든. 탄광하고 농장을 더 확대시킨다던데."

"호오······ 그거 대단하네."

능력이 뛰어난 경영자가 획기적인 이윤을 추구한 결과로 이렇게 부유해진 걸까.

그렇다면 어떤 비책을 쓴 걸까. 상인으로서 꼭 알고 싶다.

좋아, 우선은 상인 길드에서 탄광하고 농장 소개를 받고······ 그렇게 생각하던 나는 원래 목적을 떠올렸다.

······안 돼, 마루. 이 마을의 상인 길드에 찾아가는 이유는 본부로 가기 위해서잖아.

카운터 앞에서 끙끙대던 내가 거슬린다는 듯, 가게 주인이 슬쩍 팔을 찔렀다.

"그래서? 안 살 거면 비켜 줘. 뒤에 손님이 서 있잖아."

"아, 미안! 미안! 그럼 거기 있는 사과 하나 줘."

카운터 옆에 쌓여 있던 윤기나는 빨간 사과 중에서 가게 주인이 큼직한 걸 골라 내게 건넸다. 돈을 내자 그제야 "고마워"라며 접객용 미소를 보였다.

"상인 길드는 마을 가운데에 있어. 건물을 보면 금방 알아볼 거야.”

“아저씨, 고마워. 아, 그리고…….”

다음 손님의 계산을 하던 가게 주인이 나를 힐끔 보았다.

“이 가게, 혹시 버스터드 블레이드 같은 건…… 안 팔지?”

“무슨 소릴 하는 거야? 그런 걸 가져다 둘 리가 없잖아?”

그렇겠죠…….

무기 상점 주인이 말한 것처럼, 상인 길드의 건물은 금방 알아
볼 수 있었다.

햇빛을 반사하는 듯한 하얀 벽도 그렇고 기둥에도 자잘한 장
식이 들어가 있다. 다른 건물보다 큰 그 건물은 하이프 마을 가
운데에서 이상할 정도로 존재감을 뿜어내고 있었다. 지금까지
봐 왔던 수수한 상인 길드와는 전혀 다르다. 마치 건물 그 자체가
‘저희는 돈을 많이 벌어요!’라며 웃어대고 있는 것 같았다.

……응. 나는 좋은데, 이런 건물.

쿵쿵 뛰는 심장을 억누르며 내가 길드 현관으로 통하는 돌계
단을 올라가려던 순간이었다.

“이봐, 당신, 상인인 마루인가?”

누군가가 내 팔을 붙잡았다. 보아하니 덩치가 큰 남자가 서 있

었다. 깔끔하긴 하지만 나라에서 지급하는 수수한 색 옷을 입고 있는 걸 보니 이곳 사람이 아니라 여행자일지도 모르겠다.

처음 만난 사이인 게 분명한 남자가 나를 알고 있다…… 그렇다면.

"마루, 파라그라의 무기 상점 주인이 보낸 편지를 맡아 두고 있다."

"아~ 네, 네……."

나는 점주님의 행동력에 어이없어하면서 반쯤 포기하는 심정으로 남자에게서 편지를 받아 들었다.

『마루에게.

답장을 보내 줘서 고마워. 우선은 무사한 것 같아 다행이야.

그런데 편지를 읽다 보니 너의 단점을 잘 느낄 수가 있었어.

마루는 젊으니 어쩔 수 없을지도 모르겠지만, 겸손하지 못한 것 같구나.

어떤 대륙의 공자라는 현자는 예순 살 때 '이순'…… 다시 말해 다른 사람의 이야기를 있는 그대로 들을 수 있게 되었다고 해.

공자의 가르침을 가슴속에 새기고 깊게 반성하길 바란다.

샌드백 가게…… 지독한 장사로구나. 편지를 읽으면서 가슴이 아팠단다.

인간은 불완전하고, 누구나 마음속에 추한 부분을 가지고 있는 법이다. 그저 그것을 다른 사람들에게 드러내지 않게끔 노력함으로써 겨우 체면을 유지하는 것에 불과하지.

그런 추한 모습을 드러내는 장사는 하면 안 된단다.

그런데 마루는 가난한 사람들에게 조금 엄한 것 같구나. 내가 착각한 것일까?

너도 가난을 경험한 적이 있으니 같은 처지인 사람들에게 자상하게 대해다오. 앞으로는 주의하도록.

그리고 앞으로도 지저분한 장사를 또 보게 될지 모르겠구나. 부디돈에 눈이 멀어서 자신을 잊지 않게끔 주의해다오.

아, 귀중한 종이의 공간이 이제 얼마 남지 않았구나.

정말로 상인 길드의 본부로 갈 생각이니? 아직 늦지 않았어. 키메라의 날개를 써서 돌아오지 않겠니?

아무튼, 건강만큼은 유의하거라.

추신 : 답장은 반드시 쓰도록.

점주.』

……편지로도 잔소리를 하네. '주의해라'는 말뿐이잖아. 그래서 답장을 쓰고 싶지 않았던 거라고. ……정말.

내가 투덜투덜 불평하며 편지를 접고 있자니 남자가 종이와 깃털 펜, 잉크병 3종 세트를 내밀었다.

"다 읽었지? 자, 답장을 써 줘."

"……저기, 나중에 써도 될까?"

애초에 하이프 마을에 이제 막 도착한 참이라 아직 쓸 내용이 없는데.

그러자 남자가 순순히 물러났다. 단, 한 마디를 남기고.

"나는 이 마을의 술집 위층에 머무를 생각이야. 빨리 좀 부탁해."

얼마 전에 텐에서 만났던 모험자도 그렇고, 점주님은 대체 중개자를 몇 명이나 고용할 셈이지?

"안녕하세요~!"

마음을 다잡고 상인 길드 건물로 발을 내디딘 나는 너무 멋진 현관을 보고 이미 겁을 먹은 상태였다. 넓고 아름다운 인테리어와 비싸 보이는 가구가 배치되어 있다.

"어라? 어라? 어라? 손님이신가요? 자자, 안으로 들어오시죠!"

나온 사람은 날씬하고 눈이 째진 남자였다 고급스러운 옷을 입고 지나칠 정도로 정중하게 나를 맞이했다. 물론 그도 상인이겠지만, 지금까지 본 길드원들과는 달리 정중했다.

"저는 마루라고 하고, 상인입니다. 아, 참고로 요즘 이름을 떨치고 있는 용사 바츠가 제 동생이고…… 이건 그 증거인 목걸이예요. 여기서 여쭈어보고 싶은 게 좀…….."

"이럴 수가! 동생분의 활약은 신문을 통해 잘 보고 있습니다……. 저희에게 여쭙고 싶으신 게 있으신가요? 네, 뭐든지 대답해 드리고말고요. 바로 최고급 차에 설탕을 잔뜩 넣어서 내드릴 테니 거기 앉아서 기다려 주십시오!"

괜찮은 느낌이라고 할 수도 있겠지만, 너무 정중해서 부자연스럽다.

상인의 감이 그렇게 말하고 있다.

"맛있네! 이 과자, 엄청나게 맛있어요!"

상인의 감 따위는 맛있는 것 앞에서는 무력하다.

눈이 째진 남자는 "그렇지요?"라고 하면서 만족스러운 듯이 고개를 끄덕이고 있다.

"이 빨간 차도 맛있네요! 향기가 좋아요! 설탕을 너무 많이 넣긴 했지만요."

"그렇지요? 그렇지요?"

그가 내준 차와 과자에는 귀중품인 설탕을 잔뜩 넣었다. 마을에도 달콤한 냄새가 많이 풍기던데, 그것도 과자 같은 걸 만들 때

나는 냄새였나?

농장에서 원료를 재배하는 건가? 그렇다 해도 설탕의 유통량
이 너무 많지 않나?

"치사해! 치사해! 치사해!"

그때, 옆에 있던 가방에서 유리병이 굴러 나왔다.

병에 담긴 슬라임과 눈이 마주치자 길드원 남자가 째진 눈을
살짝 크게 떴다.

"그, 그건 뭐죠?"

"아, 죄송합니다. 이봐, 좀 조용히 해!"

"나도! 달콤한 거!"

보아하니 슬라임은 설탕을 잔뜩 넣은 과자를 부러워한 모양이
었다. 덜컹덜컹, 병째로 흔들면서 따지고 있다. 나는 쓰러진 병을
세웠다.

"아~ 이건 말이죠. 신기한 《말하는 슬라임》이에요. 언젠가 규
모가 큰 장사로 이어질 것 같아서 지금 말을 가르치고 있는데요.
소란스럽게 해 드려 죄송합니다."

"그, 그렇군요…… 역시 용사님의 형님이시네요! 장사의 규모
가 전혀 달라요!"

항상 젊다고 얕보이는 입장이라 그런지 빈말이라고는 해도 이
렇게까지 띄워 주니 오히려 껄끄럽다. 그리고 이야기가 복잡해질
것 같았기에 나는 솔직히 상대방에게 물어보기로 했다.

"그건 그렇고, 하이프는 멋진 곳이네요. 제가 자란 성 아랫마을에서는 설탕이 귀중품이었고, 나라에서 배급해 주는 양도 점점 줄어드는데, 이쪽에서는 재고가 정말 많은 것 같으니까요."

"네, 네. 저희는 조금 큰 농장을 경영하고 있어서요. 그곳에서 사탕수수도 재배하고 있습니다. 그래서 설탕 같은 건 서민들도 일상적으로 먹고 있지요."

그는 아무렇지도 않게 말했지만, 더더욱 수상쩍다. 나는 일부러 큰 소리를 내며 웃어 보였다.

"무슨 그런 농담을. 사탕수수를 대규모로 재배하려면 일손이 많이 필요할 텐데요. 인건비도 많이 들겠죠. 그리고…… 제가 알기로는 설탕을 정제하려면 연료도 필요할 거고요. 그런 쪽으로도 비용이 드는데요. 그래서 설탕은 귀중품이고, 서민들이 일상적으로 먹을 만한 것이 못되지 않나요? 문외한들도 그 정도는 압니다만."

"뭐…… 그렇게 생각하시겠지요?"

눈이 째진 남자는 좀 전에 들렀던 무기 상점 주인과 마찬가지로 의미심장한 말투로 말했다. 가죽 의자에서 몸을 앞으로 내밀고 얼굴을 가져다 대며 천천히 속삭였다.

"하지만 저희 상인 길드는 그걸 가능하게 만들었습니다."

그렇군. 장사 이야기를 하려던 건가? 눈앞에 있는 차와 과자는 견본품이고.

"시민들의 옷이 다양한 것도 상인 길드의 '공적'이라는 건가요?"

"그렇고말고요."

남자가 째진 눈을 가늘게 뜨며 웃었다. 나도 상대방의 연기에 맞춰 주기로 했다.

"가르쳐 주셨으면 좋겠네요, 그 마법 같은 방법을요. 사실 저는 꽃을 사고팔아서 돈을 좀 벌었거든요. 어느 정도 모아 둔 게 있긴 한데…… 그걸 어디에 투자해야 할지 고민이라."

"역시 총명하신 분은 이야기하기 편해서 좋군요. 짐작하신 대로 하이프의 상인 길드에서는 투자자를 모집하고 있습니다. 자금의 사용처는 탄광과 농장의 확대. 그리고 그걸 위한……."

"그걸 위한?"

그러자 남자가 고개를 살짝 들고는 화려한 창문 밖을 힐끔 보고 나서 천천히 말을 꺼냈다.

"……노예의 확보입니다."

"노예~?"

병 속에 있던 슬라임이 분위기를 파악하지 못하고 따라 말했다.

쉿, 그렇게 말하며 슬라임을 말린 나는 놀라운 마음을 억누르며 눈이 째진 남자를 보았다.

"노예라고요……."

"네, 노예입니다. 탄광도 그렇고 농장에서도 노예에게 일을 시키고 있습니다. 좀 전에 마루 씨께서 인건비 말씀을 하셨지만, 그런 건 별로 들지 않습니다. 그렇죠, 그 녀석들이 죽지 않을 정도로만 먹이를 주는데 드는 비용 정도일까요."

"잠깐만요. 그게 사실인가요? 정말로 노예를요? 아무리 그래도 법을 어기는 장사에 자금을 투자할 수는 없습니다만."

먼 옛날이라면 모를까, 지금은 모든 나라가 노예 제도를 금지하고 있다. 정말로 노예를 부려서 장사를 한다면 그것은 국법을 위반하는 중죄다.

그러자 남자 길드원이 쿡쿡 웃었다.

"아, 죄송합니다. 제가 오해를 살 만한 말씀을 드렸군요. 노예를 부리고 있긴 하지만, 법을 어긴 건 아닙니다."

무슨 뜻인지 알 수가 없다. 내 머리 위에 뜬 물음표에 대답하려는 듯이 남자가 뜸을 들이며 말했다.

"다시 말해, 노예는 노예지만, 마물 노예입니다."

"마물……."

그런 게 가능한가?

"항구에서 배를 타고 남서쪽으로 가면 작은 섬이 있습니다. 그 섬에는 두 다리로 걸어 다니는 두더지 마물이 많이 서식하는데, 그 녀석들은 인간처럼 손을 잘 써서 괭이나 삽, 곡괭이 같은 도구를 다룰 수가 있습니다. 게다가 외부에서 격리된 섬이라 외적이 없는 환경에서 번식했기에 그리 강하지도 않아서 사로잡는 것도 쉽죠. 하급 마물치고는 지능도 높아서 인간의 말도 이해할 수 있고, 간단한 말 정도는 하게 만들 수도 있습니다. 잘 훈련시키고 꾸준히 가르치면 지시를 따르게 됩니다."

남자는 이런 설명이 익숙한지 물 흐르듯 자연스럽게 이야기를 이어 나갔다.

……그렇구나. 나라에서 법으로 금지한 건 인간 노예이고, 마물 노예에 대한 법안은 정해 둔 게 없다. 그러니 합법 노예라고 할 수 있고.

"저희가 노예 시스템을 도입하기 시작한 지 올해로 5년이 되었습니다. 생산한 면과 설탕, 석탄 등을 전 세계로 수출하고 있으며, 우리나라는 물론이고 다른 나라에서도 사실을 모르진 않겠습니다만…… 다시 말해 묵인하고 있는 겁니다."

그야 그렇겠지. 하이프에서 수출하지 않으면 외국도 곤란할 테니까.

"……."

……완벽하다. 법을 어기는 것도 아니고 경제적이기까지. 인건비가 들지 않는 노동력의 확보는 모든 상인들의 꿈이다. 그들은 그것을 실현시킨 것이다.

"노예로 삼을 마물은 배로 운반하나요?"

"네. 지금은 대형 노예선 다섯 척으로 운반하고 있습니다. 하지만 배가 더 필요하니 투자금이 모이는 대로 더 구입할 예정입

174   왜 동검밖에 팔지 않는 것입니까 🗡

니다. 안타깝게도 '손실'도 있으니 선내 환경이나 운반 방식도 개량할 필요가 있고요."

"손실……?"

내가 되묻자 눈이 째진 남자가 "네"라고 대답했다.

"그 섬에서 이곳 항구까지 편도로 3주일 정도가 걸립니다. 노예선이 항구에 도착한 시점에서 마물 노예 중 약 3할 정도가 죽거든요."

"네? 3할이나요? 그거 큰일이네요."

"원인을 들자면 먹이를 많이 주지 않고 깨끗하지 않은 물을 주었기 때문일까요. 배설물을 그대로 방치하는 것도 원인일지 모르겠습니다. 한 번에 많이 운반해야 하니 과잉 적재하게 되는 것도 이유로 생각해 볼 수 있을 것 같고요."

그제야 눈이 째진 남자가 휴우…… 살짝 한숨을 쉬었다.

"비용 대비 효과가 가장 좋은 개선책은 어떤 걸까요. 돈만 많이 들여서 생존율이 약간 올라가는 정도면 의미가 없으니까요."

"그렇게 위생적이지 못한 상태로 운반하면 병에 걸리는 마물 노예도 생길 텐데요."

"물론이죠. 전염되면 안 되니 병에 걸린 마물은 곧바로 버리게끔 하고 있습니다."

"버린다고요? 어디에요?"

"네? 바다 말고 버릴 곳이 어디 있죠?"

눈이 째진 길드원은 마치 당연하다는 듯이 그렇게 말했다.

나는 마물 보호 주의자가 아니지만, 그 말을 들으니 가슴이 조금 답답해졌다.

"저기……손실을 막으려면 해로가 아니라 키메라의 날개로 운반하는 건 어떨까요."

내가 그렇게 제안하자 남자가 진지한 표정으로 고개를 끄덕였다.

"저희도 그 방법을 시험해 보았습니다만, 결론부터 말씀드리자면 별로 좋은 결과를 내지 못했습니다. 키메라의 날개로 한 번에 운반할 수 있는 숫자를 검증해 보니 네다섯 마리가 한계였고, 확실하게 전송할 수 있는 건 네 마리까지였죠. 그 이상은 사용자와 마물이 붙어 있더라도 전송 대상에 포함되지 않는 경우가 자주 생겼습니다. 사실 인간이나 동물로도 시험을 해 보았는데, 전송 한계는 마찬가지로 네다섯 마리까지더군요. 키메라의 날개로 확실하게 전송할 수 있는 생물의 숫자는 사용자를 포함해서 다섯 마리까지라는 뜻입니다."

"……그건 몰랐네요."

그러고 보니 역대 용사들은 대부분 네 명 파티로 여행을 했는데, 그 전통은 의외로 이런 이유 때문이었던 걸까.

눈이 째진 길드원은 다시 해상 운반의 중요성을 이야기하기 시작했다.

"도구 상점에 있는 키메라의 날개 재고에도 한계가 있습니다. 만약에 근처 마을에 있는 키메라의 날개를 전부 사들인다 하더라도 그것을 통해 전송할 수 있는 마물 노예의 숫자도 한계가 있죠. 그 섬에 있는 마물의 숫자는 수천, 수만 마리가 넘으니까요."

애초에 키메라의 날개는 예전에 가 본 적이 있는 마을로 전이하기 위한 도구일 뿐, 숲이나 던전, 섬 같은 곳에는 직접 이동할 수가 없다. ……내가 깜빡 잊고 있던 기초적인 사용 조건을 남자가 은근슬쩍 가르쳐 주었다. 혹시 투자 예정자의 무지함을 파헤쳐서 불쾌해하지 않게끔 배려해 주는 건가?

다시 말해 행선지가 미개척지인 작은 섬일 때는 애초에 운반용으로 키메라의 날개를 쓰지 못하는 것이다.

"어찌 됐든 섬에는 배를 타고 갈 수밖에 없으니까 해상 운반을 더 발전시키고 싶다는 거군요."

"그렇습니다."

나는 잠시 생각하는 듯한 시늉을 하다가 헛기침을 한 번 했다.

"……알겠습니다. 꼭 좀 그 장사에 참가하게 해 주세요."

"오오, 감사합니다!"

남자의 얼굴에 기뻐하는 기색이 드리웠다. 그때, 나는 오른쪽 집게손가락을 펴들었다.

"단, 한 가지 여쭙고 싶은 게 있습니다. 이건 투자의 조건이라고 해도 되겠죠."

"……어떤 조건일까요?"

"사실 저는 용사 바츠 일행과는 따로 행동하면서 어떤 임무를 수행하고 있어서요."

이건 텐 마을 길드에서도 써먹었던 변명이다. 남자는 당연하게도 흥미를 보였다.

"임무? 임무라니요."

"아니, 그건 여기서 말씀드리기 좀……. 하지만 마왕을 쓰러뜨리기 위한 중요 임무입니다."

매번 이렇게 거짓말을 하는 건 귀찮지만, 상인 길드 본부에 가려는 이유를 솔직하게 말하는 게 더 귀찮다. 애초에 말할 수 있을리가 없다. 상인 길드에서 정한 추천 아이템 제도를 박살 내고 전세계 어떤 가게에서도 강한 장비를 살 수 있게끔 만들려고 하다니.

"……그런데 제가 어떻게 하면 될까요."

"상인 길드 본부가 어디 있는지 가르쳐 주세요."

우선은 진짜 목적을 노려보았다. 그러자 눈이 째진 남자가 답답한 듯한 표정을 지었다.

"본부라고요…… 그렇군요, 본부. 죄송합니다만, 사실 저도 그건…….."

"네, 그러시겠죠. 지금까지도 본부가 어디 있는지 아무도 몰랐고, 본부에서 내려오는 지시는 다른 길드를 경유해서 받고 있다더군요. 그렇다면 이곳 길드는 어떤 마을의 길드에서 지시를 받고 있나요?"

"그렇군요. 그렇게 상인 길드를 거슬러 올라가다 보면 최종적으로 길드 본부에 도달하겠어요."

눈이 째진 남자는 역시 실력이 좋은 상인인 것 같다. 지금까지 만났던 어떤 상인보다 머리가 잘 돌아가고, 정확한 대답만 돌아온다.

"······비효율적인 것 같긴 합니다만, 방법이 그것밖에 생각나지 않아서요."

슬픈 듯이 눈을 내리깐 나를 본 남자가 망설임 없이 고개를 끄덕였다.

"그 정보를 가르쳐 주지 말라는 규칙도 없으니 투자를 해 주신다면 가르쳐 드리겠습니다."

말이 잘 통하네. 내가 고맙다는 인사를 하기도 전에 재빠르게 일어선 남자가 옆에 있던 사무용 책상에서 규약서와 계약서를 가지고 돌아왔다.

"그럼 구체적으로 말씀드리겠습니다만, 우선······."

그 말을 가로막으려는 듯이 건물 밖에서 큰 목소리가 들렸다.

"노예를, 해방하라!!"

여러 사람의 목소리다. 눈이 째진 길드원이 그 목소리를 듣고 혀를 찼다.

"또, 저 녀석들······!"

남자는 무심코 내뱉은 말을 둘러대려는 듯이 나를 보며 억지 웃음을 지었다.

"아, 아뇨, 그게 말이죠…… 어떤 시대든 골치 아픈 녀석들이 있기 마련이라서."

나는 응접세트에서 몸을 일으켰다.

"잠깐 바깥을 봐도 될까요?"

"고개를 내밀지 않으시는 게 좋을 겁니다."

나는 남자가 불안해하는 걸 아랑곳하지 않고 커튼 틈새로 바깥을 보았다. 그러자 많은 사람들이 상인 길드 앞에 자리 잡고 소리를 지르고 있었다. 수십…… 아니, 백 명은 넘을 것 같은데.

"마물을 노예로 삼지 마라!"

"상인 길드의 횡포를 용납하지 마라!"

……그렇군, 마물의 노예화에 반대하는 주민들이 있었던 건가?

내가 자란 성 아랫마을 파라그라에도 마물의 권리를 주장하는 단체가 있었다. 이거, 생각보다 골치 아픈 이야기가 될 것 같은데.

"마, 마루 씨, 괜찮습니다! 시끄럽게 구는 녀석들이 있긴 하지만, 마을 전체의 인구로 따지면 그들은 소수파에 불과합니다. 뒤를 봐주는 권력자가 있는 것도 아니고요. 저렇게 상인 길드 건물 앞에서 소리를 지르다가 성이 풀리면 돌아갈 뿐입니다. 두려워하실 필요는 없다고요!"

눈이 째진 남자는 미래의 투자자인 나를 놓치지 않겠다는 듯이 급하게 변명을 했다.

"네, 저도 잘 알아요. 하지만 오늘은 이것저것 귀중한 이야기를 들었으니 머리를 좀 정리하고 싶네요. 계약은 나중에 하기로 하고, 이번 건은 일단 보류해도 될까요?"

"……물론입니다. 마루 씨께서는 분명히 투자를 해 주실 테니까요. 저는 그렇게 믿습니다. 그래도 마물 노예가 얼마나 훌륭한지 한 번 더 설명하게 해 주십시오. 보여 드리지 않았던 자료도 있습니다. ……저기, 바깥에는 활동가들이 몰려들었으니 저 녀석들이 돌아갈 때까지 느긋하게 있다 가시는 게……."

"배려해 주셔서 감사합니다. 그래도 괜찮아요. ……그럼."

필사적으로 붙잡는 길드원에게 미소를 지은 다음, 나는 문 쪽으로 가기 위해 일어섰다.

"어? 건물 밖으로 나가시게요? 진짜로 위험한데요?!"

뒤에서 눈이 째진 남자의 비명 같은 목소리가 날아들었다.

"이봐! 상인 길드에서 누군가가 나왔다!"

"상인인가? 또 노예장사에 투자했겠지?!"

"이봐! 당신! 부끄럽지도 않아?"

길드 건물을 나서다 단숨에 활동가들에게 둘러싸였다.

손을 대지는 않았지만, 엄청나게 살벌했다. 나는 어두운 표정으로 대답했다.

"저는 상인인 마루라고 합니다만…… 방금, 이 건물 안에서 악마와도 같은 노예장사 제안을 받고 딱 잘라 거절하고 나온 참입니다. 설마 이 마을에서 이런 악행이 벌어지고 있었다니…… 정말 믿기지 않네요! 저는…… 매우 상처받았습니다! 용서할 수 없어요! 노예 반대! 노예를 해방하라~!!"

나는 눈에서 눈물을 흘리며 그렇게 말했다. 이런 눈물을 자유자재로 흘릴 수 있는 것도 재능이라 생각한다.

"그, 그래……."

예상하지 못한 반응이었는지 멱살을 잡을 기세로 다그치던 활동가 몇 명이 굳었다.

간부로 보이는 여자 활동가 중 한 명이 조심조심 내게 물었다.

"당신, 상인인 주제에 노예장사를 반대하는 거야?"

"당연하잖아요! 마물이라고는 해도 살아갈 권리를 짓밟아선 안 되죠!"

……그런 말을 성 아랫마을의 마물 보호 단체가 말했었지.

"꽤, 꽤 말이 잘 통하는 상인이잖아! 안 그래? 다들!"

"그러게, 상인치고는 말이야."

"으음. 동료로 받아 줄 수도 있지."

상인 길드에 투자하기 전에 이 활동 단체를 조사해 봐야겠다.

정보를 위해 투자하는 건 상관이 없지만, 이왕 돈을 내는 거면 손해를 보고 싶진 않고, 그 마물 노예장사에는 분명히 내가 아직 파악하지 못한 위험 부담이 있을 것이다.

……그러기 위해서는 대항 세력에 잠입하는 게 제일 좋겠지?

WHY DO YOU
ONLY SELL
COPPER SWORDS?

누군가 때문에
휘둘리는
사람들

"마물들도 권리를 인정받아야만 해. 인간의 형편에 따라 일방적으로 짓밟아선 안 된다고!"

"네, 그렇죠, 맞아요. 맞는 말씀이에요!"

나는 재빠르게 고개를 끄덕였다. 최대한 큰 반응을 보이며 전면적으로 긍정해 주는 게 중요하다.

"상인 길드는 제정신이 아니야! 그 사실을 알면서도 받아들이는 주민들에게도 문제가 있고!"

"그러게요, 마을 사람들도요, 맞아요, 맞아⋯⋯."

무슨 말인지 알겠어~ 라고 하며 맞장구를 쳤다. 최대한 절실한 표정으로 고개를 끄덕이는 게 핵심이다.

⋯⋯이런. 내 맞장구 사전도 슬슬 바닥이 나려고 하는데.

"열악한 환경에서 억지로 일을 하고 있을 두더지들을 생각하면 너무 슬퍼서…….”

“그러게요. 아~ 무슨 말인지 알겠네, 공감이 되는데.”

군이 울 필요는 없을 텐데. 아니, 나도 좀 전에 이 녀석들 앞에서 울긴 했지만 말이지…….

노예 해방 운동 본부에 온 이후로 계속 이런 느낌이다. 솔직히 나는 좀 전에 내가 했던 행동을 후회하고 있다. 어째서 이 사람들은 이렇게까지 감정을 이입하는 거지? 마물은 인류의 적이고, 용사는 목숨을 걸고 그 마물들의 우두머리를 쓰러뜨리러 가는데? 부모나 형제가 마물에게 살해당한 사람도 드물지 않다. 뭘 어떻게 하면 마물 노예를 불쌍하다고 여길 수 있는 거지? 이렇게까지 감수성이 풍부하면 일상생활에 지장이 생기지 않을까.

이런 활동가들은 평소에 길을 걸어갈 때도 풀이나 꽃을 밟지 않게끔 조심하거나, 도구 상점에 진열된 키메라의 날개의 원래 주인―참고로 거대 까마귀일 경우가 많다―을 생각하고 마음 아파하며 기도를 드리곤 하는 건가?

주위 사람들과의 감정 온도 차이로 인해 내가 계속 소외감을 느끼며 당황하기 시작했을 때쯤, 그제야 활동가들의 수다 시간이 끝났다.

“좋아, 내일도 상인 길드 앞에서 항의와 권유 활동을 하자고!”

서브 리더인 남자가 소리치자 오오…… 그렇게 다들 일제히 주먹을 치켜들었다.

이곳에 잠입해서 그들의 지나치게 풍부한 감수성 말고 알아낸 게 있다면 우선 이 땀내 나는 서브 리더 옆에 있는 남자…… 단체의 진짜 리더인 남자의 이름이 시카쿠라는 것이다. 그는 원래 탄광의 노예 감독이었는데, 마물 노예의 강제 노동을 보고는 노예 감독을 그만두고 이 단체를 설립했다고 한다.

시카쿠는 말재주가 좋은 남자였고, 낮은 목소리로 이해하기 쉽게 이야기를 해 주었다. 키가 작고 통통한데다 눈빛까지 날카로워서 척 보기에도 활동가들의 리더라는 풍격이 느껴졌다.

그다음에 알게 된 것은 그들도 나름대로 계획을 제대로 세웠다는 것이다.

이미 탄광이나 농장에는 단체의 스파이가 잠입해서 정보를 수집하고 있는 모양이었다. 만약에 상인 길드 녀석들이 그 사실을 눈치채지 못했다면 나중에 큰 위기가 닥칠 수도 있다.

그리고 그들의 태도가 '나름대로' 일관적이라는 것도 알게 되었다.

마을에서 파는 다채로운 디자인의 옷을 입지 않고 나라에서 배급해 준 것을 입는다. 그리고 설탕을 써서 만든 음식도 먹지 않고, 석탄 같은 연료도 사용하지 않는다. 전부 원료가 농장이나 탄광에서 공급되는 것이기 때문이다. 마물 노예가 관련된 제품은 쓰지 않기로 결심한 모양이었다.

뭐, 그건 개인의 자유이긴 하지만, 그걸로 끝나는 게 아니다.

그들은 그러한 상품을 취급하는 가게 앞에서 항의 활동을 하고, 과격한 녀석들은 파괴 활동까지 하는 모양이었다.

그런데 좀 이상하다. 그들은 마물 노예에게 의존하지 않는 생활을 한다고 생각하겠지만, 실은 간접적으로 그 은혜를 받고 있기 때문이다.

나도 좀 전에 알게 되었는데, 이 마을에서 배설물 냄새가 나지 않는 건 지하에 오수 전용 수로가 있기 때문이다. 각 가정에는 배설물을 지하로 흘려보내는 장치가 있다. 청결하면서도 합리적인 시스템이었기에 나도 실물을 보고 놀랐다.

그렇다면 지하의 오수로를 어떻게 만들었을까, 그 자금 중 대부분은 상인 길드의 멤버가 낸 세금에서 나왔다. 만약에 상인 길드가 마물 노예장사로 돈을 벌지 못했다면 주민들은 배설물을 창밖으로 던져야만 했을 것이다. 그렇다, 다른 마을과 마찬가지로.

다시 말해 이 마을에 살고 있는 시점에서 사람들은 반쯤 강제적으로 마물 노예의 은혜를 받게 되는 것이다. 그뿐만이 아니라 상인 길드의 눈이 째진 남자는 세계 각국에 설탕과 면, 석탄 등을 수출하고 있다고 했다. 다시 말해, 세상을 등지고 은거하지 않는 한, 우리 인간은 마물 노예의 은혜를 받을 수밖에 없다는 뜻이다.

생각해 봐라. 애초에 이 세계에서 유통되는 돈은 마물의 몸속에서 끄집어낸 것이다. 다시 말해 인간은 마물을 죽여서 돈을 얻고, 그것을 결제 수단으로 활용하고 있다. 이 단체 녀석들도 돈을 쓸 것이다. 그들은 그 사실에 대해 어떻게 생각하고 있을까. 노예는 안 되고, 죽이는 건 괜찮은 건가? 아니면 특별한 규칙이나 판단 기준이 있나?

나도 이제 이해가 된다. 만약에 그들에게 명분이 있다 하더라도 그것은 분명히 앞뒤가 안 맞는 이야기일 것이다. 애초에 자신들을 둘러싸고 있는 사회까지 생각하지 못했기 때문에 이렇게 근본적으로 모순을 품고 있는 활동에 빠져 버리는 것이다.

그런데…… 다른 감정적인 녀석들은 그렇다 치더라도, 리더인 시카쿠의 머리가 그런 자기모순을 눈치채지 못할 정도로 머리가 나쁠 것 같진 않다. 독자적인 논리로 이렇게 많은 사람들을 모아서 계획을 실행하고 있는 남자잖아? 무능할 리가 없자. 이해가 안 된다.

내가 지금부터 해야 할 일은 이곳에서 얻은 정보를 상인 길드에 제공하고 탄광이나 농장에 숨어든 스파이를 색출해서 장사에 방해가 되는 것들을 제거하는 것이다. 그리고 그중 일부를 매수해서 이중 스파이로 만들어 이 활동 단체의 정보를 장기적으로 얻을 수 있게끔 만드는 것도 포함될 것이다.

좀 전에 서브 리더가 해산하라는 지시를 내렸는데도 사람들은 아직 아쉬운 듯이 이곳에 머물러 있다.

그러자 리더인 시카쿠가 일어나서 회장 전체를 둘러보며 말했다.

"토론이 길어졌는데, 오늘은 여기까지 합시다. 고생 많으셨습니다."

사실상 폐회 선언이었는데, 나는 그 내용을 듣고 깜짝 놀랐다.

보아하니 지금까지 이어졌던 것이 감정을 토로하는 게 아니라 토론이었던 모양이다. 전혀 눈치채지 못했다. 뭔가 하나라도 이성적이고 건설적인 이야기가 있었나? 도저히 생각나지 않는다.

한편, 역시 이 모임에서 공략해야 할 사람은 시카쿠라는 생각이 강해졌다.

나는 곧바로 얌전한 태도로 시카쿠에게 다가갔다.

"시카쿠 씨, 귀중한 말씀을 해 주셔서 감사합니다. 갑작스러운 부탁이라 죄송하긴 합니다만, 가능하다면 마물 노예가 노동하는 모습을 한번 직접 볼 수는 없을까요? 실제로 모습을 보지 않으면 믿기지 않을 정도로 잔혹하고 비참한 이야기만 들어서요……."

그러자 시카쿠는 단정한 얼굴에 시원스러운 미소를 드리웠다.

"마루 씨, 그 말씀을 하시길 기다리고 있었습니다. 탄광이라면 우리 동료가 노예 감독 채용을 담당하고 있습니다. 그에게 부탁하면 현장 견학을 하게 해 드릴 수 있어요."

이럴 수가 채용에도 단체가 관여하고 있는 건가? 상인 길드 녀석들도 의외로 어설프네.

"감사합니다. 그럼 일정이 정해지는 대로 말씀해 주세요."

착각한 게 아니라면 떠나는 내 뒷모습을 시카쿠가 계속 바라보고 있었던 것 같다.

다음에는 탄광에 잠입해서 스파이의 얼굴과 이름을 익혀야겠다.

우선 채용 담당자는 쿠로……라고.

나는 술집에서 배를 채우며 지금까지 얻은 정보를 종이 쪽지에 적고 있었다.

"오. 찜 요리 맛있네! 이 달달한 맛도 설탕인가…… 하이프의 요리는 정말 훌륭하네."

테이블 위에는 슬라임이 든 병을 가방으로 가려서 올려두었다.

나는 접시 위에서 잘 익어서 부드러운 고기 조각을 집어 유리병 쪽으로 가져다 댔다.

"자, 슬라임. 네게는 아까울 정도로 맛있는 고기야. 먹어."

그러자 병 입구 쪽으로 올라온 슬라임이 내 손가락에서 고기 찜을 핥는 듯이 빼앗아 갔다. 말랑말랑한 몸 속으로 빨려 들어간 고기 조각이 움직이면서 작아졌다.

"……맛나! 고기, 맛나!"

"맛나가 아니라 맛있다고 해야지. 말을 좀 잘 배워. 조잡한 말만 하면 가치가 떨어진다고. 제대로 공부해서 좀 더 깔끔한 말투를 익히란 말이야."

그러자 슬라임이 움직임을 멈추고 나를 보았다.

"공······부?"

이 녀석이 신경 쓰이는 말에 반응을 보일 때마다 내가 그 말의 의미를 가르쳐 주고 있다.

"이렇게 네게 말을 가르쳐 주는 것도 공부 중 하나야. 그리고 책을 읽거나 글자를 쓰거나. 그러면 언젠가는 혼자서도 배울 수 있게 돼. 좋지? 자신의 의지로 자신이 알고 싶은 걸 배울 수 있다고. 보이는 거나 이해가 되는 게 늘어나서 세계가 넓어질 거야. 너도 분명히 공부가 얼마나 대단한 건지 눈치채······."

"싫어! 공부, 싫어!"

갑자기 부정당해 버렸다.

"싫어! 라니, 너 말이야····· 공부가 싫은 거야?"

"싫어!"

슬라임은 떼를 쓰는 듯이 부들부들 떨고 있었다. 이 녀석, 의외로 고집이 세다.

하지만 이유가 어찌 됐든 말을 익혀 주지 않으면 곤란하다. 익히지 않으면 100만 골드에 못 팔잖아. ······아, 그렇지.

"이봐, 슬라임. 공부를 하지 않으면 노예가 되어 버릴 걸?"

"노예······?"

나는 눈알을 이리저리 움직이는 슬라임에게 고개를 끄덕였다.

"오늘 아침에 상인 길드에서 이야기를 들었지? 노예는 힘든 환경에서 억지로 일을 하게 돼. 이렇게 맛있는 요리도 못 먹을 테고. 날마다 뭘 위해 사는 건지 알 수가 없는 생활을 하게 된다고."

슬라임은 내가 한 말을 천천히 곱씹은 다음, 갑자기 비명을 질렀다.

"싫어! 노예, 안 돼! 반대! 노예, 반대!"

"으앗! 또 쓸데없는 말을 배워서…… 너, 단체 본부에서 이야기를 듣고 있었구나."

"마물 노예, 해방하라~!"

나는 덜컹덜컹 움직이던 병을 두 손으로 잡고 슬라임을 노려보았다.

"알겠어? 방금 네가 먹은 맛있는 고기 요리도 마물 노예가 있어서 먹을 수 있는 거야. 만약에 그 활동 단체가 요구하는 대로 해방하면 이 마을이 어떻게 될까?"

"몰라!"

슬라임의 대답은 간단했다.

"정말 불편해진다고."

나는 자기자신을 타이르는 듯이 계속 말했다.

"이제 와서 설탕을 버릴 수 있을까? 연료를 버릴 수 있을까? 나라에서 배급하는 그 개성도 없는 옷을 입을 수 있을까? 마물 노예가 저렴하게 일을 해 주니까 사람들이 저렴하게 풍요로운 생활을 누릴 수 있는 거야. 그 풍요로운 생활을 버리는 건 불가능하지. 그래서 이 마을에는 노예 같은 존재가 필요해. 하지만 인간 노예를 부릴 순 없으니 마물을 노예로 삼은 거고."

"싫어!!"

"그게 싫다면 공부해, 노력하라고."

나는 덜컹덜컹 움직이는 병을 쓰다듬으면서 이번에는 진짜로 나 자신에게 중얼거렸다.

"아무리 힘든 환경이라 해도 노력만큼은 희망을 주지. 노력은 반드시 보답받아. 실제로 나는 그렇게 지금까지 살아왔으니까……."

"거짓말! 못해! 노예, 싫어! 공부, 싫어! 노력, 싫어!"

이것도 싫고, 저것도 싫다. 슬라임은 완전히 떼를 쓰고 있다. 나는 어이가 없었다.

"네게는 향상심이라는 게 없어?"

"향상심?"

슬라임의 눈알이 슬쩍 움직였다.

"지금보다 더 성장하겠다거나, 위로 올라가겠다는 생각은 안 해?"

"안 해! 밥 주면, 상관없어! 나머지는, 싫어!!"

결국, 식욕이 최우선인가. 그리고 슬라임과 진짜로 싸우다니, 나는 하등 마물하고 비슷한 수준인가……. 왠지 머리가 아프다.

"그럼 노예야!"

"노예, 반대!"

하지만 노예장사로 부유해진 하이프 마을은 한없이 고급스러워서 지내기 편한 것도 부정할 수 없다. 지금 있는 일반 술집도 설비가 잘 되어 있어서 편하다. 보통은 중앙 광장에만 내거는 신문이 이런 술집 벽에도 붙어 있다.

"자, 슬라임, 저기를 봐. 신문, 삽화 정도는 알아보겠지? 읽어 줄 테니까."

"신문, 싫어! 글자, 싫어!"

어이가 없는 녀석이다. 내가 하는 말마다 반박한다. 혹시 반항기인가?

"됐어, 그럼 나 혼자 읽을 테니까. ……음, 어디 보자…….."

……용사 바츠, 북쪽 요새를 제압. 마물은 요새에서 철수…….

그 제목을 본 나는 매우 놀랐다. 북쪽 요새라고? 벌써 그렇게 멀리 갔나……. 슬슬 마물도 강해져서 힘들 텐데.

다치진 않았겠지. 무기는 괜찮으려나? 설마 아직 내가 준 강철검을 쓰고 있진 않겠지. 곳곳에서 팔고 있는 최강 장비를 사야 한다고.

바츠에게 하고 싶은 말은 잔뜩 있다.

내가 할 수 있는 건 상인 길드 본부에 가서 추천 아이템 제도를 박살 내는 건데. 이대로 가다간 내가 최강 무기를 해방시키기 전에 바츠가 마왕이 있는 곳에 도착해 버리겠다.

나는 뭐라 말하기 힘든 심정으로 손톱을 깨물었다.

내가 바라보고 있던 신문 기사에는 이어지는 내용이 있었다.

……용사 바츠, 요새에 둥지를 틀고 있던 콘돌 마물을 새끼와 함께 놓아주다…….

……지식인들은 비판의 목소리를…….

쓴웃음이 솟구쳤다. 나는 동생의 심리를 훤히 들여다보고 있다. 아마 마물 가족을 가엾게 여기고 숨통을 끊지 않았을 것이다. ……그래도 넌 바보야, 바츠.

너는 마물의 우두머리를 쓰러뜨리기 위해 여행하고 있는 건데, 마물을 살려 주다니, 모순이잖아. 마물은 인간의 적이야. 해로운 것을 제거하지 않으면 어쩔 건데. 죽이거나 살해당하거나, 팔거나 노예로 삼을 수밖에 없다고.

그렇게 생각하는 반면, 마음속으로는 바츠의 행동을 도저히 경멸할 수가 없었다.

내 동생, 용사 바츠야. 이렇게 멀리 떨어져 있는데도 너는 내게 윤리에 대해 이야기를 늘어놓는 거야? 항상 그랬지. 동생인 주제에 쓸데없는 잔소리나 하고…… 나한테 어쩌라는 거야!

애초에 나는 상인이다. 상인은 이익을 중시한다. 그런 내가 이익을 제쳐두더라도 노예장사에 투자하지 않으면 상인 길드 본부로 이어지는 정보를 얻을 수가 없다고.

아, 정말!

"……일단 내일, 탄광의 마물 노예를 보고 나서 생각할까."

"마물 노예, 반대!"

시끄럽게 떠드는 슬라임 병의 뚜껑을 닫은 다음, 나는 술집 자리에서 일어섰다.

다음날, 나는 매우 지쳤다.

노예 해방 운동 단체의 스파이를 통해 '노예 감독 일일 견학'이라는 명목으로 탄광의 노동 현장에 와 봤는데…….

"마루 군, 슬슬 도착할 거야. 노예 감독이 되고 싶다면 체력을 좀 더 길러야겠는데."

"네…… 네……."

내게 말을 건 가이드 담당 남자는 탄광의 노예 감독장이다. 이 녀석은 스파이가 아닌 모양이니 나도 말과 행동을 조심해야만 한다.

탄광의 중턱, 발치가 울퉁불퉁한 바위 길을 끝까지 올라가자 탁 트인 곳이 나왔다.

노예 감독장이 곧바로 설명해 주었다.

"두더지들의 생활공간이야. 노동 시간 이외에는 여기서 생활하지. 이곳은 대충 백 마리 정도가 지내고."

"배, 백 마리요? 이렇게 좁은 공간에? 우와, 짐승 냄새……."

지면을 약간 파내서 겨우 비를 피할 수 있게만 만든 초라한 기둥과 지붕이 있었다.

환기가 되고 있을 텐데, 다가가 보니 주위에 밴 독특한 냄새가 코를 찔렀다. 지금은 근무 시간이라 두더지들이 없어서 넓게 보이지만, 이곳에 빽빽하게 들어찬 모습을 상상하기만 해도 숨이 막힐 것 같다.

"좋은, 냄새."

병 속에서 슬라임이 신이 난다는 듯이 말했다. 좋은 냄새라니…… 마물의 감성은 이해가 안 된다.

슬라임과 눈이 마주친 것 같은 노예 감독장이 약간 동요한 듯한 목소리로 물었다.

"그 병 안에 든 액체, 말을 하는 거야……?"

"네, 말하는 슬라임이라서요. 일단 파는 상품인데, 사실래요?"

"아니…… 사양하지."

아무리 그래도 100만 골드를 기대할 수 없는 상대에게는 나도 영업이 허술해진다. 노예 감독장도 슬라임은 마음에 들지 않는 것 같으니 상관없다.

감독장은 두꺼운 팔을 뻗어 앞쪽의 어둑어둑한 곳을 손가락으로 가리켰다.

"저 너머 터널이 탄광이야. 내가 담당하고 있는 이 구역에는 탄광이 전부 합쳐서 여섯 군데 있지. 얼마 전에 낙반 사고가 일어나서 그중 한 곳은 지금 못 쓰지만 말이야."

"낙반 사고라고요. 그런 사고가 자주 일어나는 모양이네요, 탄광에서는."

내 말을 들은 노예 감독장이 고개를 끄덕였다.

"그밖에도 유독 가스나 뜨거운 물이 솟구치곤 하니까, 마루 군도 여기에서 일을 할 거라면 조심해. 노예 감독도 항상 위험한 직업이야."

"그거 힘들겠네요……."

이 덩치가 큰 남자의 설명을 듣고 현장에 대해서는 대충 이해했다.

시카쿠 일행이 말했던 것처럼, 마물 노예는 위생적이지 못하고 위험한 환경에서 오랫동안 노예 감독에게 학대당하며 일하고 있다. 노예 해방을 부르짖는 녀석들은 그런 강제 노동을 그만두게 만들고 싶은 모양이다.

또 한 가지 알게 된 것은, 두더지들의 수명이다.

그 녀석들의 수명은 그리 길지 않은 모양인지, 탄광 안에서 사고를 당하지 않더라도 3년 정도밖에 못 산다고 한다. 실제로는 그렇게 오래 사는 두더지는 별로 없고, 유독 가스나 낙반으로 인한 사고, 과로로 인한 쇠약 때문에 2년도 버티지 못하고 죽는다. 단, 번식만은 허락되기에 그중에는 탄광에서 태어나고 자란 2세대, 3세대 두더지도 있다고 한다. 다시 말해 그 녀석들은 태어났을 때부터 이곳에서 노동하는 게 당연한 것이고, 고향 섬 같은 건 자기 부모나 섬에서 새로 잡아온 두더지들에게 얻는 정보 말고는 알 수가 없다.

그건 어떤 의미로 행복한 것 아닐까. 2세대나 3세대 두더지는 태어났을 때부터 탄광에서 삽이나 곡괭이를 들고 노예 감독에게 얻어맞고 걷어차이는 것이 '당연한 것'이다. 환경이 가혹하다는 것도 비교할 만한 것이 있어야 비로소 눈치챌 수 있을 테고, 그들에게는 그 비교 대상이 없다.

"삐끼이!"

"삐끼익!"

날카로운 울음소리가 탄광 안에 울려 퍼졌다.

슬라임이 그 소리에 반응을 보이며 병 속에서 꿈틀댔다.

"저거, 노예야?"

맞아, 나는 슬라임에게 작은 목소리로 그렇게 대답했다.

"아, 벌써 시간이 그렇게 되었나? 봐, 나왔다."

노예 감독장의 말을 듣고 탄광의 출입구를 보자 두더지 마물이 우글우글 나타났다.

새까맣게 얼룩진 두더지들이 목욕탕으로 쓰고 있는 물웅덩이에 뛰어들어 몸을 씻었다. 까맣게 물든 물웅덩이에서 이번에는 회색 두더지들이 나와서 물을 뚝뚝 흘리며 이쪽으로 다가왔다.

"휴식 시간이야. 하지만 먹이를 준 다음에는 바로 일을 다시 시작하지."

노예 감독장은 웃으며 설명했다. 두더지 마물에게 전혀 감정 이입을 하지 못하는 표정이다.

식사 시간을 맞이한 두더지들 쪽으로 돌아선 그가 큰 목소리로 말했다.

"야! 두더지들! 얼른 먹이를 먹고 어서 일하러 가라고!"

그때, 두더지 한 마리가 다가왔다. 작고 새까만 눈으로 감독장을 보았다.

"밥, 모두, 몫, 없다."

"뭐?"

감독장은 잔혹한 미소를 지으며 두더지를 내려다보고 있었다.

"요즘, 밥, 줄었다. 굶어서, 죽는다."

"야, 야, 야. 너희 먹이는 확실하게 준비해 두었을 텐데? 아니면 내가 뭘 빼돌렸다는 거야? 너희가 언제부터……."

나는 다음에 일어날 일을 예상하고 두더지와 덩치 큰 남자로부터 눈을 돌리기로 했다.

"감독님보다 대단해진 거냐아아아아아아아아아?!"

눈을 돌렸는데도 시야 가장자리에서 감독장에게 얻어맞고 걸레짝처럼 날아가는 두더지의 모습이 보여 버렸다. 그리 강한 마물이 아니라는 건 사실인 모양이다.

두더지는 내가 생각했던 것보다 말을 잘 알고 있고, 잘했다. 내 슬라임보다 더 말을 잘하는 것 같다. 그렇다면 지능도 그럭저럭 높을 것이다.

"너희는 그냥 일을 하다가, 그냥 죽으면 된다고! 목표나 목적도 가져선 안 되고, 자유를 원하는 것도 용납되지 않아! 그저 내가 말하는 대로 일하다가 죽어!!"

의사소통을 할 수 있는 생물을 상대로 이 덩치 큰 남자는 얼마나 잔혹해질 수 있는 걸까. 일 때문에 일그러진 건지, 아니면 원래 성격이 일그러져서 기꺼이 이 직업에 종사하는 걸까. ……아마 후자일 것 같다.

자신의 잔학성을 만족시키려는 듯이 집요하게 두더지를 괴롭히고 있다. 그의 얼굴에는 여전히 추악한 미소가 달라붙어 있었다. 때리고 걷어찰 때마다 기분 나쁜 소리가 주위에 울렸다.

다른 두더지들은 그 모습을 그저 멀리서 바라볼 수밖에 없었다.

"너무함……."

"아니야. 너무함이 아니라 '너무해'지. 말은 정확하게 해. 공부를 하지 않으면 저렇게 된다고."

내가 지적하자 슬라임이 절망했는지 이상한 소리를 냈다.

"알겠냐! 두 번 다시 내게 말대답하지 말라고!"

감독장이 욕설을 내뱉는 듯이 말했다. 이제야 벌칙 타임이 끝난 모양이다.

꿈쩍도 하지 않는 두더지를 다른 두더지들이 바라보고 있다.

"야! 어서 가! 일해!"

덩치 큰 남자가 소리치자 두더지들뿐만이 아니라 부하인 노예 감독들까지 반응을 보이며 급하게 갱도 안으로 들어갔다. 보아하니 부하들도 고생이 많을 것 같다.

노예 감독 중에는 이 덩치 큰 남자보다 머리가 좋고 사려 깊은 사람도 있을 것이다.

그럼에도 불구하고 이 남자가 노예 감독장이라는 지위에 있는 것은 억지스러운 성격이나 자기중심적인 성격으로 인한 행동력과 극단적으로 공감성이 결여된 그 대단한 인격 덕분일 것이다. 혹시나 그가 부리는 두더지들보다 머리가 안 좋을지도 모르는 그 덩치 큰 남자가 이런 환경에서는 가장 뛰어난 개체이고 계급의 정점인 것이다. 적재적소의 사례라고 할 수도 있겠다.

그런데…… 노예 마물의 숫자가 상상했던 것보다 훨씬 많다. 덩치 큰 남자의 이야기를 들어보니 두더지는 여기 있는 것만 따져도 천 마리 정도라고 한다. 그렇다면 탄광 전체로는 수천 마리? 설마 수만 마리인 건가?

그에 비해 노예 감독의 숫자는 생각보다 적다. 조금이라도 인건비를 줄이고 싶은 상인 길드의 의도가 뻔히 보인다.

나는 의아하게 생각했다. 이런 상황에서 왜 쿠데타가 일어나지 않는 거지?

두더지들은 생각보다 똑똑할 것 같고, 숫자는 노예 감독보다 압도적으로 많다. 체력이 약하긴 해도 곡괭이나 삽 같은 무기도 다룰 수 있다. 한 마리 한 마리는 약하지만, 수적 우위를 살리면 이곳을 제압하는 것도 가능할 것이다.

만약에 내가 노예 해방 활동가라면 두더지들을 선동해서 무기를 쥐여 주고 노예 감독을 해치우게 만들 것이다. 이미 탄광에도 스파이가 잠입해 있으니 손쉬울 테고.

지금 당장 실행할 수 있는 쿠데타를 일으키지 않는 이유가 노예 해방 운동을 하고 있는 녀석들 쪽에 있는 건가? 왠지 위화감을 씻어 낼 수가 없다…… 이번에는 내가 모르는 뭔가가 있는 것 같다.

일단은 해방 운동의 활동 거점으로 돌아갈 수밖에 없을 것 같다.

"슬라임, 사회 공부를 잘 했지?"

"공부, 싫어……."

슬라임이 작은 목소리로 대답했다.

모여든 사람들 가운데에 있는 건 시카쿠였다.

그는 단상 위로 올라가 진지한 눈빛으로 먼 곳을 보고 있었다.

그 옆에는 노예 해방 단체의 멤버들, 그리고 그 주위를 수백 명 정도는 될 것 같은 마을 사람들이 둘러싸고 있다. ……이거 혹시, 연설이라도 시작할 셈인가?

나는 탄광을 견학하고 돌아오는 길에 거리로 나선 시카쿠 일행을 발견했다.

두더지 마물의 상황을 직접 보고 강렬한 위화감이 든 나는 서둘러 시카쿠 일행이 있는 곳으로 돌아가기로 했다. 그런데 시카쿠는 내가 돌아오기도 전에 마을 한복판으로 나온 것이다.

조용해질 때까지는 오랜 시간이 걸렸다.

단상 위에서 시카쿠가 입을 열 때까지 기다리던 청중들이 조금씩 웅성대기 시작했다.

그때, 그제야 시카쿠가 짤막하게 낮은 목소리로 말했다.

"……여러분."

그리고 다시 뜸을 들였다. 청중들의 시선이 시카쿠에게 쏠렸고, 긴장감이 점점 커지기 시작했다.

역시 저 남자는 뜸을 들이는 솜씨가 능숙하다.

평범한 연설가였다면 물 흐르는 듯이 유창하게 말하는 걸 목표로 삼았겠지만, 사실 끊임없는 연설이라는 건 귀나 마음에 별로 남지 않는다. 하지만 시카쿠는 의도적으로 길게 뜸을 들이며 청중들의 집중과 긴장이 정점에 달했을 때 강하게, 낮게, 짧막하게, 1대1로 말하는 것처럼 이야기한다. 연설을 잘한다는 건 그런 것 같다.

"여러분, 저는 노예 해방 운동의 리더를 맡고 있는 시카쿠라고 합니다. 항상 마을을 시끄럽게 만들어 죄송합니다."

그때, 청중들이 세찬 박수를 보냈다. 지금 모여든 사람들은 기본적으로 시카쿠의 신봉자들이다. 그들이 열기를 흩뿌리자 지나가던 일반인들도 멈춰 섰다.

꽤 길게 이어진 박수를 단상 위에서 손을 들어 멈춘 시카쿠는 말하는 속도를 올렸다.

"노예 해방 운동을 하고 있는 저희를 보고 여러분께서는 '골치 아픈 녀석들이다'라고 생각하시겠지요. 그럴 만도 합니다. 여러분은 만족하실 테니까요. 깔끔한 도로, 맛있을 것 같은 과자 냄새, 각양각색의 개성적인 옷을 입은 젊은이, 그리고 주민들의 미소…… 그 뒤에서 약한 마물들이 어떤 취급을 당하고 있는지는 관심이 없으실 겁니다."

그때, 시카쿠가 목소리의 톤을 부드럽게 만들었다.

"이 마을의 부유함을 지탱하고 있는 마물들은 그저 여러분과 마찬가지로 일만 하는 게 아닙니다. 사실 좀 더 가혹합니다. 남서쪽에 있는 작은 섬에서 사로잡혀서 불결한 노예선에 갇힌 채 3주일……. 음식이나 깨끗한 물도 제대로 먹지 못하고, 배설물은 그

냥 방치하고, 하이프 항구에 도착하기 전에 3할이 죽고, 바다에
그냥 버려집니다. 나머지 7할도 위험하고 가혹한 노동을 하게 되
고, 사고와 병, 과로와 쇠약으로 인해 수명이 다 되기도 전에 죽
어 버립니다. 그들에게도 가족이 있을 텐데……."

　여기저기에서 훌쩍이며 우는 소리가 들리기 시작했다. 시카쿠
의 말재주는 대단했다. 더 놀라운 건 울음소리가 해방 단체 멤버
들뿐만이 아니라 일반 청중들에게서도 들린다는 점이다.

　"이런 실태를 여러분께서 알지 못하시는 건 노예장사로 돈을
많이 벌고 있는 상인 길드에서 정보를 숨기고 있기 때문입니다.
……그러니 여러분, 이제 그만합시다. 해방시키잔 말입니다, 노
예를! 그리고 그들을 우리와 대등한 존재로 인정하고 권리를 보
장해 줍시다!"

　……신기하다. 이렇게 듣고 있자니 노예 마물을 해방시켜 줄
필요가 없다고 생각하는 나조차 해방시켜 줘도 괜찮지 않을까라
는 생각이 든다.

　청중들의 마음을 완전히 사로잡은 단상 위의 시카쿠는 단숨에
상인 길드를 비판하고 나섰다.

　"저희 계산에 따르면 이 마을의 상인 길드는 노예장사로 엄청
난 부를 축적했습니다! 말하자면 그것은 쓸 곳조차 없는 매장금
이죠. 그 매장금만 있으면 노예를 해방시키더라도 여러분의 풍요
로운 생활에 문제가 생기진 않을 겁니다! 자, 지금이야말로 악덕

상인 길드에게 노예 해방을 요구하며 이곳 하이프의 주민들이 세상에서 가장 고상하고 청렴한 사람들이라는 걸 증명해 봅시다!"

그 힘찬 말을 듣고 청중들이 와아아아아, 소리를 질렀다.

시카쿠가 주먹을 쥐고 들어 올리자 환호성이 최고조에 달했다.

오늘 그가 한 연설이 언젠가 역사에 남을 명연설이라 불리게 되는 걸까.

그때, 가방 끄트머리로 슬라임이 병과 함께 고개를 내밀었다.

"저거, 뭐야?"

"……보면 안 돼. 바보가 되니까."

몸이 간지러워질 정도로 촌스러운 단어를 나열한 것도 취하고 싶은 사람들에게는 잘 통하는 모양이다.

아마 이곳에 있는 사람들 중 몇 할 정도는 새로운 시카쿠의 지지자가 될 것이다. 노예 반대파를 소수파라고 하지 못하게 되는 날도 의외로 금방 올지 모르겠다.

하지만 나는 이해해 버렸다. 이런 상황에서 이익을 볼 사람은 분명히…….

가두연설이 끝난 다음, 나는 시간을 좀 때우다가 시카쿠 일행의 활동 거점으로 돌아갔다.

"……저기, 시카쿠 씨."

나는 혼자 의자에 앉아 있던 시카쿠에게 조용히 말을 걸었다.

"아, 마루 씨! 탄광 견학은 어땠나? 지독한 곳이었지? 두더지들은 그렇게 가혹한 환경에서……."

"그게 아니라요. 시카쿠 씨. 마침 지금은 주위에 다른 사람들도 없으니까, 이번 기회에 물어보고 싶은 게 있거든요."

"……뭐지?"

내가 말을 가로막은 게 불쾌했는지, 시카쿠가 한쪽 눈썹을 치켜올렸다.

"배…… 그것도 두더지를 잔뜩 운반할 수 있을 정도의 대형선이 한 척에 얼마 정도인지 아시나요?"

"어? 대형선의 가격? 모르겠는데…… 분명히 매우 비싸겠지."

나는 고개를 갸웃거리는 시카쿠에게 "그렇긴 하죠"라며 밝은 목소리로 대답했다.

"상인 길드 녀석들조차 지금은 다섯 척밖에 없을 정도로요."

"……무슨 말을 하고 싶은 거야?"

시카쿠는 짜증이 난 상태다. 나는 더 천천히 질문을 던졌다.

"어떻게 하실 셈인가요? 두더지들을 노예로부터 해방시키고 난 다음에."

"……."

"대형선이나 항해도, 경험이 있는 뱃사람이 없으면 그렇게 많은 두더지를 섬으로 돌려보낼 순 없어요. 이 단체에 그런 재력이나 노하우는 없잖아요? 혹시 상인 길드가 협력해 줄 것 같나요? 그렇다고 해서 두더지들을 주변 들판에 풀어줄 수는 없죠. 이 근처 마물들은 강하고, 두더지는 약하니까요. 전멸하는 사태도 벌어질 수 있고."

시카쿠는 갑자기 차분한 태도로 돌아와 조용히 내가 하는 말에 귀를 기울이고 있었다.

나는 이 남자를 상대로 수수께끼의 답을 맞춰 보기로 했다.

"당신은 머리가 좋은 사람이에요, 시카쿠 씨. 지금 제가 한 이야기 정도는 이미 알고 있었던 거 아닌가요? 알고 있었으면서도 노예 해방 운동을 시작했고, 모여든 녀석들을 선동하고 있죠. 하지만 그 목적은 노예의 해방이 아니에요. 분명히 다른 목적이 있는 거겠죠?"

시카쿠는 꿈쩍도 하지 않았다. 그저 나를 빤히 보고만 있다.

"뭐라고 말씀 좀 해 주시면 안 될까요? 뭘 노리시는 거예요?"

내 질문은 한동안 허공을 맴돌기만 했다.

얼마나 기다렸을까. 시카쿠가 갑자기 웃으며 중얼거렸다.

"……치사한 것 같지 않나?"

"네?"

"상인 길드 녀석들 말이야. 그렇게 노예로 돈을 많이 버는 주제에, 노예 감독의 급료는 전혀 오르질 않아. 그래서 생각했지.

그럼 두더지들을 이용해서 상인 길드로부터 돈을 빼앗으면 되겠다고."

노골적이라는 건 이런 경우를 말하는 것 같다. 착한 사람의 가면을 벗어던진 시카쿠는 갑자기 말이 많아졌다. 이게 이 남자의 본성인가?

"……어떻게요?"

시카쿠는 내 물음에 곧바로 대답했다.

"그러니까 권리라고, '권리'. 내게 모여든 멍청한 박애주의자들을 선동해서 노예 해방 활동을 하게 만드는 거야. 두더지의 권리를 상인 길드가 인정하게 만드는 거지. 그러면 녀석들은 두더지들을 노예 취급할 수 없게 돼."

무심코 목이 울렸다. 나는 시카쿠라는 남자를 얕보고 있었다. 이 녀석은 자선 활동가가 아니라 어엿한 '상인'이었던 것이다.

"……당신의 목적은 상인 길드가 두더지를 노동자로 인정하고 적절한 노동 대가를 지불하게 만드는 것. 그리고 이 노예 해방 활동 단체는 노동자의 권리를 지키는 단체로 바뀌고, 당신은 두더지와 상인 길드의 중개를 맡아서 이익을 얻는다."

내 대답을 들은 시카쿠는 만족스러운 듯이 고개를 끄덕였다.

"맞아. 물론 두더지의 노동 조건은 개선해 줄 거야. 위생적인 면이나 안전적인 면도 해결책을 고려하고 있지. 뭐니 뭐니 해도 두더지는 멍청하고 손쉬운 돈줄이니까. 소중하게 여겨야지, 그야 소중하게 여길 수밖에 없어."

……결국 노리는 건 그런 건가.

많은 두더지들을 그냥 해방시켜 봤자 상황은 호전되지 않는다. 그렇다면 인간이 지켜 주는 가운데 노동을 하는 게 훨씬 안전하다. 대우가 개선된다면 두더지들에게도 이익이 될 것이다.

그 탄광의 두더지들도 눈치채고 있을지 모르겠다. 고향 섬으로 돌아갈 가능성이 없다는 것을. 그렇다고 해서 야생에서 살아갈 수 있을 정도로 자신들이 강하지 않다는 것을. 그래서 쿠데타를 일으켜서 밖으로 나가는 걸 포기하고 노예 생활을 받아들였다…… 내 생각이 너무 지나친 건가?

"당신은 정말…… 대단한 사람이네요."

"마루 군에게만은 그런 말을 듣고 싶지 않은데."

그리고…… 시카쿠는 그렇게 아무렇지도 않게 말했다.

"애초에 두더지의 해방 같은 건 현실적이지 못하다고. 어느 날 갑자기 석탄이나 설탕, 면의 공급이 없어지면 어떻게 되지? 이 마을은 이미 저렴한 사치를 전제로 성립되고 있어. 대량 공급할 방법이 사라지면 대혼란에 빠지겠지. 결국, 두더지들에게 저임금 중노동을 강요하지 않으면 이 사회는 돌아가지 않는다고."

착한 사람인 척하면서 가두연설을 할 때보다 100배는 설득력이 있는 이야기다. 그리고 분하게도 내 견해와도 일치한다. 노예 해방을 진심으로 믿던 녀석들도 시카쿠가 이런 식으로 구워삶을 것이다.

과연 상인 길드는 시카쿠의 제안을 받아들일까?

······스스로 물어본 다음, 나는 그럴 가능성이 크다고 예측했다.

왜냐하면 시카쿠만 마음을 먹으면 두더지들의 쿠데타는 언제든 가능하기 때문이다. 그리고 시카쿠는 말재주와 카리스마로 사람들의 지지까지 얻어 가고 있다. 그는 그러한 교섭 카드를 만들기 위해 동료들을 모으고, 노예들의 노동 현장에 스파이를 잠입시키고, 때가 될 때까지 기다린 것이다.

그 결과, 농장이나 탄광 경영의 비용 증가는 피할 수 없겠지만, 상인 길드에서는 타협점을 찾아나갈 수밖에 없을 것이다.

"자, 내 처음 계획과는 약간 달라지긴 했지만, 마루 군은 지금부터 상인 길드와의 교섭을 맡아서 활약해 줘야겠어!"

"······네? 교섭이요?"

시카쿠는 재빠르게 착한 사람 같은 가면을 쓰고 친근하게 내 어깨를 감쌌다. 그리고 얼굴을 가져다 댄 다음에 심술궂게 속삭였다.

"그렇게 이용할 생각이 없었다면 너 같은 걸 단체에 받아들일 리가 없잖아? 네가 상인 길드 건물에서 나왔을 때, 우는 시늉을 하면서 당당하게 마음에도 없는 말을 하는 걸 보고 '이 상인에게라면 교섭을 맡길 수 있겠다'고 확신했거든."

"하하······."

그 시점에서 이미 이것저것 들켰던 건가…….

시카쿠는 내 복잡한 심정 같은 건 아랑곳하지도 않고 밝은 목소리로 웃었다.

"나는 말이지, 그런 인재가 나타나기를 계속 기다렸다고. 물론, 그에 맞는 보수를 지불하도록 하지!"

"하하하……."

나는 이 남자를 얕보고 있었던 모양이다.

……내 동생 바츠야.

나는 역시 너와는 달라. 그리고 아마 이 길이 제일 나을 것 같거든.

깨끗한 게 무조건 좋다는 보장도 없고, 지저분한 게 무조건 안좋다는 보장도 없어.

그건 너도 이해해 주겠지?

교섭 담당을 맡은 나는 노예 해방 활동의 거점을 떠나 상인 길드로 가게 되었다.

가던 도중에 슬라임이 내게 물었다.

"노예, 어떻게 돼?"

"응? 없어질 거야. '노예'는 사라지고 '저임금 노동자'로 다시 태어나겠지."

내가 한 말을 듣고 슬라임이 병 속에서 튀어 올랐다.

"그거, 의미 없어!"

"있어. 야생으로 돌아가도 죽기만 할 두더지들이 노동자로서 인간들에게 보호를 받으면서 살아갈 수 있잖아. 최소한의 권리도 시카쿠가 자신의 이익을 위해 지켜 줄 거야. 애초에 '노예'라는 단어가 바람직하지 못하지. 안 좋은 이미지가 정착되었잖아? 그러니까 상품 이름을 바꿔 주는 게 소비자들도 받아들이기 편해. '노예가 만든 설탕'보다는 '두더지의 수제 설탕'이 더 나은 거지."

"시카쿠, 거짓말했어, 못된 녀석!"

"그야 그럴지도 모르겠지만……."

슬라임은 오늘따라 고집이 센 것 같다. 역시 두더지가 피해자라서 그런지 같은 마물로서 고집이 생기는 건가.

"자기에게 아무런 이익도 없는 선동을 할 정도로 특이한 사람은 별로 없어. 시카쿠는 자신의 이익을 위해서 사람들을 모을 필요가 있었고, 그 명분으로 '노예 해방'을 내세웠던 거야."

"속이는 거, 나쁜 짓! 나쁜 짓! 나쁜 짓!"

나는 소리치는 슬라임에게 대꾸했다.

"맞아. 사람을 속이는 건 나쁜 짓이지. 하지만 속는 녀석들도 다른 의미로 잘못한 거야."

시카쿠의 호령에 따라 감정에 휘둘리며 소리 지르던 노예 해방 활동가들. 그들이 나쁜 사람이라고 하진 않겠지만, 진심으로 자신의 소원을 이루려 하는 사람은 그렇게 수동적인 태도로 다른 사람에게 편승하진 않는다.

"다시 말해서, 그 녀석들은 진짜로 노예를 해방시키고 싶었던 게 아니라 거대한 존재에 맞서서 항의함으로써 간편하게 청춘을 누리고 싶었던 거야. 그리고 그 수요를 깨달은 시카쿠에게 이용당한 거지. ……어떤 의미로 시카쿠 말고 다른 녀석들에게도 '노예 해방'이 명분이었던 건지도 모르겠네."

"사람도 아니야!"

"아니, 슬라임인 네가 그런 말을 해 봤자……."

내가 보기에는 이용당한 활동가들보다 시카쿠나 상인 길드 녀석들이 그나마 낫다. 적어도 그들은 자신의 소원을 이루기 위해 열심히 노력했으니까.

"그런데 말이야, 너, 혹시 좀 똑똑해졌어?"

"몰라!"

꽤 이야기가 통하게 된 것 같은데, 역시 착각인가?

◈ ◈ ◈

상인 길드 건물에 도착한 나는 며칠 만에 눈이 째진 남자와 마주 보고 있었다.

"그러면 대충 이 정도면 될까요?"

내가 보여 준 것은 시카쿠가 작성한 조건 교섭 서류다.

노예선과 노동 현장의 환경 개선, 노동 시간과 휴일에 관한 규정, 마물에 대한 학대 금지, 각종 권리의 부여, 제3자 감독 기관의 설립…… 이상적인 노동력이었던 마물 노예는 그러한 협정의 체결을 통해 어엿한 '노동자'가 될 것이다.

"……네. 어쩔 수 없지요."

내용을 확인하고 상인 길드의 승낙을 얻어 내는 것이 교섭 창구를 맡은 눈이 째진 길드원의 역할이지만, 이쪽에는 시카쿠가 아껴 둔 '마물 노예의 쿠데타'와 '민중 선동'이라는 비장의 수가 있다. 그것들을 발동시킬 가능성을 내비치며 타협점을 내세우는 내 앞에서는 아무리 말재주가 좋은 눈이 째진 남자라 해도 너무 강하게 나올 수 없는 모양이었다.

그렇게 겨우 교섭이 일단락되었는데…….

"설마 마루 씨께서 활동 단체의 교섭 담당자로 오실 줄은 몰랐습니다. 아니, 정말 대단한 이적이네요. 같은 상인으로서 존경합니다."

눈이 째진 남자가 좀 전부터 계속 비꼬고 있다. 나는 쓴웃음을 지었다.

"너무 그렇게 괴롭히지 마세요. 제게도 사정이 있어서 여기 온 거니까요.”

“네, 네, 그러시겠죠. 분명히 부모님이라도 인질로 잡히신 거 겠지요! 그러지 않다면 아무리 상인이라 해도 이렇게까지 후안무 치하고 비열한 짓은 하지 않을 테니까요! 설마 그 망할 활동 단체 에게 보수 같은 걸 받을 리도 없을 테고요!”

지금은 무슨 말을 해 봤자 비꼬는 말이 돌아오기만 할 것 같 다. 어떻게든 화제를 돌려야겠다.

나는 길드 쪽에서 제출한 서류를 다시 훑어보았다.

“그런데 이 생산품 리스트 맨 밑에 있는 ‘포피’라는 식물은 어 떤 용도로 쓰는 건가요? 올해는 상당한 양이 생산된 것 같은데 요.”

그러자 눈이 째진 길드원이 급하게 눈을 피하며 척 보기에도 껄끄러워하는 표정을 지었다.

“……포피 말씀이시군요. ……포피는 말이죠, ……음, ……그, 그 식물은, ……동쪽 나라 리다의 성 아랫마을에 납품하고 있는 데요…….”

“수출 품목이었군요. 그런데 리다의 성 아랫마을에만 수출하 다니, 꽤 치우쳐 있네요.”

“네…… 실은 미, 밀수라서…….”

말을 얼버무리고 있다. 게다가 밀수? 알려지면 곤란한 물품이 라는 뜻인가?

"더더욱 신경 쓰이네요. 그래서, 용도가 뭐죠?"

"그게…… 식물의 열매에서 얻을 수 있는 물질이, 저기, 쾌락 효과를 가져다준다고나 할까요."

쾌락 효과가 있는 식물을 다른 나라의 성 아랫마을에 밀수하고 있다고?

"그 말만 들으니 상당히 저속한 이야기 같은데요?"

"아, 아뇨…… 저속하다고 해야 하나…… 뭐, 솔직히 저속하긴 하지요……."

"잠깐만요, 확실하게, 구체적으로 말씀해 주세요."

"아, 아뇨…… 처음에는 말이죠. 그렇게 될 줄은 몰랐거든요……."

화제를 돌리기 위해 끄집어낸 이야기였는데, 분위기가 이상해졌다.

횡설수설하던 눈이 째진 남자의 이야기를 정리하자면 이런 뜻이었다.

예전부터 농장 구석에서 재배하던 포피는 그 일부를 남몰래 리다에 유출하고 있었다. 그런데 1년 전, 갑자기 그쪽에서 수입량을 늘려 달라고 제안했고, 돈을 많이 벌 수 있었기에 생산량을 늘려서 계속 수출해 버렸다. 올해는 특히 그냥 넘어갈 수 없을 정도로 양이 많아졌고, 도저히 '밀수'라는 규모가 아니게 되어 버렸지만, 중요한 거래처의 요청이었기에 눈이 째진 남자 혼자서는 어떻게 해 볼 수가 없는 문제다…….

"마루 씨께서는 상인 길드 본부로 가신다고 하셨죠? 그렇다면 마침 잘 되었군요. 다음에 가셔야 할 곳은 동쪽 나라, 리다의 성 아랫마을에 있는 상인 길드입니다! 저희는 항상 그곳에서 지시를 받고 있습니다. 포피의 밀수도 리다의 상인 길드에서 맡고 있으니 아무튼 리다로 가시면 됩니다!"

의도치 않게 원하던 정보를 얻어 버렸다. 좋아, 다음은 리다의 성 아랫마을이라고.

"알겠습니다. 제 목적은 처음부터 그거니까 정보를 얻은 이상, 이곳에 오래 머무를 이유는 없겠네요."

네에…… 눈이 째진 남자가 그렇게 맥이 빠진 듯한 목소리로 대답했다.

투자자로서 잡아 두고 싶었던 내가 해방 활동 단체의 앞잡이가 되었고, 지금은 그들의 수익 기반인 노예 마물 장사가 무너져서 가치가 폭락할 상황이다. 길드로서도 슬슬 나를 다루기 껄끄러워졌을 것이다. 나도 이미 시카쿠에게 선금으로 보수를 받았으니 서로를 위해서도 물러설 때가 되었다.

"그러면 부디 두더지를 소중히 여겨 주세요. 제가 이런 말을 하는 건 좀 그렇지만, 감독 기관의 우두머리로 들어올 시카쿠는 상인 뺨칠 정도로 교활한 남자입니다. 틈만 나면 길드에서 돈을 뜯어내려 하겠죠. 두더지들을 함부로 다루면 오히려 자기 목을 조르는 꼴이 될 거예요."

"네, 네…… 신경 써 주셔서 감사합니다……."

눈이 쩨진 길드원은 그렇게 말하며 힘없이 손을 저었다.

자, 다음에 갈 곳은 동쪽 나라 리다인가.

쾌락 물질의 원료를 밀수입해서 대체 뭘 만들고 있는 건지.

적어도 윤리나 도덕과는 동떨어진 물건일 것 같다.

"이봐! 당신!"

상인 길드 건물을 나서자 뒤에서 큰 목소리로 부르는 사람이
있었다.

나는 천천히 돌아보았다. ……아, 이 사람을 깜빡했네.

"답장을 빨리 써 달라고 했잖아! 대체 며칠이나 기다리게 만들
셈이야!"

파라그라의 점주님이 편지를 맡겼던 남자다. 당연하게도 화가
꽤 많이 난 모양이다.

"죄, 죄송합니다……."

남자는 말없이 종이와 깃털 펜, 그리고 잉크병을 내밀었다. 게
다가 받쳐서 쓸 수 있게 판자까지. 얼마나 용의주도한 건지.

"자, 여기서 바로 답장을 써 줘. 지켜보고 있을 테니까."

"네……."

나는 순순히 대답할 수밖에 없었다.

『점주님께.

지금은 하이프 마을을 떠나서 동쪽 나라 리다의 성 아랫마을로 떠나려는 참입니다.

이곳 하이프는 마물을 노예로 부려먹으면서 매우 번창했습니다. 다양한 나라나 지역과 무역을 하고 있는 모양이니 아마 파라그라와도 거래하고 있을 겁니다.

저는 계속 그런 사실도 모르고 살아왔지만, 지금까지의 인생은 노예들의 도움도 받으면서 살아왔던 것 같습니다. 많이 배웠습니다.

점주님께서는 제가 빈민에게 엄격하다고 하시지만, 약간 다릅니다.

저는 무언가를 바꾸기 위해 행동이나 노력을 하지 않는 사람들을 싫어하는 겁니다.

그러니 상인 길드에서 시키는 대로 가혹한 노동 환경에서 계속 일하는 두더지 노예들도 싫고, 노예 해방 운동의 지도자가 시키는 대로 항의 활동을 하고 있는 게으른 무능력자들도 싫습니다.

인생은 자신의 행동과 노력으로 개척해 나가는 거니까, 그들도 그렇게 하면 된다고 생각합니다.

지금은 파라그라로 돌아갈 생각이 없습니다. 바츠는 북쪽 요새를 넘어섰다고 들었습니다.

저도 서둘러 상인 길드 본부로 가겠습니다.

추신 : 그런데 노력을 싫어하는 게으른 자에게 교육을 하려면 어떻게 해야 할까요. 보아하니 협박도 효과가 별로 없는 것 같습니다.

아니, 딱히 뭔가를 키우고 있는 건 아니지만, 참고할 겸 여쭈어보았습니다.

마루.』

나는 다 쓴 편지를 남자에게 맡겼다.

"확실하게 받았다. 그럼."

남자는 인사를 하고 곧바로 떠나갔다.

이런, 이런…… 저 남자는 내게 답장을 받기 위해서만 이 마을에 며칠이나 머물렀던 건가? 그렇다면 그의 숙박비도 편지 배달 경비로 들어가나?

점주님…… 이렇게 편지를 주고받는 거, 비용 대비 효과가 너무 안 좋지 않나요?

"다음, 어디 가?"

가방에서 삐져나온 유리병 안에서 슬라임이 물었다.

"동쪽 나라 리다의 길드야. 쾌락 물질의 원료를 수입해서 뭔가

하고 있다는데.”

　“영문을, 알 수가 없어.”

　황록색 액체 속에서 동그란 눈알이 움직였다.

　“그럼, 또 사회 공부를 하게 될지도 모르겠네.”

　“공부, 싫어! 사회, 싫어!”

　공부하면 좋아하게 될 거야.

선악의 경계선

"좋아, 리다 성 아랫마을에 도착했다. 이제 의뢰 달성이로군."

용병 중 한 명이 마을 입구에 멈춰 섰다. 그 뒤에는 파트너인 용병이 있는데, 그 사람은 거의 말을 하지 않았다. 과묵한 남자인 것이다.

이번에는 지금까지 했던 것 중에서 제일 긴 여행이었지만, 용병 두 명의 실력이 좋았던 덕분에 나는 아무런 걱정 없이 국경을 넘을 수 있었다.

"고마워. 이건 잔금이야."

금화를 나누어서 넣어 둔 주머니를 건네자 쾌활한 용병이 "고마워!"라고 하며 활짝 웃었다.

"우리는 한동안 여기에 머무를 생각이니까 혹시 또 용병이 필요해지면 말을 걸라고. 숙소는 저기로 잡을 테니."

그가 손가락으로 가리킨 곳은 중심가에 있는 여관이었다. 옆에 술집이 있어 오늘 밤에는 의뢰를 달성한 축배를 들 모양이다.

"생각해 볼게. 그럼."

여행 동료였던 용병들에게 작별 인사를 한 다음, 나는 리다 마을의 중심가로 나아갔다.

여행을 하다 보니 도로나 들판, 산에 나타나는 마물들이 점점 강해지기 시작했다. 지금부터는 용병을 호위로 고용해도 위험한 여행이 될 것이다.

칸마와 하이프 마을에서 번 돈이 아직 남았지만, 두뇌파인 나는 치명적으로 체력이 약하다. 그것을 때우기 위해 호위로 실력이 좋은 용병을 고용하려면 그에 맞는 돈이 필요하니 이 근처에서 돈을 좀 더 벌어야겠다.

……자, 이 마을의 상인 길드가 어디 있는지 항상 가는 가게에서 물어볼까.

나는 곧바로 무기 상점으로 향했다.

"저기, 무기를 봐도 돼?"

"어서 와. 알아서 보라고."

이 가게 주인은 깡마른 영감님이었다. 나는 가게의 선반을 둘러보았다.

"《강철 채찍》에 《대형 망치》, 《모닝스타》라…… 역시 물건들이 좋네."

영감님이 코에 흘러내린 안경을 고쳐 쓰고는 나를 빤히 보았다.

"잘 살펴보니 당신, 상인이군. 상인이 취급할 만한 무기는 우리 가게에 없는데."

"그렇구나, 아쉽네. 그런데 이 성 아랫마을의 상인 길드는 어디 있어?"

그러자 가게 주인이 약간 경계하는 기색을 보였다.

"……당신, 상인 길드에 무슨 볼일이 있는데?"

"어? 그냥 좀."

"……부탁이니까 싸움의 원인을 만드는 데 가담하진 말아 줘."

"싸움의 원인?"

영감님이 씁쓸한 표정으로 말했기에 나는 무심코 되물었다. 하지만 가게 주인은 내 말에 대답하지 않고 간단히 길만 가르쳐 주었다.

"상인 길드는 여기서 똑바로 간 다음에 성 앞에 있는 건물이야. 가 보면 금방 알 거다."

"고마워. 그럼 이 사과 살게."

카운터 옆에 있는 나무 상자에서 사과 하나를 고른 다음, 돈을 건넸다.

"고맙군."

무기 상점을 나선 다음, 나는 사과를 깨물어 먹으며 똑바로 성을 향해 나아갔다.

싸움의 원인이라니, 역시 하이프에서 밀수되고 있는 포피 관련 이야기인가? 그런데 이 성 아랫마을을 둘러봐도 싸울 것 같은 분위기는 느껴지지 않는다. 미소를 짓고 있는 주민과 뒷골목에 주저앉은 빈민. 어디에나 있을 법한 광경이다.

……그럼 싸움의 징조를 느끼고 있는 건 상인들뿐인가?

그것도 상인 길드에 가 보면 알 수 있으려나. 아니, 애초에 혹시나 싸움이 벌어진다 하더라도 나는 이 마을이 떠안고 있는 문제를 해결할 생각이 없다. 여기에는 상인 길드 본부가 어디 있는지 알아내기 위해 온 것뿐이니까.

"냄새나!"

그때, 갑자기 병 속에 있던 슬라임이 소리쳤다.

"싫어! 냄새나! 냄새나! 냄새나!"

그 말을 듣고 나는 코를 킁킁거리며 숨을 들이마셨다.

"……아니, 딱히 이상한 냄새는 안 나는데?"

"냄새나!"

"대체 뭐야, 너……."

한동안 걸어가자 성 정면에 있는 광장에 도착했다. 눈앞에 견고한 성문이 솟구쳐 있다. 그리고 그 앞에는…… 아, 무기 상점 영감님이 말했던 대로 금방 알아볼 수 있었다.

가방에서 병과 함께 고개를 내민 슬라임도 눈알을 움직이며 소리쳤다.

"크다!"

거대하다. 지금까지 본 곳들 중에서 가장 큰 상인 길드. 아니, 사무소 같은 건물 쪽은 극이 일반적인 크기지만, 같은 부지에 인접해 있는 시설이 너무 크다. 멀리서 계속 보이던 알 수 없는 거대 시설이 상인 길드의 일부였구나.

"이거…… 혹시, 공장인가?"

하이프에서 눈이 째진 남자가 포피를 통해 쾌락 물질을 얻을 수 있다고 했었다. 그 포피를 대량으로 밀수한 곳이 리다 성 아랫마을의 길드라고도 말했다. 그 공장이나 창고…… 같은 곳인가?

"냄새나!!"

"그러니까, 냄새 안 난다고……."

고집을 꺾지 않는 슬라임을 보고 어이없어하고 있자니 뒤에서 말을 건 사람이 있었다.

"이봐, 당신. 상인인 마루지?"

기분 나쁜 예감이 들어서 돌아보자 그곳에 모험자 차림인 남자가 서 있었다.

"파라그라의 무기 상점 주인이 보낸 편지를 맡아 두고 있다."

"아~ 네, 네……."

이 남자도 파라그라의 주민인가? 물론 처음 만난 사이지만, 이제 안 놀란다고.

『마루에게.

답장을 보내 줘서 고맙구나.

그런데 편지를 읽다 보니 너의 단점을 잘 느낄 수가 있었구나.

마루는 젊으니까 어쩔 수 없을지도 모르지만, 모든 사람이 자기처럼 강해질 수 있을 거라 생각하면 안 된단다.

안 좋은 상황을 벗어나는 것이 아니라 받아들이고 참는다는 선택도 존중받아야만 하거든.

스스로 무언가를 만드는 게 아니라 다른 누군가가 만든 것에 협력한다는 선택 또한 존중받아야만 해.

나는 게으름조차 허용되어야 한다고 생각한단다.

네가 보기에 그런 것들이 추하고 경멸할 대상일 수 있어.

하지만 '그럴 수 없는 자들'의 존재를 용납하지 못하는 건 너무나도 거만하고 결벽한 것 아닐까.

마루처럼 강한 자와 그들처럼 약한 자들이 이 사회를 구성하고 있단다.

그러니 강자의 논리를 함부로 내세워서는 안 되는 거야.

마물 노예…… 지독한 장사로구나. 편지를 읽으면서 가슴이 아팠단다.

하지만 그로 인해 지금 같은 사회가 성립되고 있다는 것도 사실이겠지.

노예뿐만이 아니라 이 사회는 누군가의 희생을 통해 아슬아슬하게 성립되고 있는 거니까.

그 사실도 잊지 말아 주길 바란다.

이제 상인 길드 본부에 가는 걸 말리진 않겠다. 나도 각오를 다졌으니까.

하지만 그러기 위해서는 너의 힘을 보여 줄 필요가 있을 거야.

점주.』

"어어어~?! 이 내용은 대체 뭐야!"

무심코 소리를 질러 버렸다. 대충 짐작하고 있긴 했지만, 점주님과 나는 놀라울 정도로 생각이 맞지 않는다. 그래서 편지 내용도 매번 잔소리다.

그리고 마지막에…… 이건 뭐지?

"힘을 보여 줄 필요가 있다고……?"

누구에게, 무슨 힘을? 너무 갑작스러운 이야기라 점주님이 무슨 말을 하는 건지 모르겠다.

"자, 답장을 써 줘."

편지 배달을 맡은 모험자가 다그치자 나는 미소를 지으며 둘러댔다.

"아, 그건 나중에. 먼저 이곳 상인 길드에서 용건을 마치고 싶거든."

그러자 남자가 잠깐 생각하더니 광장 구석의 여관을 손가락으로 가리켰다.

"나는 저 여관에 묵을 거다. 답장은 일찌감치 써 줘."

"네, 네~."

익숙해지고 싶진 않았지만, 점점 이 대화에도 익숙해지기 시작했는데.

리다의 상인 길드에 도착한 나는 우선 오른쪽에 있는 사무소 같은 건물에 가 보기로 했다.

그런데 묵직한 문에 손을 댄 순간, 그것이 갑자기 열렸다.

나는 재빨리 뒤로 물러나다가 뒤쪽의 돌계단으로 굴러떨어져서 광장 돌바닥에 쓰러졌다.

"아야⋯⋯."

"아! 이런, 이런, 죄송합니다. 다친 곳은 없으신가요?"

"으, 네. 괜찮아요."

급하게 달려온 사람은 안경을 쓰고 신경질적일 것처럼 생긴 남자였다.

"당신은⋯⋯ 상인이죠? 이 길드에 무슨 볼일이 있으신가요?"

"내, 냄새나!! 너! 냄새나!!"

남자가 말을 건 것과 거의 동시에 내 가방에서 삐져나온 병 속의 슬라임이 절규했다.

"야, 야! 조용히 해! 아무런 냄새도 안 나잖아!"

슬라임이 갑작스럽게 외친 목소리를 듣고 안경을 쓴 남자가 굳어버리자 나는 병을 가방 안쪽으로 밀어 넣었다. 그런 다음에 남자에게 질문했다.

"저, 저기~ 혹시 당신은 이곳 길드원 분이신가요?"

"네, 그렇습니다만."

남자의 표정이 굳었다. 슬라임 때문에 경계해 버린 건가?

나는 목소리를 낮추며 항상 하던 변명을 써먹어 보았다.

"실은…… 용사의 심부름으로 '극비 임무'를."

"용사? 극비?"

남자는 더더욱 수상쩍은 듯이 내 말을 되풀이했다.

"저, 요즘 잘 나가고 있는 용사 바츠의 친형입니다. 보세요, 그 증거인 목걸이!"

"오오, 이건…… 진짜! 이럴 수가, 용사 바츠 님의 형님이셨군요. 얼마 전에는 마왕 측근 사천왕 중 한 마리를 쓰러뜨리셨다던데, 축하드립니다. 오늘 아침 신문 1면 기사로 나왔더군요."

"호, 호오…… 이 마을에 막 도착한 참이라 그건 몰랐네요."

나는 깜짝 놀란 마음을 억눌렀다.

바츠, 벌써 사천왕 중 한 마리를 쓰러뜨렸다고? 너무 빠른 거 아닌가?

그런 와중에도 나를 일으켜 세운 안경 쓴 남자는 옷에 묻은 흙을 털어 주고는 곧바로 길드 건물 쪽으로 나를 데리고 갔다.

"요즘 눈부신 활약을 보이고 계시는 용사님의 가족이라면, 네…… 이쪽으로 오시지요."

처음의 경계하던 모습은 어디로 간 건지, 환영하는 분위기로 쉽사리 안에 들여보내 주었다.

동생이 활약하면 형인 내 대접도 바뀌는 모양이다. 복잡한 기분이야…….

"……그래서 마루 씨께서 상인 길드 본부로 가고 계신다고요."

안경을 쓴 남자는 그렇군요, 라고 말하며 연달아 고개를 끄덕였다.

"네. 혹시 본부가 어디 있는지 모르시나요?"

"공교롭게도 본부의 위치까지는……."

어디까지나 용사와 관련된 극비 임무라는 사실을 강조했기에 안경을 쓴 남자는 친절했다.

"하지만 다음…… 저희가 지시를 받고 있는 상인 길드라면 가르쳐 드릴 수 있습니다. 코론이라는 마을의 길드고, 그곳에는 동쪽의 항구에서 배를 타고 갈 수 있어요."

"네? 가, 감사합니다!"

이렇게 금방 가르쳐 준 적은 처음이었다. 항상 이러면 편할 텐데.

그런데 또 '다음'인가……. 이걸 언제까지 반복해야 본부에 도착할까.

"용건은 그게 전부인가요? 그럼 저는 이만."

"아, 네. ……아, 아뇨."

그만둬. 그만두라고. ……마음 속의 나 자신이 경종을 울렸다.

"네? 뭐죠?"

"아니…… 저기……."

말하지 마. 골치 아프게 될 거라고. 어서 다음 마을로 가!

두 손으로 깍지를 끼고 바짝 마른 입술을 혀로 훑은 다음, 나는 안경을 쓴 남자를 보았다.

"저기…… 이곳 옆에 있는 그 커다란 시설은 뭐 하는 곳인가요?"

……말해 버렸다.

상인에게는 호기심이 필요하지만, 가끔은 상황을 파악하고 자중할 필요도 있다…… 우리 점주님도 자주 말했었다. 하지만 아무래도 나는 지금까지 나 자신의 호기심을 이겨 본 적이 없는 것 같다.

그런데 그렇게 각오를 다지고 한 질문에도 안경을 쓴 남자는 쉽사리 대답해 주었다.

"아, 그 시설 말이죠. 그냥 공장하고 창고입니다. 오핀을 만들고 있거든요."

"오핀?"

"네. 치유 효과가 있는 상품입니다. 포피라는 식물의 열매로 만들죠."

"치유 효과, 라고요……."

하이프의 길드에서는 쾌락 효과라고 하던데.

"수요가 꽤 많아서요. 작년에 공장을 새로 지었습니다. 지금은 이 마을의 귀중한 산업이고요. 이 마을 노동 인구 중 약 2할 정도가 오핀 생산에 관여할 정도죠."

"와~ 그렇게 많이요?"

하지만 그 새 공장의 크기를 보면 이해가 된다.

안경을 쓴 남자는 의기양양하게 이야기를 이어 나갔다. 내가 알고 싶었던 걸 자발적으로 말해 주는 건 고맙긴 하지만, 나 같은 녀석에게 그렇게 떠들어 대도 괜찮은 건가? 아니면 이것도 '용사의 형' 효과인가?

"일손이 많이 필요한 작업이거든요. 포피의 열매 표면을 깎아 내면 하얀 즙이 나옵니다. 그것을 모아서 말린 다음에 사탕 모양으로 만든 게 오핀인데, 채집할 수 있는 양이 너무 적어서…… 인원을 많이 투입하지 않으면 제때 맞춰서 생산할 수가 없거든요."

"그렇군요. 리다에서 유행하나 보네요."

그러자 안경을 쓴 남자는 또 쉽사리 고개를 저었다.

"아뇨, 이 나라에서는 사용이 금지되어 있습니다. 실은 오핀에 중독성이 있어서요, 지나치게 많은 양을 섭취하면 죽기 때문입니다."

이봐, 이봐…… 잠깐만 기다려 봐. 미소를 지으면서 대체 무슨 소릴 하는 거야, 이 녀석…….

"그래서 이곳에서 만든 오핀을 이웃 나라인 닷시로 수출하고 있습니다. 물론, 상인들을 통한 밀수지만요. ……아, 이건 다른 사람에게 이야기하지 말아 주세요. 뭐, 이 마을에서는 다들 아는 사실이지만요."

진지한 표정을 지은 나를 보고 안경을 쓴 남자가 변명하는 듯이 보충 설명을 하기 시작했다.

"아, 아뇨! 아뇨! 중독이라고 해도 말이죠. 소량이라면 별것 아닙니다. 하지만 뭐든지 지나치면 독이 되잖습니까? 과잉 섭취하면 최악의 경우, 죽어 버릴 뿐입니다."

남자는 억지 미소를 지으며 애써 밝게 이야기를 이어 나갔다.

"소량이라면 진짜로 치유 효과가 있는 모양입니다. 오핀을 말이죠, 이렇게 곰방대에 넣고 가열해서 연기를 마시면 말로 표현하기 힘든 기분이 드는 모양이에요. 살이 빠진다거나 집중력이 올라간다는 사람도 있고요. 뭐, 저는 써 본 적이 없어서 전부 들은 이야기지만요."

"공장의 종업원들은 오핀에 중독성이 있다는 사실을 알고 있나요?"

남자는 내가 무슨 의도로 물어본 건지도 모르고 고개를 연달아 끄덕였다.

"그야 물론이죠. 그래서 업무 중에 실수로 섭취하지 않게끔 주의를 주고 있습니다."

"아뇨, 아뇨, 그게 아니라요…… 자신이 만들고 있는 물건이 이웃 나라 사람들의 목숨을 빼앗을지도 모른다는 사실을 알고 있는지 해서요."

그러자 안경을 쓴 남자는 내게 의미심장한 표정을 지었다.

"괜찮습니다. 그런 점도 문제가 없죠. 리다의 백성들은 이웃 나라 닷시를 정말 싫어하거든요. 그러니 딱히 닷시의 백성들이 괴로워하더라도 아무런 상관도 없죠."

그게 어딜 봐서 괜찮다는 거지? 아무래도 아까부터 이야기가 들어맞지 않는 것 같다.

"닷시를 싫어하는 이유는 뭔가요?"

"그건 우리나라의 보도가 만들어 낸 성과입니다. 우리가 이웃 나라로부터 얼마나 미움을 받고, 공격당하고, 학대당했는지, 신문이나 공연 등을 통해 적극적으로 주민들에게 전하고 있거든요."

"그 보도는…… 사실인가요?"

내가 묻자 안경을 쓴 남자가 잠시 생각하다가 유쾌하게 말했다.

"일부의 사실을 과장했다는 게 정확하겠죠. 뭐, 산업을 지키기 위한 방편입니다. 이건 국가사업이라고요. 오핀은 그만큼 돈이 많이 벌립니다. 오핀의 가장 훌륭한 점은 '의존성이 있다'는 점이죠. 한 번 섭취하면 다음에 또 섭취하고 싶어지죠. 그렇게 되면 죽을 때까지 계속 소비를 해 주는 겁니다. 이렇게 이상적인 상품이 또 있을까요? 아뇨, 없죠!"

틀림없다. 이 녀석은 지금까지 내가 만난 상인들 중에서도 제일 머리가 이상한 녀석이다. 윤리에서 벗어나는 데 망설임이 없다. 나라까지 관여했다면 벌을 받지도 않을 것이다.

……바츠, 너라면 분명히 말리려 했겠지. 하지만 나는 그렇지 않아.

"그런가요. 아, 많이 배웠습니다. 바쁘신데 오랫동안 붙잡아 두어 죄송합니다. 저는 이만 실례하겠습니다. 일정이 촉박해서요."

"아, 그러시군요. 안녕히 가십시오, 마루 씨. 무사히 상인 길드 본부에 도착하시면 좋겠네요. 아, 용사 바츠 님께도 부디 안부를 전해 주십시오. 정 뭐하면 저희가 광고를……."

"안녕히 계세요."

나는 단호하게 작별 인사를 하고는 상인 길드를 나섰다.

상인이라는 것도 도가 지나치면 병이구나.

그 병이 안경을 쓴 남자만 걸린 병일까, 아니면 이 리다라는 나라 전체를 뒤덮은 병일까. 집단 질환이라면 뿌리가 깊은데다 악질적인데.

조심하자. 도저히 남일 같지 않다.

나는 여관 1층에 있는 식당에서 채소와 소시지 스프를 먹으며 슬라임이 들어 있는 병을 건드렸다.

"……야, 이제 말 좀 해. 공부가 안 되잖아?"

토라진 슬라임은 병 바닥에 웅크린 채 고개를 내밀려 하지 않았다.

"싫어! 이 마을, 냄새나! 말하고 싶지, 않아!"

계속 이런 말만 하고 있다. 리다 성 아랫마을에 온 이후로 이 녀석이 "냄새나!"라고 한 말을 몇 번이나 들었을까.

"그러니까, 냄새 안 난다고. 혹시 슬라임만 맡을 수 있는 냄새가 있나?"

"오핀, 독! 냄새나! 냄새나! 냄새나!"

독……이라고 하니 그럴지도 모르겠다. 독의 친구나 친척 정도겠지만.

그렇구나, 슬라임은 오핀에 반응을 보인 건가? 그런데 오핀은 무슨 냄새지?

"인간, 왜, 독, 파는 거야?!"

이제 겨우 의미가 있는 이야기를 나눌 수 있을 것 같다. 나는 슬라임에게 말을 걸었다.

"그야 돈이 되니까 그렇겠지. 그리고 아무래도 심리적으로 적대시하는 이웃 나라 사람들에게 파는 거라 죄책감도 안 드는 거 아닐까?"

"사람도 아니야~!"

"그러니까, 네가 그런 말을 해 봤자."

나는 슬라임에게 태클을 걸면서 생각에 잠겼다.

그렇게 많은 오핀이 나돌고 있다면 이웃 나라인 닷시도 그 존재를 눈치챘을 것이다.

"그리고 국내의 중독자에게 아무런 대책도 세우지 않을 리가 없겠지……?"

"대책?"

슬라임이 병 속에서 살짝 흔들렸다.

"예를 들어서…… 국내에서 오핀을 사용 금지, 소유 금지, 수입 금지……한다거나."

"잘 됐네, 잘 됐어."

이 녀석, 억지로 이야기를 마무리 짓는데.

"아니, 잘 된 건 아니야. 이곳 리다는 오픈 생산으로 부유해졌다고. 닷시 쪽의 규제 같은 걸 받아들일 리가 없지."

"그럼, 어떻게 되는데?"

그렇구나. 무기 상점 영감님이 우려하던 '싸움의 원인'이라는 게 이런 거였구나.

"……최종적으로는 전쟁이려나."

내가 중얼거린 말을 슬라임이 따라 했다.

"전쟁~?"

"사람들이 서로 죽이는 거."

그러자 슬라임은 한 번 굳었다가 펄펄 끓는 그루얼처럼 파도쳤다.

"끼에엑?! 미쳤어?! 서로 죽인다고?! 인간, 이상해! 깬다~!"

이번만큼은 나도 슬라임과 같은 생각이다.

"우리도 내일 이 여관을 떠나자. 골치 아픈 일에 휘말리는 건 사양이니까."

"사양이다~!"

사천왕 중 한 마리를 쓰러뜨렸다는 용사 바츠의 여행은 이제부터 더욱 가혹해질 것이다.

나도 다른 곳으로 빠질 여유가 없다. 여행의 목적은 추천 아이템 제도의 폐지니까.

접시에 담긴 스프를 다 먹고, 식후에 나온 차를 반쯤 마신 다음, 나는 짐을 챙겨서 일어서려 했다.

그때 어떤 남자가 비틀거리며 내게 다가왔다.

"이, 이봐, 당신…… 있어? 팔아?"

"……네?"

남자의 얼굴은 눈물과 콧물로 얼룩져 있었다. 목소리도 떨렸고, 눈에 핏줄이 드러나 있었다.

"오, 오, 오핀……."

취객치고는 이상하다 싶었더니, 이 남자, 오핀 중독자다.

그렇구나, 당연히 있겠지. 중독성이 있고 매력적인 상품이니까……. 나라에서 금지해 봤자 오핀의 생산지에서 사용하는 사람이 없을 리가 없다.

"오핀은 취급 안 해. 다른 사람을 찾아보라고."

"오, 오핀……."

"아니, 나는 없다니까!"

부들부들 떠는 중독자가 나를 붙잡았기에 나는 그 팔을 뿌리치려 했다.

하지만 남자의 힘이 의외로 강해서 떨쳐 낼 수가 없었다.

가방에 들어 있는 병 속에서 "냄새나, 냄새나"라고 중얼거리던 슬라임은 "……무서워"라고 한마디 말하고는 전혀 말을 하지 않게 되었다.

그와 동시에 내게 달라붙어 있던 중독자의 팔이 떨어져 나갔다.

그 팔을 떼어 준 것은 로브 차림의 남자였다. 언제 다가왔는지, 발소리도 들리지 않았다.

"어라, 어라, 안타깝게 됐네. 자, 오핀이야. 50골드."

로브를 입은 남자가 얇은 종이로 포장된 자그마한 덩어리를 중독자의 손에 쥐여 주었다.

"고, 고…… 고마워……."

중독자는 떨리는 손가락으로 그것을 쥐고는 눈물과 콧물을 흘리며 떠나갔다.

"오핀의 약효가 떨어지면 저렇게 되거든. 눈물하고 콧물을 줄줄 흘리지. 저 상태면 이제 오래 버티지 못할 거야."

그렇게 말한 남자의 외모는 약간 인간에서 벗어난 느낌이었다. 머리에 뒤집어쓴 로브 때문에 확실하게 보이진 않지만, 볼이 홀쭉했고, 눈가는 헤집어진 것처럼 까맣게 파였고, 푸르스름한 안색은 생기가 전혀 느껴지지 않았다. 로브 너머로 뻗은 팔에는 살이 거의 없었고, 아마 온몸이 그럴 거라고 쉽사리 상상할 수 있었다. 마치 살아 있는 해골 같다.

대체 정체가 뭘까. 오핀을 가지고 있었던 걸 보니 판매책인가?

"너, 마을 밖에서 온 교역상이지?"

"……네, 뭐, 그런데요."

그럴 줄 알았지, 남자는 그렇게 말하며 웃었다. 아니, 웃었는지 어떤지는 표정으로 알아낼 수가 없다. 그냥 그런 느낌이 들었을 뿐이다.

"이 마을 상인은 이 여관의 식당을 이용하지 않거든. 이곳은 우리 오핀 상인이 거래할 때 쓰는 곳이라는 걸 아니까. 이곳에 상인이 앉는다는 건 오핀을 판다는 뜻이야."

그래서 그 중독자가 내게 눈독을 들이고 다가온 거구나.

해골 같은 남자가 내 가방에서 살짝 삐져나온 유리병을 들었다.

"이거, 슬라임이야? 귀엽네. 병도 멋지고."

남자는 촛불 빛에 비추어 보며 밝은 목소리로 물었다.

"네. 정말 신기하게도 말하는 슬라임이거든요."

"어? 말을 한다고? 말도 안 돼."

역시나 믿어 주지 않는다. 하지만 상대는 오핀 상인이다. 100만 골드로 팔 가능성이 있는 이상, 영업을 하자는 생각이 들었다.

"정말이에요. 자, 인사해."

손톱으로 병 옆을 툭툭 건드려 보았다. 하지만 슬라임은 병 바닥에 달라붙은 채 아무런 말도 하지 않았다. 오늘은 계속 그런 느낌이긴 했지만, 타이밍이 너무 안 좋다.

"좀 긴장한 것 같네요. 갑자기 말을 안 하게 되어 버렸네."

평소에는 말을 잘 하거든요, 그런 느낌으로 말했지만, 해골 남자는 코웃음을 쳤다.

"슬라임은 슬라임이야. 말을 할 리가 없지. 말을 할 필요도 없고.”

“아뇨, 아뇨, 진짜로 말을 한다니까요!”

“……너는 특이한 사람이구나.”

해골 남자는 우기는 내게 슬라임 병을 돌려주고는 고개를 살짝 갸웃거렸다.

“뭐, 하고 싶은 말이라도 있어?”

“……오래 버티지 못한다고.”

응? 그는 그렇게 계속 말하라는 눈치를 주었다.

“아까 그, 오핀 중독 아저씨. 오래 버티지 못한다는 게 죽는다는 뜻이죠?”

“그래. 죽겠지.”

“그런 상품을 팔면서 아무렇지도 않나요?”

나도 바보 같구나. 이렇게 정체를 알 수 없는 녀석에게 시비를 걸지 말고 방으로 돌아가도 될 텐데.

“바보 같다고 생각해?”

“네?”

좀 전에 그 중독자 말이야, 해골 남자가 그렇게 말했다. ……놀랐다. 내 마음을 들여다본 줄 알았다.

“뭐, 저…… 나는 오핀 같은 건 필요 없으니까요.”

“그렇겠지. 다들 처음에는 그렇게 생각해. 오핀 중독자는 ‘저쪽’이고, ‘이쪽’에 있는 나와는 상관이 없을 거라고. 중독자가 되는 건 오핀의 위험성을 모르거나 알고 있다 해도 자제할 수 없거나, 그 위험성을 부정하는 바보. 지성이 부족하고 욕망에 휘둘리며 오핀에 손을 대는 어리석은 자."

그건 전부 한 글자도 틀림없이 내가 하던 생각이다.

또 로브 너머로 남자가 웃는 느낌이 들었다.

"하지만 말이지, 의외로 '저쪽'하고 '이쪽'의 경계는 애매하거든."

무슨 말인지 이해하지 못하고 있자니 해골 남자가 내 테이블에 놓여 있던 컵을 손가락으로 가리켰다. 거기에는 미지근해진 식후 차가 아직 절반 정도 남아 있다.

"예를 들어 네가 마시던 차에 오핀 성분이 들어 있지 않을 거라는 보장이 어디 있지?"

"네⋯⋯?"

"맛이나 냄새가 느껴지지 않고 한 번 섭취하면 중독되어 버리는 성분을 네가 모르고 먹었다면? 알겠어? 이곳은 오핀 중독자와 오핀 상인들이 모이는 여관이야."

"자, 잠깐만요⋯⋯ 그게 무슨⋯⋯."

얼굴에서 핏기가 가셨다. 아니, 마셨을 때는 이상한 맛이 나지 않았다. 하지만 오핀은 맛이나 냄새가 느껴지지 않고⋯⋯ 좀 전에 차를 내준 게 주방의 누구였지?

남자는 뼈 같은 손가락으로 나를 가리켰다.

"그 시점에서 너는 이미 '저쪽' 사람이 되어 버리는 거야. 오핀 없이는 살아갈 수 없는 몸이 되어 버리는 거라고. 간단하지."

"서, 설마, 이 차에……."

"아니, 예를 들자면 말이야."

나는 축 늘어졌다. 이 망할 해골. 놀라게 하기는……!

"뭐, 만약에 말이야, 네가 오핀을 섭취해 버렸다고 치고. 오핀의 효과가 사라지면 괴로워서 견딜 수 없는 사람이 되어 버렸다고 치고. 그 증상을 치유할 수 있는 게 유일하게 오핀이라고 치고. 그런 네게 있어서 오핀을 파는 나는 악마일까? 천사일까?"

"악마겠죠."

곧바로 대답하자 해골이 다시 온몸에 웃는 느낌을 드리웠다.

"그렇게 생각하겠지. 오핀 중독자가 아닌 지금의 너는 그렇게 생각할 거야."

"에휴…… 그렇게 자기가 하는 장사를 필사적으로 긍정하는 거구나?"

하지만 중독자에게 최후의 꽃밭을 보여 주는 건 천사가 아니라 사신이 할 일일 텐데.

"그렇게 생각할 수도 있다, 이렇게 생각할 수도 있다, 그런 뜻이야."

해골이 노래하는 듯이 계속 말했다.

"나를 경멸하더라도 상관없어. 하지만, 혹시나…… 네가 하는 장사도 먼 곳에 있는 누군가를 해치고 있을지 몰라. 그런 짓을 전혀 하지 않았다고 딱 잘라 말할 수 있어?"

"……."

그런 말을 할 수 있을 리가 없다. 나는 이기기 위해서라면 나보다 약하고 어리석은 사람을 땅속 깊은 곳에 처박아도 아무렇지 않은 녀석이니까.

입술을 깨문 나를 해골 남자가 달래는 듯이 말했다.

"너는 총명하구나. 상인이 상인인 이상, 그건 부정할 수 없다는 건 알아. 직접적이거나 간접적인 차이는 있겠지만 말이지. 하지만 인간은 죄의식을 견딜 수 없어. 그래서 자신이 해칠지도 모르는 사람들 생각을 머릿속에서 떼어 내거나 눈치채지 못하는 척하면서 살아갈 수밖에 없다고."

해골은 내가 차를 마시던 컵을 내려다보며 말했다.

"오핀 공장에서 일하는 사람들도 마찬가지야. 이웃 나라에 사는 사람들이 '나쁜 녀석들'이라고 자신을 납득시키며 일을 하고 있어. 나라에서 하는 보도를 믿는 게 아니라 믿고 싶어 하는 거야. 나는 그걸 책망하지 않겠어. 마음을 지키며 살아가기 위해서는 자신의 손이 지저분하다는 사실을 눈치채지 않게끔 노력하는 것도 중요하니까."

이 해골, 기분 나쁘게 생겼으면서 하는 말은 옳다. 분하지만.

테이블에 방치되어 있던 내 식기를 해골이 주방으로 가지고 갔다. 금방 후드 자락을 펄럭이며 돌아와서는 "그러니까 말이지"
라며 이야기를 다시 시작했다. 쓸데없이 예의가 바르다.

"이른바 건전한 장사를 하는 상인하고 나 같은 오핀 상인의 경
계도 애매해. 예를 들어 무기 상인은 어떨까. 그들은 모험자에게
무기를 팔지. 모험자는 그걸 써서 뭘 할까? 마물을 죽이지? 그렇
다면 마물이 보기에 무기 상인은 죽음의 상인이잖아."

"아니, 그건, 마물이니까……."

해골은 의기양양하게 내가 한 말을 되풀이했다.

"그래, '마물이니까'. 마물이니까 죽여도 되는 거야. 죽이기 위
한 무기를 파는 무기 상인은 인간에게 필요한 존재고, 죽인 마물
에게서 돈도 얻을 수 있어. 봐, 아무런 잘못도 없지. 그렇게 마물
이라는 존재를 '떼어 내' 버리지 않으면 사람은 제정신으로 살아
갈 수 없어."

그건 진실이긴 하지만, 내게는 매우 비꼬는 것처럼 들렸다.

"당신은 자신의 지저분한 구석을 자각하며 살아가고 있다는
말을 하고 싶은 거야?"

"그렇지. 그러니까 마음이 아파지기도 하고, 외모는 이렇게 뼈
와 근육만 남았어."

해골 같은 남자가 자조하는 듯이 그렇게 돌려 말했다. 어디
까지가 진심이고 어디까지가 농담인지 알아듣기 힘든 자기분석
이다.

이 녀석이 하는 이야기는 재미있지만, 자기 전인 시간인데 뇌가 활성화되어서 매우 피곤하다.

나는 슬라임 병을 가방에 넣고 두 발짝 나서서 키가 큰 그 남자의 얼굴을 후드 바로 밑에서 들여다보았다. ……진짜로 해골 같네, 이 녀석.

"이봐, 그렇게 뭐든지 다각적으로 보면서 현자 노릇을 하고 싶은 건지는 모르겠지만, 그런 건 한가한 사람이나 하는 짓이야. 사고라는 건 오락이 될 수도 있으니까. 생각을 잘 하는 사람도 팔다리가 따라 주지 않으면 노는 거나 마찬가지라고."

"……그렇게 생각할 수도 있을지 모르지."

나는 온몸으로 한숨을 쉬었다. 뻔뻔한 악당에게는 무슨 말을 해 봤자 소용이 없다.

"나, 이제 잘 거야. 그럼 안녕, 해골 군."

내가 돌아서자 왠지 모르겠지만 해골이 쫓아왔다.

"잠깐만, 아까 길드에 갔었지? 보기도 했고 듣기도 했어. 상인 길드 본부에 가고 싶다면서. 난 그게 어디 있는지 알아."

"……거짓말이지?"

"진짜야."

진짜로 원하는 것은 그게 아이템이든 정보든 나서서 욕심내면 안 된다. 상대방에게 들켜도 안 된다. 상인의 철칙이다. 그래서 나는 무뚝뚝하게 말했다.

"거짓말만 하네. 목적이 뭐야?"

"이미 짐작하고 있겠지만, 그걸 가르쳐 주는 대신 내 부탁을 들어줘야겠어."

내 마음은 이미 들킨 상태다. 해골은 내가 대답하기도 전에 이야기를 계속 이어 나갔다.

"전쟁이 시작될 거야. 그것도 이미 짐작하고 있겠지만, 이곳 리다와 이웃 나라인 닷시가 싸우게 되겠지."

"⋯⋯언제?"

"당장 오늘 내일은 아니겠지만, 조만간."

"설마 그럴까 싶어서 물어보는 건데, 그 전쟁을 저지하고 싶어?"

"맞아."

무엇부터 태클을 걸어야 할지 모르겠다. 오핀 상인이 전쟁을 저지하고 싶다고?

인구가 줄어들면 수입이 줄어드니까? 오핀 공장을 공격하지 않았으면 하니까?

그렇구나, 그거라면 이해가 된다. 하지만⋯⋯.

"저지라니. 전쟁은 국가 규모로 벌어지는 거잖아? 일개 상인이 어떻게 해 볼 수 있는 게 아니야."

"불가능한 걸 의뢰하진 않아. 그리고 전쟁을 일으키려 하는 사람도 일개 상인이고."

"원인은 이 나라의 오핀 수출이잖아? 가담한 상인들의 자업자 득인데."

"……아니. 오핀은 이 계획의 1단계에 불과해. 다음은 무기지."

계획…… 무기……. 갑자기 내 상상을 뛰어넘는 단어가 나오기 시작했다.

해골 남자는 서서 이야기를 나누기에 너무 부담되는 화제를 연달아 던져댔다.

"오핀으로 전쟁의 불씨를 만들고, 오핀 중독으로 신음하는 이웃 나라 닷시에 무기를 팔아서 이곳 리다를 공격하게끔 부추기는 거지. 그때 무기를 양산하는 데 필요한 돈을 나라에 빌려주고. 최종적인 목적은 나라를 경제적으로 지배하는 거야."

"아니, 잠깐만…… 스케일이 너무 크잖아. 누가 그런 계획을……."

무의식적으로 목소리가 떨렸다. 그러자 해골이 아무런 망설임도 없이 충격적인 정보를 말했다.

"산카쿠라는 대부업자야. 실행자는 그지만, 정확히는 개인이 아니지. 그는 마이어 가문의 일원으로 일족의 융자 사업을 담당하고 있어."

"마이어 가문이라면, 그 대귀족 마이어? 상인 출신이면서 귀족 계급까지 올라갔고 지금도 일족이 모두 나서서 전 세계에 걸쳐 장사를 하고 있다는…….”

“맞아.”

해골은 그렇게 간단히 대답했다.

나는 어이없어하면서도 감탄했다. 전쟁의 불씨를 만들고, 국
가의 자금 수요를 창출하고, 그때 돈을 빌려주다니, 보통은 생각
하더라도 망상으로만 끝낸다. 실행에 옮길 수는 없다.

하지만 그것을 진심으로 하는 게 마이어 가문이다. 그렇기 때
문에 일개 상인이 대귀족까지 올라갔다. 말할 필요도 없이 비인
도적인 행위지만, 윤리에서 벗어난 것도 그 정도라면 훌륭할 정
도다. 같은 상인으로서 일그러진 동경을 품을 수밖에 없다.

……알고 싶다. 전쟁을 막는 것 여부를 떠나 거대한 장사를 좀
더 가까운 곳에서 보고 싶다.

나는 까맣게 푹 파인 해골 남자의 눈가를 보았다.

“일단 확인하는 건데, 상인 길드 본부가 어디 있는지 알고 있
다는 건 사실이겠지?”

“사실이야.”

가벼운 말투라 믿기 힘들지만, 놀랍게도 이 남자는 거짓말을
하지 않는 듯한 느낌이다.

나는 잠깐 뜸을 들이다가 남자에게 물었다.

“아직 물어보고 싶은 게 더 있어. 애초에 당신 정체가 뭔데?
오핀을 팔고 있는 주제에 전쟁을 막고 싶다고? 당신도 전쟁의 불

씨를 만드는 데 가담하고 있잖아."

"나에 대해서는 물어보지 않았으면 하는데. 하지만 내가 오핀을 팔고 있는 건 돈을 위해서가 아니야. 정보를 모으기 위해서지. 상인 길드의 오핀 밀수에 관여하면 두 나라를 오갈 수 있게 되니까. 그리고 내가 오핀을 파는 상대는 이제 살아날 방법이 없는 중증 중독자뿐이지. 파는 가격도 사들인 가격 그대로 받고."

아무리 생각해도 윤리관에 의문이 들지만, 본인은 말기 의료를 진행하고 있다고 생각하는 모양이다.

그런 부분은 일단 제쳐두고, 나는 곧바로 연달아 질문을 했다.

"전쟁을 막으려 하는 이유는?"

"대답할 수 없어. 어떤 사람에게 명령받았을 뿐이야."

"어떤 사람이라니?"

"대답할 수 없어."

"당신 출신 지역은? 이 나라야? 아니면 이웃 나라?"

"그것도 대답할 수 없어."

대답을 아예 안 하는 거나 마찬가지잖아!

"그럼 마지막으로, 한 가지만 묻고 싶어."

"너는 질문을 좋아하는구나. 뭔데?"

"당신을 뭐라고 불러야 하지?"

그러자 남자는 잠시 생각하다가.

"아까 부른 것처럼 불러도 돼."

“……아까?”

내가 되묻자 그가 말했다.

“해골 군이라고. 마음에 들었어. 나를 잘 나타내고 있군.”

“……센스가 안 좋네.”

오른뺨을 맞으면

상대방의 코를

뭉개 버려라

해골은 전쟁을 막고 싶다, 나는 상인 길드 본부의 위치를 알고 싶다. 양쪽 이익이 일치했기에 우리는 함께 싸우게 되었다.

전쟁을 저지하는 데 내가 어떻게 도움이 될지 전혀 짐작이 안 되긴 하지만, 해골에게 협력하면 본부의 위치에 대한 정보를 얻을 수 있다. 최종 목적이 코앞으로 다가왔으니 지금은 할 수밖에 없는 것이다.

나는 해골을 따라 리다 성 아랫마을에서 오핀의 수출처인 이웃 나라 닷시의 성 아랫마을로 이동했다. 해골이 오핀 상인으로서 리다와 닷시를 오간 적이 있기에 키메라의 날개를 쓸 수 있었던 것도 내게는 운이 좋았다.

처음 발을 내디딘 닷시 성 아랫마을은 수도라고 할 수 없을 정도로 한산했다. 누구나 척 보면 이 마을이 이상하다는 걸 눈치챌 것이다.

앙상하게 뼈만 남은 채 눈물과 콧물을 흘리며 허공을 바라보고 중얼거리고 있는 주민. 그들은 오핀 중독자다. 그런 녀석들이 길가에 잔뜩 있는 것이다.

"닷시 성 아랫마을에서는 이미 오핀 사용을 금지하고 있어. 그 때문에 중독자들이 금단 증상을 보이고 있어서 이 꼴이지. 이제 와서 사용을 그만두더라도 괴롭기만 할 뿐인데."

해골은 자기도 오핀을 파는 주제에 여전히 달관한 듯한 말투다.

"이봐~ 슬라임. 닷시 성 아랫마을이야. 저게 오핀 중독자고. 잘 보고 공부해."

이것도 사회 공부의 일환이다. 나는 슬라임이 든 병을 두 팔로 끌어안았다.

"싫어! 기분 나빠!"

이제야 말을 하네. 어제는 아마 해골을 경계하면서 말을 하지 않았던 것 같다.

해골이 놀란 눈초리로 병에 든 슬라임을 들여다보았다.

"설마 정말로 말을 하다니…… 가엾게도. 너는 어설프게 사람 말을 해 버렸기 때문에 마루에게 붙잡혀 버린 거야. 슬라임답게 행동했다면 이렇게 되지 않았을 텐데."

또 쓸데없는 말을 하네…….

하지만 슬라임은 해골의 말에 반응을 보이지 않았다. 그래서 내가 대신 대답했다.

"이 녀석은 야생 슬라임보다 훨씬 편하게 지내고 있어. 모험자에게 살해당할 걱정도 없고, 먹이도 좋은 걸로 주고 있고, 교육도 시키고 있다고."

그 말을 듣고 해골도 놀란 눈치였다.

"교육이라고? 슬라임에게? 말도 안 돼……."

"그래도 그러는 편이 더 비싸게 팔리잖아?"

내가 당당하게 말하자 해골은 어이가 없다는 듯이 어깨를 으쓱였다.

"각각 종족에 맞게끔 사는 게 마물에게는 제일 행복할 텐데."

"그런가? 노력은 훌륭한 거잖아."

해골은 유연한 사고방식을 지니고 있지만, 마물 이야기만 나오면 갑자기 고집을 부린다.

그것만큼은 아무래도 나와 정반대로 생각하는 것 같았다.

"혹시 이 녀석, 슬라임이라는 종족을 초월할지도 모른다고."

"슬라임을 초월해서 뭐가 있을지. 허무할 뿐이야……."

나는 한숨을 쉬었다. 이 녀석하고 수다를 떠는 게 훨씬 더 허무해질 것 같다.

좀 전에 해골이 한 말을 듣고 상처를 입었는지, 슬라임도 병 바닥에 틀어박혀 버렸다.

길을 나아갈수록, 성 아랫마을의 황폐해진 모습이 눈에 띄었다.

무기 상점도, 도구 상점도 문을 닫았고, 쓰러져 있거나 배회하는 중독자 말고는 다른 사람도 보이지 않았다.

도구 상점이 문을 닫아서 키메라의 날개 재고가 걱정되었는데, 닷시에 자주 왔던 해골은 빈틈이 없었다. 그는 확실하게 왕복용으로 여러 장 챙겨 둔 것이다.

"그래서, 내게 보여 주고 싶다는 게 뭔데? 설마 이 중독자들……은 아니겠지?"

"저쪽에 내 거점이 있어. 저기."

해골은 그렇게 말한 다음 중독자들을 잘 피하며 걸어갔다.

나는 해골을 따라가면서 신경 쓰이던 것을 물어보기로 했다.

"오픈 다음은 무기라고 했지?"

"그래. 산카쿠는 닷시의 왕에게 강력한 무기를 팔고 있어."

"나, 이런 생각이 드는데…… 강한 무기를 양산했다고 해서 '전쟁을 벌이자'라고 생각할까?"

나는 어떤 것부터 설명해야 될지 알 수가 없어서 조용히 중얼거렸다.

질문조차도 아니고, 의견인지 감상인지 알 수가 없는 그 혼잣말에 해골이 흥미를 가진 모양이었다.

"마루의 생각을 들어 볼까."

나는 그가 시키는 대로 말하기 시작했다. 어젯밤에 산카쿠라

왜 동검밖에 팔지 않는 것입니까 🖋

는 마이어 가문의 남자가 꾸미고 있는 계획을 해골에게 듣고 나서 계속 생각했던 것이다.

"닷시와 리다는 붙어 있고 직선거리라면 가깝지만, 국경을 거대한 숲이 뒤덮고 있잖아? 그 숲에 흉포한 마물이 많이 서식하고 있다는 이야기는 유명하고. 그래서 상인들도 숲을 피해서 무역을 하고 있어. 주로 해로로. 닷시는 군대를 실어 나를 만한 배를 가지고 있는 거야?"

"없어. 해군도 없고."

……역시나.

"그럼 육로로 진군할 수밖에 없겠네. 하지만 조금 강한 검이나 창을 들려 줬다고 해도 병사들이 그 숲을 빠져나가려면 상당한 피해를 각오해야만 해. 리다에 도착할 때쯤이면 만신창이가 되겠지. 그리고 보급로는 어떻게 하는데? 보급 부대가 숲을 빠져나갈 수 있게끔 하려면 꽤 강력한 호위를 투입해야만 해. 하지만 그건 병력을 분산시키는 행위지. 두 나라의 규모는 별 차이가 없으니까 병력을 분산시키는 건 어리석은 행동이야."

그렇지, 해골은 부드러운 목소리로 그렇게 대답했다.

"키메라의 날개를 써서 직접 쳐들어가는 방법도 생각해 봤는데, 키메라의 날개의 도착 지점은 도시나 마을의 입구 근처로 정해져 있으니 처음부터 도착 지점을 병사들이 포위하고 있거나 극단적으로는 함정 같은 걸 파 두는 대책도 쓸 수 있어. 전쟁을 벌이기 전에는 선전 포고를 반드시 해야 하니 어지간히 국방 담당자가 멍청하지 않은 이상 그런 대책을 마련하겠지? 그리고 키메라의 날개 공급도 군대를 전부 옮기긴 부족할 테고. 역시 이 전쟁 계획은 무리가 있지 않을까?"

"그냥 생각하자면 그렇겠지. 이렇게 말하자면 좀 이상할지 모르겠는데, 그 숲 덕분에 두 나라가 지금까지 전쟁을 벌이고 싶어도 그러지 못했던 거야."

그냥 생각하자면……. 그 표현이 신경 쓰였다.

해골은 뒤에서 따라가던 나를 돌아보며 의미심장하게 말했다.

"산카쿠가 이 나라에 팔고 있는 무기라는 건 강철 검이나 철제 창 같은 게 아니거든."

"그럼 드래곤 킬러나 버스터드 블레이드 같은 거야?"

"……어떤 의미로는 그런 것들보다 강력할지도 모르지."

그런 무기가 있나? 예를 들어 사용자를 선택한다는 특별한 무기…… 같은 거? 아니, 그런 게 있다 해도 제대로 다루지 못하면 전쟁에서 이길 순 없을 것이다.

"무기 상점 견습 출신으로서 말하자면, 아무리 강한 무기가 있더라도 문제는 숙련도야. 무기를 잘 다루게 되려면 시간이 오래 걸린다고."

내가 평소에 하던 생각을 말하자 해골이 그렇긴 하지라며 맞장구를 쳤다.

"있지, 해골. 추천 아이템 제도라는 거 알아? 무기나 방어구의 유통은 전 세계 상인 길드에서 감시하고 있어."

그래, 해골이 그렇게 대답했다. 그러고 보니 이 남자도 상인이었지.

"그래서 어찌 됐든, 이 마을에 '추천 아이템이 아닌' 강력한 검이나 창을 유통시킬 수는 없잖아. 상인 길드를 적으로 만들게 되니까. 전 세계의 유통에 영향을 끼치고 있는 상인 길드거든?"

"응. 그래서 무기의 실물을 봐줬으면 해서 마루를 여기로 부른 거야."

정신을 차리고 보니 인기척이 없는 마을 변두리에 와 있었다.

해골은 당장에라도 무너질 것처럼 낡은 건물 앞에 멈춰 섰다. 폐허 같은 게 아니라 이곳이 그의 거점인 모양이다. 나는 약간 비꼬는 듯이 말했다.

"……멋진 집이네."

"그렇지? 자, 안으로 들어가."

해골의 거점은 전혀 생활감이 없는 공간이었다.

간단히 표현하자면 한가운데에 수수한 테이블과 의자만 있는 큼직한 창고. 청소를 한 흔적이 없는 방에서는 먼지와 곰팡이 냄새가 났다.

"미안해, 차 같은 건 내줄 수가 없는데."

"됐어. 오핀이라도 섞으면 큰일이니까."

어젯밤에 식당에서 식은땀을 흐르게 만든 것에 대한 복수다.

해골은 어깨를 들썩이며 웃고는 발치에 있던 나무 상자 안에서 무언가를 집어 들었다.

"이게 그 '무기'야."

식탁보도 씌워 두지 않은 목제 테이블에 아마 철제인 것 같은 물건이 놓였다.

"응……? 이게…… 무기?"

"팬케이크로 보여?"

"케이크……?!"

음식 이름을 들은 슬라임이 병 속에서 춤을 췄다. 좀 전까지 조용히 있었던 주제에, 속물 같은 녀석이다.

"슬라임, 이건 사람을 죽이는 무기래."

"끼에엑?!"

나는 눈앞에 있는 '무기'를 잘 살펴보았다.

이건…… 뭐지? 형태가 이상하다. 검도, 창도, 채찍도, 활도 아니다. 복잡한 부품을 조립해서 만든 까만 쇳덩어리다. 어떻게 쓰는 건지 상상도 안 된다. 뭐, 이걸로 후려치면 위력이 꽤 강하긴 하겠지만…….

"이거, 이름이 뭐야?"

"이거, 뭐야?!"

"……너는 좀 조용히 있어."

"싫어! 가르쳐 줘!"

나는 테이블 위에 있는 까만 물건 옆에 슬라임이 든 병을 나란히 놓았다.

꿈틀거리며 움직이는 액체가 등불 빛을 받고 테이블 위에 황록색 그림자를 드리웠다.

해골은 얇은 손가락 끝으로 까만 금속 덩어리를 만졌다.

"총."

그 짤막한 단어가 무기의 이름이라는 것을 눈치채기까지 시간이 조금 걸렸다.

"……총?"

더듬더듬 따라 말한 내게 해골이 고개를 끄덕였다.

"화약을 폭발시켜서 쇠로 만든 탄알을 끄트머리에 있는 구멍으로부터 앞쪽으로 날리는 무기야. 마이어 가문의 발명품이지."

"화약을 이용해서, 쇠로 만든 탄알을……?"

설명을 들어도 감이 오지 않았다.

"위력하고 거리는……."

"음, 어지간한 궁수가 날리는 화살보다는 훨씬 강할 거야. 중거리에서 사용할 텐데, 명중 정확도하고 연사에 문제가 있으니

집단으로 일제히 쏘는 식으로 운용하게 될 테고. 물론, 그런 운용 방법이나 전술도 산카쿠가 이미 나라에 팔아넘겼어."

나는 그저 조용히 놀라기만 했다.

해골은 오면서 내가 했던 말에 대답하기 시작했다.

"네가 아까 궁금해하던 걸 대답해 줄게. 우선 숙련도 말인데, 이 무기는 연습할 필요가 없⋯⋯지는 않지만, 검이나 활과 비교하면 훨씬 간단하고, 제대로 사용하면 위력이나 사정거리가 근력과는 상관이 없어."

사용자의 능력에 좌우되지 않는 무기라니, 그런 게 양산된다면 엄청난 일이다. 전투 방법 자체가 바뀌어 버릴지도 모른다.

"그리고 상인 길드의 추천 아이템 제도 말인데, 그건 각 나라에서 정한 《모험자용 아이템》에만 적용되고 있어. 다시 말해 《총》이라는 장르의 무기는 각 나라에서 상정한 것 이외의 무기이기 때문에 모험자용 아이템에는 포함되지 않아. 그래서 이 총은 추천 아이템 제도에도 저촉되지 않지."

"나라든 상인 길드든, 톱 다운 체제라서 새로운 개발을 따라잡을 수 없는 거야."

나는 욕설을 내뱉듯이 말했다. 전쟁에 미지의 무기가 대량으로 투입되어 전국에 큰 변화를 일으키지 않는 이상, 규칙은 변경되지 않을 것이다.

"그리고 무기는 하나 더 있어. ⋯⋯이거야."

해골이 그렇게 말하며 테이블 위에 올려놓은 것은 '통'이었다.

슬라임이 곧바로 절규했다.

"내, 냄새나!!"

"진짜네. 이 냄새는…… 화약?"

통에 고개를 가져다 댄 내게 해골이 설명을 덧붙였다.

"화약도 들어 있긴 한데, 주요 재료는 폭발성 물질이야."

"화약 말고 폭발성이 있는 물질이 있어?"

"그것이 바로 마이어 가문에서 발견한 물질이지. 《니트로》라고 하던데. 그 니트로로 만든 폭탄을 그들은 《다이너마이트》라고 불러."

"다이너마……이트!"

"슬라임, 시끄러워. ……이거, 폭발하면 위력은 어느 정도야?"

"중간 정도 위력의 폭발 계열 주문에 필적해. 성문이나 성벽은 두세 개 정도면 파괴할 수 있지. 이런 무기를 양산해서 일반 병사가 쓰는 거야."

"너무 무서워!"

"……미안, 잠깐 머릿속을 정리 좀 할게."

나는 지금, 내 생각이 너무 부족했다는 것에 충격을 받았다.

총과 다이너마이트…… 해골의 설명이 사실이라면 이것들은 강력하기 때문에 위험한 게 아니다. 제대로 사용하면 누구나 똑같은 위력을 발휘할 수 있다는 점이다.

검이나 활은 그렇지 않다. 아무리 강한 검이나 활도 사용자의 실력이 안 좋으면 원래 위력을 발휘하지 못한다. 숙련도를 높이려면 오랜 시간이 걸리고, 개인차도 크다.

"그렇구나…… 이 무기가 있으면 국경의 숲에 있는 마물을 쓰러뜨릴 수 있고, 리다도 멸망시킬 수 있을 거야."

"이 나라의 왕은 그렇게 생각하고 있지."

또 의미심장한 말투다. 해골은 당연하다는 듯이 계속 말했다.

"실은 리다 쪽에서도 비밀리에 이것과 완전히 똑같은 무기를 양산하려 하고 있어. 그리고 닷시가 쳐들어왔을 때 오히려 해치우려 하고 있지."

"어……?"

완전히 똑같다는 건.

"산카쿠는 양쪽 나라에 무기를 팔고 양쪽 모두에게 돈을 빌려주려 하고 있어. 들키면 위험하니까 닷시 쪽 담당자는 산카쿠, 리다 쪽 담당자는 상인 길드의 안경 쓴 남자야."

"리다의 길드에서 만났던 그 맛이 간 안경 쓴 남자구나!"

해골은 안경 쓴 남자를 감시하고 있었기에 그 남자와 만난 나도 알고 있었던 건가.

"그 녀석은 원래 평범한 무역상이었는데 말이지. 그런데 마이어 가문에 고용되어서 지금은 산카쿠의 부하로서 리다의 상인 길드에 소속되어 있어. 산카쿠와의 관계를 비밀로 하면서 지금은 리다의 왕과 장사 이야기를 하고 있는 거지.”

오핀도 그렇고 무기도 그저 수단에 불과하다. 마이어 가문이…… 아니, 산카쿠라는 남자의 목적은 전쟁을 진흙탕 싸움으로 만드는 건가? 오랫동안 싸워서 피폐해진 두 나라가 항상 돈을 필요로 하는 상황을 의도적으로 만들려 하는 것이다.

“……장사를 정말 열심히 하는군.”

“이게 내가 가진 모든 정보다. 어때? 마루는 이 전쟁을 막을 수 있을 것 같아?”

해골이 아무렇지도 않게 한 말을 듣고 나는 원망스러운 눈초리로 그를 보았다.

“그걸 지금 물어보는 거야……?”

사락…… 사락…… 스륵…….

묵직한 가죽 구두가 모래와 돌멩이투성이인 돌바닥에 스쳐서 불쾌한 소리를 내고 있다.

“저기, 산카쿠 씨. 아까부터 발을 지면에 비비는 듯이 걷고 계신데, 신경 쓰이니까 그러지 말아 주실래요?”

산카쿠라 불린 남자는 제자리에 멈춰 섰다. 시선을 오른쪽 대각선 아래로 돌리고 그곳에 있던 실력이 좋은 여자 비서를 보고는 천천히 입을 열었다.

"오우기…… 내가 좀 전에 왼쪽 구두 뒤꿈치를 지면에 살짝 긁어 버렸잖아?"

"아뇨, 모르겠는데요……."

"그래서 균형을 맞추기 위해서 오른쪽 구두 뒤꿈치를 약간 지면에 긁어야만 해. ……알겠지?"

"아뇨, 전혀 영문을 모르겠는데요."

오우기의 태클이 빠르게 날아들었다. 게다가 반응도 신통치 않다.

태클을 걸 구석이 너무 많은 상사를 계속 모신 결과, 정확하게 지적하면서도 칼로리는 별로 소모하지 않는 현재의 그녀 같은 스타일이 확립된 것이다.

"그런데 말이야. 균형을 잡으려고 오른쪽 구두 뒤꿈치를 지면에 긁었는데 너무 세게 긁었어! 살짝만 긁어도 되는 건데! 그렇다면 좌우의 균형을 맞추기 위해서 왼쪽 구두의 뒤꿈치를 다시 조금 더 긁어야만 해!"

"동기를 전혀 알 수가 없는데요, 그래서 이번에는 왼쪽 구두 뒤꿈치를 너무 세게 긁어서 다시 오른쪽을, 아니, 다시 왼쪽을…… 그렇게 계속 하셨던 건가요?"

"맞아!"

"……오랫동안 알고 지냈지만, 산카쿠 씨의 그 묘한 집착은 병적인 것 같네요."

"오우기! 그렇게 딱 잘라 말하지 말아 다오!"

땀내 나는 반응을 보이는 상사를 따라 도구 상점 문 앞에 선 오우기는 들고 있던 서류를 몇 장 넘겨서 내용을 확인했다.

"자, 도착했습니다. 얼른 받아 내시죠."

산카쿠의 목소리가 큰 것은 위협하고 있기 때문이 아니다. 원래부터 그랬다.

"도구 상점 주인장! 안녕하신가! 얼마 전에 빌려 드렸던 돈 말인데요, 제가 착각한 게 아니라면 갚을 날짜가 지났는데 아직 돌아오지 않았거든요! 연락도 없고, 그런 건 바람직하지 못한 거 아닐까요?!"

명문 마이어 가문의 일원으로 태어나 귀족의 교양과 상인의 정신을 배웠다. 세계의 균형을 귀중히 여기고, 무엇이든 균형을 맞추는 것이 중요하다는 걸 믿어 의심치 않는다. 일을 열심히 하다 보니 너무 열을 내는 경향이 있긴 하지만, 브레이크 역할을 맡은 비서 오우기가 따르게 된 이후로는 일족을 대표할 정도로 뛰어난 장사 재주를 계속 발휘하고 있다.

"도구 상점 주인 분. 선의로 말씀드리는 건데, 얌전히 돈을 갚는 게 좋을 겁니다."

목소리를 낮추지 않는 산카쿠 옆에서 오우기가 담담하게 타일렀다.

도구 상점의 주인은 싹싹 비는 듯한 시늉을 하며 돈을 받으러 온 두 사람 앞에 무릎을 꿇었다.

"사, 산카쿠 씨, 오우기 씨, 조금만 기다려 주셨으면 좋겠습니다. 오핀 판매에 손을 댔는데 얼마 전에 나라가 성 아랫마을에서 사용하는 걸 금지했잖아요? 그래서 오핀 재고를 처리할 수가 없게 되어 버려서요. 지금 다른 마을을 돌아다니며 팔고 있습니다. 부디 15일…… 아니, 10일만 기다려 주십시오! 아, 그렇지. 이거, 오늘 매출입니다. 우선 이걸……!"

산카쿠는 가게 주인이 건넨 천주머니를 들여다보고는 코웃음 쳤다.

"이게 뭐야. 너무 부족하잖아."

"부족하네요."

가게 주인은 쌀쌀맞은 반응을 보고 다시 두 사람에게 빌었다.

"나, 나머지 8,500골드는 며칠 안으로 반드시……!"

그 말을 듣고 산카쿠의 표정이 바뀌었다.

"8,500……? 그래선 균형이 안 맞잖아요."

"네……?"

산카쿠가 배에 힘을 주고 낮은 목소리로 말하자 도구 상점 주인이 새파랗게 질렸다.

곧바로 산카쿠가 가게 주인의 멱살을 잡아서 들어 올렸다.

"도구 상점 주인장! 저는 오핀 장사를 하고 싶다던 당신에게 9,000골드를 빌려 드렸습니다! 그걸 만 골드로 갚겠다는 약속으로요! 그리고 지금까지 당신은 1,500골드를 갚았죠! 하지만 변제 기한은 이미 지났어요! 그런 상황에서 잔액이 여전히 8,500 골드일 리가 없잖아요?! 그래선 균형이 안 맞는다고요!"

몸집이 작달막한 가게 주인은 울상을 지으며 공중에 매달렸다.

"벼, 변제 기한을 넘긴 건 사과드리겠습니다. 하지만 설마 이 나라에서 오핀을 금지할 줄은 몰랐으니……."

"그건 시기를 잘못 예측한 당신 책임이고! 내가 알 바는 아니지! 그런 건 됐고, 돈! 돈을 갚아!"

산카쿠가 얼굴이 닿을 정도로 가까운 거리에서 노려보자 가게 주인이 공포에 질려 벌벌 떨었다.

"하, 하지만…… 지금은 가진 돈이."

"그럼 물건이라도 상관없고요! 그래요! 응! 이 가게를 받도록 할까요!"

"무, 무슨 바보 같은 소릴!"

"아……. 바보네요"

오우기가 냉정하게 말했다.

실제로 겨우 만 골드에 성 아랫마을의 가게를 빼앗기는 건 말도 안 되는 소리다.

"그거야말로 균형이 안 맞잖습니까!"

점주가 소리치자 할 말을 빼앗긴 산카쿠의 눈이 돌아갔다.

"산카쿠 씨, 폭력은 안 돼요. 아……."

오우기가 말렸는데도 불구하고 산카쿠는 가게 주인을 테이블에 내동댕이쳤다.

쾅직, 둔탁한 소리가 나며 테이블에 팔꿈치를 부딪친 가게 주인은 아파하며 끙끙댔다.

"이봐, 망할 오핀 상인. 돈을 갚으라고! 균형이 안 맞아? 균형이 안 맞는다고?! 균형이 안 맞는 건 너란 말이야!"

"산카쿠 씨, 진정하세요."

이렇게 된 이상, 말리려 하는 오우기의 목소리도 그저 무의미한 추임새에 불과했다.

"지금 상황을 이해하기 쉽게 가르쳐 주마! 너는 지금, 오른쪽 팔꿈치를 테이블에 가져다 대려다가 실수로 세게 찧어 버렸어! 그렇다면 왼쪽 팔꿈치도 테이블에 세게 찧어야만 좌우의 균형이 맞겠지! 그럼에도 불구하고 왼쪽 팔꿈치를 테이블에 살짝 올려놓았을 뿐! 그래선 균형이 전혀 안 맞는다고!"

"산카쿠 씨, 그렇게 예를 드시면 산카쿠 씨 말고 다른 사람들은 이해하지 못할 겁니다."

"무, 무슨 말씀이신데요? 당신이 하는 말은 항상 이해가 잘 안 된다고요!"

가게 주인이 따지자 오우기가 몸싸움을 벌이던 두 사람 사이로 끼어들었다.

"제가 통역해 드리겠습니다. 다시 말해 이자까지 포함해서 만 골드를 갚기로 약속하셨는데, 변제 기한이 지났으니 추가 이자가 발생한다는 뜻입니다."

"네에?! 추가 이자?!"

불만스러운 목소리를 내는 가게 주인에게 오우기가 냉정하게 덧붙여 설명했다.

"현재 골드의 가치와 미래 골드의 가치는 다릅니다. 변제 기한을 조금이라도 넘기면 그렇게 넘어간 만큼의 이자를 받아야만 합니다."

"맞아! 균형이 안 맞잖아! 너는 오른쪽 팔꿈치를 테이블에 세게 찧었다고, 이렇게!!"

콰악!

"그렇다면 왼쪽 팔꿈치는 이 정도 세게! 제대로 기억해 둬!!"

퍽…….

"이렇게!"

따악…….

"산카쿠 씨, 너무 지나치셨어요. 기절시키면 이야기를 할 수 없잖습니까."

"……그렇긴 하지."

참고로 '테이블에 팔꿈치를 찧는 형'은 멱살을 잡았을 때의

압박으로 인해 상대방이 기절해 버리는 '산카쿠 조르기'와 한 세트다.

숨을 헐떡이는 가게 주인을 놓아준 산카쿠는 이런 말을 내뱉었다.

"알겠냐? 채무자 녀석아. 방금 그 아픔을 제대로 느꼈겠지? 그게 네 죄의 무게다. 열흘 뒤에 다시 오지. 그때 '균형'이 맞는 금액을 마련하지 못했다면 그 죄는 이번과 비교도 안 될 거다?!"

"네, 네⋯⋯."

공포로 인해 눈에 핏줄이 붉어진 가게 주인을 남겨 두고 산카쿠는 만족스러운 듯이 가게를 나섰다.

"그럼 갈까. 오우기."

"네, 네."

◈ ◈ ◈

닷시 성 아랫마을은 지금 오핀 중독자들이 모여드는 곳이 되었다.

마이어 가문의 주인과 시종인 남녀가 그런 마을 안에서 다음 거래처로 서둘러 가고 있었다. 가끔 길 위에 쓰러져 있는 말기 중독자의 몸을 밟지 않게끔 잘 피해서 걸어가는 것도 익숙해졌다.

"산카쿠 씨, 우리는 지금 나라 상대로 장사를 하고 있죠? 전쟁까지 꾸며서요."

"그렇다!"

성큼성큼 걸어가는 산카쿠 뒤에서 오우기가 몇 걸음 늦게 빠른 걸음으로 따라갔다.

"언제까지 이렇게 소규모 대부업을 하실 건가요? 좀 전처럼 제대로 갚으려 하지 않는 상인도 있고, 산카쿠 씨가 빚을 받으러 가면 항상 피비린내가 나는데."

"오우기! 나라 상대로 장사를 하는 건 성공하면 큰 성과를 낼 수 있겠지만 아직 성립되진 않았다! 성립되지 않은 장사 때문에 눈이 멀어선 안 된다! 지금은 방심하지 말고 항상 그랬듯이 돈을 빌려주자! 그리고 받아 내자!"

오우기는 한숨을 쉬었다. 말과 행동이 거칠고 부조리하지만, 산카쿠의 장사꾼 철학은 의외로 정상이다. 그래서 벌써 10년 동안이나 비서 일을 하고 있는 거지만······.

"저는 한시라도 빨리 튄 피를 뒤집어쓰지 않는 장사를 하고 싶다고요. 저도 일단은 여자인데."

그러자 산카쿠가 시원스럽게 웃었다.

"여자는 좋지! 여차하면 자기 몸을 팔 수도 있으니까! 태어날 때부터 남자보다 가치가 있다!"

"산카쿠 씨는 아무렇지도 않게 그런 말씀을 하신단 말이 죠······."

산카쿠는 비서의 싸늘한 눈초리 따위는 신경 쓰지도 않고 자신의 주먹을 쥐었다.

"장사 앞에서는 모두가 평등하다! 남자나 여자는 없다! 있는 건 가치의 유무뿐이다!"

"한 바퀴 돌아서 오히려 시원스럽기까지 하네요…… 아니, 어라?"

길 막다른 곳에 있는 교회 부지에 왠지 모르겠지만 사람들이 모여 있었다.

"승려님…… 남편의 독을 어떻게 좀."

눈물과 콧물로 범벅이 된 중년 남자가 부인으로 보이는 여자와 함께 승려 앞에 섰다.

"알겠습니다. ……이자에게 신의 가호를……. 자, 이제 점점 나아질 겁니다. 한동안 안정을 취하시길."

"아…… 감사합니다."

나이든 승려가 기도를 하자 부인이 고개를 크게 숙이고는 천으로 싼 돈을 건넸다.

"이건 시주입니다."

"그대에게 축복이 있기를. 그럼 다음 분……."

오우기는 모여든 사람들을 분석하고 이렇게 결론을 내렸다.

"이런, 이런, 성직자도 이 기회에 편승해서 시주를 모으고 있는 건가요."

저건 오핀 중독자다. 가족들은 지푸라기라도 잡는 심정으로 교회에 해독을 부탁하러 왔겠지만, 오핀은 승려의 해독 주문으로 치료할 수가 없다. 그 사실은 오핀의 정제에 깊게 관여한 마이어 가문 사람이 아니라 해도 알 수 있다. 다시 말해 다들 아는 사실인 것이다.

그럼에도 불구하고 정보에 어두운 사람들이라면 속이는 것도 손쉬울 것이다. 예를 들어 지역의 커뮤니티에 뿌리를 깊게 내린 교회가 중증 중독자를 기도의 힘으로 치유하는 승려의 소문을 흘린다……던가.

"어떤 업계에도 '상인'은 있군요."

오우기가 한 말을 듣고 산카쿠가 의젓하게 고개를 끄덕였다.

"성직자가 돈을 벌려고 나서는 건 어제 오늘 일이 아니지. 그런 주제에 녀석들은 이익 추구자…… 다시 말해 상인들에게 비판적이고, 그중에서도 대부업자를 최악으로 간주한다. 그것뿐이라면 그나마 낫겠지만, 녀석들의 가르침을 진짜로 믿는 멍청한 신자들까지 대부업자를 혐오하잖나. 상인들은 기본적으로 미움을 사곤 하지만, 대부업자가 특히 미움받는 건 저 망할 종교 때문이다! 민폐라고!"

"애초에 이자라는 개념이 교회의 가르침에 어긋나니까요."

오우기가 그렇게 말하자 산카쿠가 혀를 찼다.

"현재 골드의 가치와 미래 골드의 가치가 똑같을 거라는 맛이 간 생각을 하는 건가? 저 녀석들!"

"그렇다기보다는 골드의 가치나 골드를 빌릴 필요성 같은 걸 생각하면서 살지 않는 거 아닐까요. 그들의 부지런함은 신앙에 쏠려 있으니까요."

"느긋하게 농사나 기술로 먹고 사는 시대가 아니게 되었다고! 언젠가는 대규모 자본을 투하해서 거대한 생산 설비를 만들고, 노동자를 잔뜩 고용해서 제품을 대량으로 생산하는 시대가 올 거다. 그런 시대에서는 돈을 내면서라도 돈을 빌려야만 해! 그러지 않는다면 다른 나라와 균형이 맞지 않게 되어서 언젠가는 어떤 형태로든 지배당하게 될 것이 틀림없지! 그런데도 '이자는 악'이라고? 멍청이! 멍청이! 멍청이! 멍청이들뿐이야!"

"뭐, '오른뺨을 맞으면 왼뺨을 내밀어라'라고 가르치는 분들이니까요."

"멍청하기는! 나라면 '오른뺨을 맞으면 상대방의 코가 부러질 때까지 두들겨 패라'라고 하겠지! 그래야만 겨우 균형이 맞을 거야!"

"그건 너무 지나친 거 아닌가요……."

"내 뺨과 우민들의 뺨의 가치는 같지 않으니까!"

보스의 흔들림 없는 사상을 느낀 오우기는 체념과도 같은 한숨을 쉬었다.

이 사람은 이래도 된다. 누구보다 강하니까.

"하지만 저는 필요하다고 생각하는데요. 교회도 그렇고, 저 종교도요."

"뭐라고?"

눈을 치켜뜬 산카쿠에게 오우기가 설명했다.

"세상에는 산카쿠 씨 같은 사람들만 있는 게 아니니까요. 태어났을 때부터 미래에 희망이 없는 사람도 드물진 않잖아요? 이 세상의 구조 그 자체가 불평등하고 불공평하다고요. 하지만 인간은 쓸데없이 지능이나 욕망이 있으니까 미래에 희망이 없다는 걸 인정하면서 살아갈 수는 없어요. 크든 작든 미래에 한 줄기 희망이 필요한 거죠. 그게 없으면 그들의 불만은 금방 위정자나 성공한 사람에 대한 공격으로 바뀌어 버리거든요. 하지만 그들 한 사람 한 사람에게 물질적인 풍요로움을 주는 건 비현실적이죠. 그래서 정신적인 '구원'으로서 교회의 가르침이 필요할 것 같네요."

흥, 산카쿠가 그렇게 코웃음 쳤다.

"게으른 녀석들이 생각할 법한 이야기로군! 사후 세계라거나, 믿는 자는 구원받는다거나."

"지금은 힘들지만 착한 일을 계속하다 보면 사후 세계에서 구원받을 거라는 사상이군요."

그거다, 산카쿠가 그렇게 맞장구를 쳤다.

"그 사상도 성직자들마다 하는 말이 제각각 다르잖아! 착한 일을 했다고 해서 구원받을 거라는 보장은 없다고 주장하는 자들도 있는데! 사후에 구원받을 자는 행위가 아니라 처음부터 신의 의지로 정해져 있다고! 그렇게 사람의 형편에 따라 해석이 달라지는 부분이 신 같은 게 존재하지 않는 증거겠지!"

"만약에 그 종교관이 주류가 되면 부지런히 일하고 부를 축적하는 것이 선이 되는 시대로 바뀔지도 모르겠네요. 산카쿠 씨 같은 사람들에게 이상적인 시대로요."

그러자 산카쿠는 잠깐 생각하는 듯한 시늉을 했다.

"흐음…… 오우기가 한 이야기는 이해가 잘 안 된다만, 일단 부지런하다는 건 선이지. 자신을 구할 방법은 부지런함 말고는 없다. 게으름을 긍정하는 사상 따위는 없어져야만 해."

"뭐, 노력이 전부 보답받는다면 그럴지도 모르겠지만요. ……아, 도착했네요. 다음은 여기예요."

오우기는 들고 있던 서류 몇 장을 빠르게 확인했다.

이곳은 오핀 투자로 인해 재정이 어려워진 무기 상점이다. 쉬는 날도 아닌데 가게 문을 닫은 걸 보니 좀 전에 갔던 도구 상점과 마찬가지로 추심자의 습격을 눈치채고는 농성하고 있을지도 모르겠다.

"좋아, 하찮은 신 이야기보다는 눈앞의 돈이지! 가자! 오우기! 돈을 받아 내자!"

"아, 잠깐만 기다리세요. 이번에는 폭력을 휘두르지 말아 주세요, 아……."

오우기가 말릴 틈도 없이 그녀의 보스가 안으로 뛰어 들어가 소리 지르기 시작했다.

"균형이 안 맞잖아!!"

WHY DO YOU
ONLY SELL
COPPER SWORDS?

패배자는 왜
패배자인 거지?

"그러니까, 이런 무기만 없다면 전쟁을 일으키려 해도 그러지 못한다는 거지."

나는 테이블 위에 있던 총과 다이너마이트를 가리키며 그렇게 말했다.

닷시 성 아랫마을 변두리, 밖에서 보면 폐허 같은 건물의 방 안에서 나와 해골이 '제1회 오픈 전쟁 저지 회의'를 절찬리에 이어 가고 있었다.

겨우 둘이서 두 나라 사이의 전쟁을 막으려는 것도 제정신인지 의심스럽지만, 아무래도 이 해골 남자는 나를 작전 참모로서 진심으로 의지하고 있는 것 같다.

"그야…… 마루 말이 맞긴 하지만, 구체적으로는? 무기 기술자를 모조리 죽인다든가, 앞으로 새로 지어질 무기 공장을 파괴한

다든가?"

해골은 발상이 살벌하다. 이 녀석은 가끔 아무렇지도 않게 상식에서 벗어날 때가 있다.

나는 씁쓸한 표정으로 고개를 저었다.

"그건 상인의 방식이 아니야. 나는 크게 나누어 두 가지 방법을 생각했어."

"폭력이 아니라는 것뿐이지 상인의 방식도 거기서 거기인 것 같은데, 일단 들어 볼까."

해골이 쓸데없는 추임새를 넣었다. 나는 아랑곳하지 않고 이야기를 이어 나갔다.

"첫 번째는 무기의 재료나 인건비를 치솟게 만드는 방법이야. 구체적으로는 재료를 사재기하거나 기술자 단체를 설립해서 급여 교섭 같은 걸 하게 만드는 거지."

"그건 힘들 거야. 몇 번이나 말했지만, 산카쿠는 마이어 가문의 자금을 다루고 있어. 재료비나 인건비가 몇 배로 뛰든 문제없이 빌려줄 테고, 나라를 부추길 거야. 그리고 우리에게는 재료를 사재기할 만한 자금이 없어."

그런 부분도 이미 예상하고 있다. 나는 해골의 얼굴 앞에 손가락을 두 개 펴 들었다.

"그럼 본론인 두 번째. 전쟁 자금의 공급을 끊는다. 다시 말해 산카쿠가 손을 떼게 만드는 거야."

그 제안을 듣고 해골이 살짝 끙끙댔다.

"그건 첫 번째 방법보다 현실미가 떨어지는데. 산카쿠는 이 계획에 적지 않은 시간과 돈을 투자했어. 장사의 규모로 봐도 그리 간단히 손을 뗄 것 같진 않아."

"해골, 대부업자가 두려워하는 건 한 가지뿐이야. 빌려준 돈을 받아 내지 못하는 거지."

이건 단순한 사실이다. 빌려준 돈이 많으면 많을수록, 회수하지 못했을 때의 대미지가 대부업자에게 강한 타격을 준다.

"산카쿠의 목적은 닷시와 리다가 승부를 내지 못하는 진흙탕 전쟁 상태로 만드는 거야. 정확히 말하자면 진흙탕 싸움으로 만들어서 오랜 기간 동안 돈을 계속 빌려주고, 그와 동시에 나눠서 갚게 만들어 두 나라에서 자신의 경제적 지배력을 강화시키는 거잖아?"

"그렇지."

"그러기 위해서는 두 나라가 지닌 힘의 균형이 유지되어야만 해. 그러니까 산카쿠는 양쪽 나라에 성능이 뛰어난 무기를 동시에 팔고 있지. 아마 앞으로도 닷시와 리다 중에서 질 것 같은 나라에 힘을 실어 주거나 이길 것 같은 쪽을 방해하면서 균형을 유지하려 할 거야. 최대한 오랜 기간 동안."

"그렇군, 이해가 되는 것 같아. 마루는 똑똑하구나."

좀 더 칭찬해도 된다고. 그러는 해골 너도 눈치가 빠르니까 이야기하기 편해서 좋은데.

나는 마른 입술을 핥으며 이야기를 이어 나갔다.

"산카쿠의 입장도 의외로 불안정하거든. 전쟁 상태가 지속되면 자금의 공급원이 대우받겠지. 하지만 전쟁이 끝나면 대부업자 따위는 눈엣가시 같은 존재야. 왜냐하면 돈은 빌릴 때는 좋지만, 갚을 때는 짜증이 나니까. 다시 말해 두 나라가 전쟁 상태가 되고 국력이 팽팽해야만 산카쿠의 입장이 탄탄해지는 거야."

"모르겠어! 가르쳐 줘! 알아듣기 쉽게!"

지금까지 얌전히 있던 슬라임이 갑자기 테이블 위의 병 속에서 불평했다.

최근까지는 공부가 싫다고 했던 주제에, 대체 무슨 바람이 분거지?

"다시 말해서 산카쿠는 두 나라가 계속 싸웠으면 하는 거야. 싸우는 동안에는 계속 돈을 빌려 갈 테니까."

"흐음!"

이해한 건지, 슬라임이 병속에서 꿈틀거리며 움직였다. 해골이 이어서 말했다.

"그럼 닷시와 리다의 균형을 무너뜨릴 수 있는 방법이 있다면 산카쿠는 그 계획을 중지할 수밖에 없다는 거구나."

그렇지, 나는 그렇게 말하며 고개를 끄덕였다. 해골이 몸을 앞으로 내밀며 물었다.

왜 동검밖에 팔지 않는 것입니까 ✒

"구체적으로는? 산카쿠에게 치명적이고, 그러면서도 우리 힘으로 증명할 수 있고, 게다가 그걸 산카쿠가 알더라도 대책을 세우기 힘든 방법이어야 할 텐데."

나는 그 말에 대답하지 않고 해골에게 제안했다.

"……일단 리다로 돌아갈까."

해골이 이유를 묻는 듯이 고개를 살짝 갸웃거렸다. 나는 씨익 웃었다.

"왜냐하면 이 나라의 도구 상점은 문을 닫았잖아. 약초가 필요해…… 대량으로."

왕궁에서는 오후가 되었는데도 어전 회의가 이어지고 있었다.

닷시 왕은 온화하고 성실한 군주지만, 안 좋게 말하자면 느긋하게 방관하며 결단을 미루는 성격이기도 했다. 그렇기 때문에 왕의 코앞인 성 아랫마을에서 오핀이라는 새로운 약물 상품이 나돌아 시민들 대부분이 심각한 중독 증상으로 쓰러질 때까지 아무런 대책도 마련하지 않았다.

산카쿠는 비서인 오우기가 작성한 견적서를 정중하게 닷시 왕에게 건넸다.

"폐하! 총기, 다이너마이트의 재료 및 무기 기술자, 전술사의 파견 및 무기 제조 시설의 건설에 필요한 비용을 대략적으로 계산한 것입니다!"

산카쿠에게서 서류를 받아 든 닷시 왕은 종이를 팔랑팔랑 넘겼다.

"흐음…… 뭐, 역시나 싶은 금액이로군. 재무대신, 어떤가?"

산카쿠가 왕에게 건넨 것과 똑같은 서류를 옆에서 무릎을 꿇고 있던 오우기가 슬쩍 건네자 그것을 받아 든 재무대신이 굳은 표정으로 내용을 확인했다.

"향후 전쟁 비용을 감안하면 우리나라의 국고로 지출하기는 힘든 금액이로군요~."

산카쿠가 곧바로 손을 들었다.

"폐하! 마이어 가문은 폐하의 편이 될 것이니 이 모든 자금을 융자해 드릴 수 있습니다! 자! 영단을 내려 주시길!"

"산카쿠, 너는 성격이 급하구나. ……음~ 국방대신, 자네의 의견은 어떤가."

왕이 의견을 묻자 수염을 기른 국방대신이 당혹스러워하는 표정을 지었다.

"새로운 무기가 매우 매력적이긴 합니다만, 운용하려면 병사들을 훈련시킬 필요가 있을 겁니다. 그게 얼마나 걸릴지……."

그러자 오우기가 조심스럽게 보충 설명했다.

"황송합니다만, 폐하. 저희가 파견할 전술사는 병사들의 훈련에도 참가할 예정입니다. 해를 넘기지 않고 무기의 운용이 가능해질 겁니다."

"그렇습니다! 오우기가 말한 대로! 그렇습니다! 실력이 정말 좋은 전술사를 파견해 드릴 것이니! 자! 영단을 내려 주시길!"

산카쿠가 무시무시한 표정을 지으며 다그치는데도 닷시 왕은 전혀 동요하지 않았다.

"뭐, 기다려 보거라. 그대는 정말 성격이 급하군. 한 나라와 맞서게 되는 것이다. 그리 경솔히 결정할 순 없잖느냐."

왕의 불쾌한 심기를 느낀 산카쿠는 자신에게 주어진 자리에 다시 앉아 고개를 숙였다.

"죄송합니다! 성격이 급한 건 직업병이라서! 하지만 폐하, 시간은 돈이나 마찬가지입니다. 생각할 시간도 유료라는 것을 잊지 마시고!"

"나도 알고 있다. 그런데 산카쿠, 귀족의 지위를 받았으면서도 평민처럼 부지런히 일하다니, 마이어 가문은 기특한 일족이로구나."

"네……."

그 말을 듣고 산카쿠의 표정이 굳어졌다.

이변을 느낀 오우기가 산카쿠의 뒤쪽으로 다가가서 다른 회의 멤버들에게는 보이지 않게끔 조용히 등을 주먹으로 찔렀다.

"아, 아뇨, 그, 그렇습니다! 저희 마이어 가문은 어차피 뜨내기입니다! 원래는 일개 상인이었으니 이렇게 지금도 열심히 일을 하고 있는 것입니다!"

산카쿠가 한 말을 듣고 닷시 왕이 느긋하게 웃었다.

"그리 비하하지 않아도 된다. ……알겠다. 조만간 결론을 내리마."

"잘 부탁드립니다!"

세계적으로 유명한 마이어 가문의 실력파 상인과 그 비서는 고개를 크게 숙였다.

◈ ◈ ◈

"빌어먹을 놈들! 신중한 척하기는! 그 녀석들도 마음속으로는 전쟁하고 약탈을 하고 싶어서 견딜 수 없을 텐데! 오핀 덕분에 그 대의명분이 생겼으니 신이 나서 춤을 추고 있을 게 분명하다고! 그렇게 주저한 이유는 전쟁 비용이 생각보다 비싸게 먹혀서 겁이 났을 뿐이라고!!"

어전 회의를 마치고 돌아오는 길에 산카쿠는 평소보다 더 크게 소리치고 있었다.

오우기는 그런 보스를 보고 솔직한 감상을 말했다.

"산카쿠 씨는 그 임금님을 싫어하시죠."

산카쿠는 상의의 단추를 풀어 헤치며 고개를 저었다.

"왕을 싫어하는 게 아니야, 얼간이를 싫어하는 거지! 그래서 그 대신 녀석들도 정말 싫다! 무능한 거래 상대는 필요 없어! 이렇게 참는 것만으로도 지출이 크다고!"

"그 사람들의 지위는 세습으로 얻은 거니까요. 능력은 상관없겠죠."

오우기의 대답을 듣고 산카쿠가 기어코 소리를 내질렀다.

"왕족이나 귀족으로 태어나기만 한 인간이 민중을 지배한다는 구조의 합리성은 대체 어디서 나온 거지! 소수의 무능력자에게 권력을 주면 이렇게 다른 사람에게 쉽사리 조종당해 버린다고! 그렇다면 다수의 무능력자에게 권력을 분산시켜서 쥐여 주는 게 그나마 나을 텐데!"

"다행이네요. 왕도 그렇고 대신들도 무능력한 욕심쟁이라서."

"그래! 정말 잘 된 일이지!"

산카쿠가 아무렇지도 않게 긍정했다. 자기가 바로 그 '쉽사리 조종하는 다른 사람'인데도 그의 시점은 왠지 모르겠지만 선한 위정자의 시점이다. 기본적으로 인간으로서 어긋난 사람이지만, 이런 구석을 미워할 수 없는 성격이기에 오우기도 오랫동안 부하로 지낼 수 있었다. 물론 여차할 때 유능한 것도 좋은 상사의 조건이지만.

죽음의 상인이라 할 만큼 무시무시하게 일을 하는데도 생각만큼은 약간 이상할 정도로 공명정대하다. 그것을 모순 없이 자기 내면에 양립시켜 버리기에 이 남자는 일족의 중진에게도 "멘탈이 강하네"라고 하면서 두려움을 사고 있는 것이다. 그리고 그 중진이란 현재 당주인 산카쿠의 친아버지다.

"그런데 그 녀석, 마이어 가문이 기특한 일족이라고? 흥! 우리가 귀족이긴 하지만, 다른 귀족들처럼 친하게 지낼 상대는 아니지! 우리는 상인이야! 초대가 귀족의 지위를 얻은 것도 장사할 때 이익이 되었기 때문이다! 가문을 이어받는 것도 세습제가 아니지! 일족에 가장 큰 이익을 가져다준 자가 가문을 이어받는다. 정 뭐하면 일족의 피를 물려받지 않아도 상관없고. 당연히 남자든 여자든 차별하지 않는다. 실력만 있다면 마물이라 해도 문제가 없을 게 분명해! 그래서 이렇게 일족도, 일족을 섬기는 자들도, 날마다 부지런히 장사를 하는 거다!"

"아, 네, 그렇죠."

한 나라의 왕을 그 녀석이라고 부른 것에 대해서는 오우기도 딱히 건드리지 않았다.

"오우기. 일족이 아닌 여자인 너도 마이어 가문이라면 치고 올라가는 게 가능하다. 그것이 바로 평등! 부지런한 자가 보답받는 구조다!"

"아뇨, 그렇게 힘들 것 같은 건 사양할 테니 앞에는 산카쿠 씨께서 서 주세요. 밑에서 일하는 걸 딱히 좋아하는 건 아니지만, 책임이 무거운 입장은 싫거든요. 제 장래의 꿈은 불로소득으로 생활하는 거라서요."

오우기의 주장은 항상 담담하다. 긍정적인 사고의 화신인 산
카쿠는 오우기가 하는 말을 듣고 욕심이 없다고 생각하며 큰 손
바닥으로 그녀의 등을 탁탁 두드렸다.

"너는 부지런하다만, 좀 더 욕심을 가져라! 욕심이 바로 활력
이다! 그런 의미로는 그 나라를 담당하고 있는 안경 쓴 남자도 약
간 부족하다만!"

그런 건 진짜 괜찮으니까…… 오우기는 그렇게 말할 뻔하다가
꾹 참고 애써 냉정하게 말했다. 지금부터는 비서의 업무다.

"상인으로서의 결승점은 사람마다 다른 거죠. 그 안경 쓴 남
자도 사리사욕을 위해서 마이어 가문을 섬기는 건 아닐 겁니다.
……아, 그러고 보니 그 사람에게서 최신 보고가 들어왔는데, 리
다 왕과의 융자 교섭은 착실하게 진행되고 있는 모양입니다."

그 말을 듣고 산카쿠의 눈이 환하게 빛났다.

"그런가! 부하에게 추월당할 수는 없지! 우리도 질 순 없겠구
나!"

한없이 긍정적으로 땀내 나는 남자다.

테이블과 의자를 치우고 바닥에 펼친 시트 위에 사 온 약초를

산더미처럼 쌓았다.

"그래서, 이렇게 많은 약초를 어떻게 할 건데?"

해골이 묻자 나는 평소에 하던 생각을 말했다.

"약초를 섭취하면 통증이 가시잖아? 그건 아마 별로 좋지 않은 성분이 포함되어 있기 때문일 것 같거든. ……뭐, 그 이야기도 어렸을 때 전사인 모험자에게 들은 거야. 큰 부상을 입고 약초를 잔뜩 사용하면 기분이 이상해질 때가 있다고. 그 왜, 그들은 파티의 전위잖아? 직업상 약초를 대량으로 섭취하는 경우가 있으니까."

흐음, 흐음, 해골이 그렇게 말하며 흥미로운 듯이 고개를 끄덕였다.

"그래서 나도 시험 삼아 약초를 잔뜩 먹어 봤거든. 그랬더니 기분이 점점 좋아졌고, 평소에 보이지 않던 것이 보이게 되어서……. 일반인은 약초를 잔뜩 먹지 않으니까 그런 부작용이 있다는 게 잘 알려지지 않았는데, 이게 오판하고 똑같은 거 아닐까 싶어서."

나는 그렇게 이야기를 이어 나갔다.

"대량의 약초를 끓여서 환각 작용이 있는 액체를 만들려고 해."

얼마 전, 리다의 도구 상점에 있는 약초를 전부 사재기하러 간 우리는 금방 이 해골의 아지트로 돌아왔다. 리다에서 보충한 키메라의 날개 덕분에 걸린 시간은 얼마 되지 않았다.

내 목적은 약초에서 진한 액체를 추출하는 것이다.

우선, 약초를 싼 시트를 통째로 들고 주방으로 내려가 물을 큰 솥에 끓였다. 그리고 시트와 함께 약초를 솥으로 끓여서 여러 번 짜고 달였다.

환각 물질을 들이마시지 않게끔 코와 입을 천으로 여러 겹 두르고 주방에서 진행한 작업은 뜨겁고 힘들어서 예상했던 것보다 힘든 노동이었다. 우리가 그러고 있는 모습을 병 안에서 흥미로운 듯이 바라보고 있던 슬라임도 "냄새나!"라고 소리친 뒤에 조용해졌다. 참고로 해골은 내가 아무리 주의를 줬는데도 괜찮다면서 얼굴을 가리지 않았는데 작업한 뒤에도 멀쩡했다. 무심코 완성된 액체의 효과를 의심할 정도로 기운이 넘쳤지만, 그만큼 꽁꽁 싸맨 나는 적당히 머리가 어지러운 걸 보면 아마 해골의 체질이 특이하기 때문일 것이다.

완성된 농축 액체는 약간 식물 냄새가 나는 반투명한 액체였다. 해골이 앙상한 손가락 끝으로 살짝 맛을 보았는데, 달콤하고 약간 찐득한 느낌이 혀에 남는 듯한 느낌이라고 한다. 전체 양은 소형 약병으로 환산해서 약 열다섯 병 정도.

일부를 병에 담아 위층으로 돌아온 우리는 목제 테이블과 의자를 원래 위치로 돌려놓고 작전 회의에 들어갔다.

"너, 설마 이런 걸 닷시에 유행시켜서 맨정신인 병사들까지 만신창이로 만들 셈이야? 오핀 정도는 아니지만 맛과 냄새가 거의 없고, 게다가 액체라서 어떤 음식에도 섞을 수 있을 테니까……이걸 막는 건 힘들겠지. 오핀과 더불어 이런 것까지 나돌게 되면 이 나라가 전쟁을 벌일 상황이 아니게 되긴 하겠지만……."

지금까지 주방에서 작업을 계속 도와준 주제에, 해골은 이야기를 나누기 시작하자 처음부터 쓴소리를 늘어놓았다. 나는 한 손을 들어 그 말을 가로막았다.

"아~ 해골이 무슨 말을 하는지 나도 알아! 제2의 오핀을 유행시키는 건 말도 안 되는 짓이라는 거지? 하지만 이 약초의 독성은 오핀에 비해 압도적으로 약해. 그리고 육체적인 의존성도 없고. 그건 내 몸으로 이미 실험을 마쳤으니까."

실제로 몸이 작은 어린 시절에도 괜찮았다.

하지만 내 파트너는 의심스럽다는 분위기를 온몸으로 뿜어내며 나를 보고 있다.

"지, 진짜라니까! 애초에 해골도 오핀 상인이잖아. 이제 와서 무슨 소릴……."

하지만 여기서만 하는 이야기인데, 정신적인 의존성만큼은 부정할 수 없다. 사실대로 말하자면 나도 예전에 푹 빠졌었다. 하지만 그런 건 술이나 다른 기호품도 마찬가지일 것이다.

한동안 싸늘한 눈초리로 나를 보고 있던 해골이 천천히 입을 열었다. 응어리는 제쳐두고 토론을 다시 시작하자는 의사 표시였다.

"……만약에 독성이나 의존성이 약하다고 치고 말이야. 그런 게 유행하더라도 오핀과 마찬가지로 다시 나라에서 판매를 규제하지 않을까?"

"그 문제는 제품과 함께 레시피를 공개하면 해결할 수 있겠지. 약초를 끓이기만 하는 거니까 누구나 간단히 만들 수 있고, 재료도 합법적으로 구입할 수 있어."

"그럼 재료인 약초의 판매를 금지하면?"

나는 해골의 가정을 반박했다.

"그건 힘들지 않을까? 약초는 추천 아이템이니까."

그 지적을 듣고 해골도 짐작한 모양이었다.

"……그렇구나. 모험자용 추천 아이템은 상인 길드에서 정했지. 그런 아이템의 판매를 금지하면 상인 길드 본부에서 가만히 있지 않을 거야. 나라도, 그 배후에 있는 산카쿠나 마이어 가문도 상인 길드를 적으로 만들고 싶지 않다고 생각하려나."

"어때? 실행할지 여부를 떠나 산카쿠를 위협할 소재로는 말이야. 뭐, 구멍이 전혀 없는 건 아니지만."

괜찮은지 아닌지만 따지면, 해골이 그렇게 말하며 이야기를 이어 나갔다.

"괜찮을 것 같네. 하지만 상대는 마이어 가문의 일원이니까……."

"그런데, 그 산카쿠라는 녀석은 어디 있어? 어디로 가면 만날 수 있는데?"

내가 묻자 해골이 쉽사리 대답했다.

"그는 지금 이 성 아랫마을에서 돈을 빌려주고 회수하러 돌아다니고 있어. 산카쿠에게 돈을 빌린 사람이 누군지 아니까 잠복하다 보면 언젠가 만날 수 있겠지."

나는 물어보고도 깜짝 놀랐다.

"……어? 나라하고 장사를 하면서도 마을 주민을 상대로 쪼잔하게 돈을 빌려준다고?"

"그래. 그는 정말 부지런하거든."

착실한 대부업자라니, 너무 싫다.

나는 테이블 위에 있는 작은 병을 하나 집어 들었다.

"그럼 그 부지런한 악당을 쓰러뜨리기 위해 우리도 부지런히 일을 해 볼까. 우선…… 그래, 이걸 '위법 오핀'이라고 부르자. 오핀이 금지되어서 괴로워하는 중독자들에게 날개 돋친 듯이 팔릴 거야."

내가 그렇게 말하자 해골이 어깨를 으쓱였다.

"그렇군. 악당을 쓰러뜨리는 자가 악당이 아니라는 보장은 없다는 건가."

"아니, 아니, 아니, 진짜 이 위법 오핀은 괜찮다니까! 조금 기분이 좋아지는 것뿐이니까 술이나 마찬가지야. 술도 그렇고 이것도 잘 자고 배설하기만 하면 다음 날에는 빠져나가거든. 그렇게 생각하면 몸속에 남는 오핀은 아웃, 위법 오핀은 세이프겠지."

그렇군, 해골이 다시 그렇게 말했다.

"말은 하기 나름이군. 말재주는 상인의 무기야. ……그런데, 너, 그런 물건을 어렸을 때, 예전부터 터무니없는 짓만 했구나."

"……실은 당시에 이 위법 오핀을 상품으로 가게에 두는 건 어떻겠냐고 내가 일하던 점주님에게 제안했던 적이 있어."

"그랬더니?"

"죽을 만큼 혼났지."

해골은 내 얼굴을 보고 슬쩍 웃었다.

"그렇겠지. 당연해. 그런 제안을 받으면 굳이 그 사람이 아니더라도 네 장래를 걱정할 거야."

"흥. 마치 점주님을 알고 있는 듯한 말투인데, 우리 점주님은 당신이 상상한 것보다 수십 배는 완고하다고."

닷시 마을은 오늘도 날씨가 맑았다. 산카쿠는 주민의 집 문을 걷어차서 열었다.

"자, 약속한 날입니다! 돈을 갚아 주세요! 아니면 이 집을 내놓

으세요!"

"선의로 말씀드리는 건데, 얌전히 돈을 갚는 게 좋을 겁니다", 오우기가 그렇게 말했다.

요즘 채무자의 집에 쳐들어갈 때 하는 말은 대충 이게 한 세트다.

하지만 대답이 없다. 산카쿠가 발치를 내려다보자 먼지가 쌓인 바닥 위에 이 집의 주인이 쓰러져 있었다. 눈을 살짝 뜬 채 입만 중얼중얼 움직이고 있다.

산카쿠는 성큼성큼 남자에게 다가간 다음, 그의 멱살을 잡고 들어 올렸다.

"……이봐, 이봐. 이 채무자 녀석, 맛이 가 버렸잖아."

"산카쿠 씨, 그래서 제가 말씀드렸잖아요. 오핀 중독자에게 돈을 빌려주는 건 위험하다고요."

옆에서 들여다본 오우기에게 산카쿠가 나머지 한 쪽 손의 엄지손가락을 치켜세웠다.

"괜찮아, 문제없다고. 이 남자에게 변제 능력이 없다면 가족에게 요구해야지. 부인하고 딸이 있었잖아?"

"아, 그쪽은 확실하게 현금화할 수 있겠네요."

산카쿠는 남자를 붙잡은 채 여전히 문이 닫혀 있던 안쪽 방을 향해 소리쳤다.

"이봐요~ 사모님~? 계시죠~? 숨어 있지 마시고 나오세요~!"

산카쿠는 그렇게 말하며 남자를 사정없이 바닥에 내팽개쳤다.

꽈직, 둔탁한 소리가 들렸고, 중독자도 아파하며 신음했다.

"사모님~ 나오시라고요~! 안 그러면! 봐요! 남편분이 두들겨 맞아 버릴 거라고요! 봐요!"

"산카쿠 씨, 피가 튀니까 좀 살살 해 주세요."

산카쿠는 오우기가 주의를 주는 것도 무시하고 연달아 둔탁한 소리를 냈다.

"사모님······?!"

다시 한번 남자를 바닥에 내팽개치려 한 순간이었다.

안쪽 방의 문이 열리고 앞치마 차림인 소녀가 뛰쳐나왔다.

"파파~! 파파를 괴롭히지 마!"

"가면 안 돼!"

그 뒤에서 넘어지듯이 나온 사람은 어머니로 보이는 여자였다.

산카쿠는 실신한 남자의 멱살을 잡은 채 다른 쪽 손으로 여자의 팔을 잡았다.

어머니가 딸을 끌어안으며 비명을 질렀다.

"사모님! 남편분은 지금부터 일을 하지 못할 것 같으니 이제 사모님께서 갚아 주셔야겠죠? 하지만 변제 기한은 오늘까지라고요! 오늘 갚지 못하면 이자를 더 얹어서 갚아 주셔야만 해요! 바로 갚고 싶으시죠? 안심하세요! 제 연줄을 통해 안심하고 안전하게, 단기간에 돈을 잔뜩 벌 수 있는 '므훗므훗 가게'를 소개해 드리죠! 거기에서 뭐, 남자들 상대로 마사지를 열심히 하시고⋯⋯ 네?"

"따, 딸만은 부디⋯⋯."

산카쿠는 필사적으로 아이를 지키려는 어머니를 보고 웃었다.

"사모님, 다르게 생각해 보시는 건 어떨까요! 따님에게 조금 일찍 사회 공부를 시킨다고 생각하시고!"

그때, 남자가 작은 목소리로 끙끙대며 눈을 살짝 떴다. 그리고 산카쿠가 자신의 처자식을 잡고 있는 모습을 보자 단숨에 정신을 차렸다.

"산카쿠 씨, 엄청 노려보고 있는데요."

오우기가 귓속말을 하자 산카쿠는 남자의 얼굴을 들여다보았다.

"⋯⋯그 눈빛은 뭔데. 설마 나를 미워하는 건 아니겠지? 너희 같은 어리석은 백성들은 항상 그래! 빌릴 때는 방긋방긋 웃으면서 갚으라고 하면 우리를 악당 취급하고! 아무리 생각해도 잘못한 건 돈을 갚지 않은 너희잖아!"

"그렇긴 하죠", 오우기가 그렇게 말했다.

"그래서 내가 갚을 방법까지 제안해 주고 있잖아? 네 부인이나 딸도 돈을 벌 수 있는 방법을 일부러 가르쳐 주고 있다고. 그런데 고마워하기는커녕, 원한을 살 이유는 없을 텐데! 결코 없지! 아무리 생각해도 이건 균형이 안 맞아! 오우기! 그렇지?!"

"맞는 말씀입니다."

"아, 악마 같은 녀석⋯⋯."

남자가 쥐어짜 낸 듯한 목소리로 말했다. 그러자 산카쿠가 실의에 빠진 표정으로 하늘을 올려다보았다.

"오오, 신이시여! 이 채무자 녀석이 놀랍게도 저를 악마라고 합니다!"

"산카쿠 씨는 신 같은 걸 안 믿으시잖아요", 오우기가 그렇게 말했다.

남자는 분노로 입술을 떨면서 필사적인 표정으로 말을 꺼냈다.

"당신들 상인은 항상 그렇지⋯⋯ 말할 때도 빈틈이 없고, 번번이 선수만 치고."

"그래! 나는 맞는 말만 한다! 성실하고 부지런하게 일하지!"

당당하게 대답한 산카쿠에게 남자가 계속 말했다.

"도, 도덕이나 인격의 가치 같은 건 없는 게 아닐까하는 생각이 들 정도로 우리는 험한 꼴을 당하고, 너희 상인이 이익을 챙기지⋯⋯ 그, 그렇게 압도적으로 강한 입장에서 악마처럼 잔혹한 짓을 하는 거야⋯⋯!"

미소를 지은 채 굳은 산카쿠가 곧바로 큰 소리를 지르며 분노했다.

"무슨 말을 하는 거야! 이 채무자 녀석아! 빌린 돈도 갚지 못하는 오핀 중독자인 네게 악마라는 말을 듣고 싶진 않아! 도덕이나 인격의 가치? 애초에 나는 살아가면서 그런 것을 중시한 적이 없다! 만약에 인간에게 그런 것이 소중한 가치가 있고 올바른 거라면 지금 이 상황은 뭔데! 너는 올바르게 산 결과로 이렇게 다른 사람에게 박해받고, 가족조차 팔아넘기게 된 꼴이 된 거냐?! 정신 차려라! 패배자! 인간에게 있어서 중요한 건 그런 쓰레기 같은 게 아니라 부지런하게 사는 거잖아! 노력을 하라고! 노력을! 너는 게으르고 쾌락만 찾고, 생각이 짧고 교양도 없으니까 이렇게 일방적으로 박해당하는 거라고!"

콰직, 산카쿠는 그렇게 둔탁한 소리를 내며 남자를 바닥에 찍어 눌렀다. 부인과 딸의 비명이 울려 퍼졌다.

"산카쿠 씨, 또 의식을 잃었는데요, 이 사람."

오우기가 지적하자 남자의 옷을 놓은 산카쿠는 쓰러진 남자의 목덜미를 큼직한 손바닥으로 짓눌렀다.

"알겠냐! 패배자! 패배자는 사고방식이 패배자라서 패배자인 거다! 교회 같은 곳에서는 '돈은 더럽다'거나 '선행' 같은 걸 가르치는 모양인데…… 돈 때문에 휘둘리는 너희를 선행이 한 번이라도 구해 준 적이 있냐? 그런 건 패배자들을 위한 최소한의 구제이지, 이 세상의 진리가 아니야! 알겠지? 보라고! 이 현실을! 부지런함을 포기하고 게으름에 휩쓸린 너는 가난해졌고, 다른 사람들에게 박해당하고, 그런 상황에 저항도 못하고 있잖아! 다시 말해, 너는 잘못 생각한 거다! 우선 그 현실을 인정해!"

"산카쿠 씨."

왜 동검밖에 팔지 않는 것입니까 ✒

"너희는 성공한 상인을 '돈의 망자'라고 비웃으면서 자신을 승리자라고 생각하겠지만, 아니다! 너희는 그럴 수밖에 없는 거야! 그렇게 이익을 추구하지 않고, 누군가가 어떤 이유로 정의한지도 모르는 애매한 인간성이라는 걸 내세우며 으스대는 게으른 바보가 너희들이라고!"

으으…… 남자가 그렇게 신음했다. 산카쿠는 목소리의 톤을 약간 낮췄다.

"압도적으로 강한 입장이라고? 미리 말해 두겠다만, 내가 지금 같은 지위를 얻은 건 마이어 가문 덕분이 아니다. 우리 가문은 무능력자에게 쌀쌀맞다고. 출세 가도에서 벗어나 내쫓긴 자들도 많지. 그렇게 되지 않게끔 내가 어렸을 때부터 얼마나 부지런히 노력해서 지금에 이르렀는지 패배자들은 상상도 못할 거다. 어때, 내가 치사한 것 같다면 교대해 줄까? 무능력하고 게을러서 아무것도 쌓아 올리지 못한 너희 따위는 하루 만에 박살 나 버리겠지만 말이지! 알겠냐? 패배자, 몇 번이든 말해 주마! 인간성 따위는 의미가 없다! 부지런함이야말로 정의다! 내가 가지고 있고 너에게 없는 건 그거야! 그것이 바로 나와 네가 평생 균형이 맞지 않는 이유지!"

산카쿠의 말이 끝남과 동시에 열려 있던 문 너머로 박수 소리가 들렸다.

"음……?"

마이어 가문의 주인과 시종이 돌아보자 그곳에 젊은 남자 한 명이 서 있었다.

"훌륭한 연설이 바깥까지 들리더군요, 산카쿠 씨."

"너는 뭐야?"

산카쿠가 묻자 젊은 남자가 우아하게 인사했다.

"보잘것없는 위법 오픈 상인인 마루라고 합니다."

나는 눈앞에 있는 남자를 빤히 관찰했다.

땀내가 나고 패기의 덩어리 같은 남자다. 해골에게 들은 대로 말과 행동이 상식에서 벗어났지만, 이 녀석의 연설에는 어떤 설득력이 있었다.

그것이 바로 이 산카쿠라는 남자가 마이어 일족 안에서 일정한 지위 이상으로 오른 이유일 것이다. 노력과 재능을 혼합시켜서 만들어 낸 상인으로서의 뛰어난 능력.

그리고…….

나를 위법 오픈 상인이라고 소개하자 예상대로 산카쿠는 물고 늘어졌다.

"위법 오픈? 그게 뭐지?"

그가 묻자 나는 미리 준비해 온 작은 갈색 병을 들어 올렸다.

"오핀의 사용이 금지되어 괴로워하는 중독자를 위해 만들어진 새로운 상품입니다. 이 액체는 섭취하면 기분이 좋아지고 눈 깜짝할 새에 환각이나 환청을 느끼게 되죠. 물론 의존성도 확실하고요! 오핀을 대체할 물건으로서 이곳 닷시에 유행시킬 생각입니다."

의존성은 거짓말이지만, 그 허세는 필요하다.

"뭐라고?! 어디! 잠깐 줘 봐!"

"앗, 잠깐만요!"

산카쿠는 아무런 예비 동작도 없이 내 손에서 약병을 빼앗아 뚜껑을 열더니 일말의 망설임도 없이 마셨다. 꿀꺽, 목젖이 울렸다.

……어?!

"산카쿠 씨, 또 그런 짓을……."

부하로 보이는 젊은 여자가 어이없다는 듯이 산카쿠의 행동을 보았다.

"음……!! 이거 효과가 좋긴 한데!!"

크아…… 산카쿠는 그렇게 숨을 세차게 내쉬고는 손등으로 입을 닦았다.

……이 남자는 뭐지? 너무 무서운데.

정신을 차린 나는 상대방이 마이어 가문의 중진이라는 사실도 잊고 무심코 태클을 걸었다.

"아니, 아니, 아니, 당신, 뭐 하는 거야! 무섭지도 않아?"

"왜지? 상품의 질은 몸소 검증하는 게 제일인데. 나는 오핀도 내 몸으로 시험했다만?"

"아, 아니, 아니…… 그런 짓을 하면 중독이……."

그러자 산카쿠는 하하하하, 호쾌하게 웃었다.

"내 정신력은 우민들과는 전혀 다르니까. 중독 따윈 되지 않는다!"

"그럴 리가 없으니까 아마 체질이 특이한 것 같네요."

옆에서 부하 여자가 담담하게 보충 설명을 했다.

"정신 나갔네……."

"맞아요. 그런데 산카쿠 씨, 방금 채무자들이 도망쳐 버렸습니다만."

여자가 가리킨 문 너머로 부인과 딸에게 부축을 받으며 도망치는 남자의 뒷모습이 보였다.

"뭐라고! 아, 정말이네! 오우기, 그런 건 좀 더 일찍 말해 다오!"

보아하니 이 부하의 이름은 오우기인 것 같다.

"아니, 잠자코 도망치게 두지 말고, 그럴 때는 네가 말이지……."

"싫습니다. 손이 지저분해질 것 같으니까요."

"……그렇구나."

이 두 사람, 일단은 상사와 부하일 텐데, 정말 격식을 차리지 않는 관계인 모양이다.

"그런데 마루, 너는 무슨 목적으로 여기에 온 거냐?"

산카쿠는 그렇게 거칠게 다그치던 채무자가 도망쳤다는 충격에 아랑곳없이 곧바로 나를 신경 썼다.

"목적, 말씀이신가요?"

"그 위법 오핀이라는 걸 유행시키고 싶다면 조용히 그랬어도 될 텐데. 일부러 여기 와서 정보를 누설할 필요는 없었을 거다. 그렇다면 내게 뭔가 용건이 있는 거겠지?"

나는 무심코 눈을 크게 떴다. ……이거, 말이 잘 통해서 좋은데.

머리가 좋은 사람은 싫지 않다. 만약에 그게 적이라 해도. 그리고 이 남자에게는 거짓말이 통할 것 같지 않다. 정면 돌파로 갈 수밖에 없을 것이다.

"리다와 닷시의 전쟁을 막고 싶다는 사람이 있어서. 의뢰를 받았거든."

호오…… 이번에는 산카쿠가 그렇게 말하며 눈을 크게 떴다.

"이 전쟁을 눈치챈 자가 있었나! 하지만 말이다, 계획은 이미 시작되었다. 돈이나 시간도 잔뜩 들였으니 이제 와서 '네, 그러십니까'라고 손을 뗄 수는 없지!"

"산카쿠 씨, 그래서 위법 오핀이라는 걸 지참해 오신 거 아닐까요."

오우기라는 부하가 상사의 귀에 속삭였다.

음, 산카쿠가 그렇게 말하며 눈살을 찌푸렸다. 오우기가 고개를 살짝 끄덕였다.

"다시 말해 이분은 그걸로 두 나라의 균형을 무너뜨리겠다는 말씀을 하고 싶으신 게 아닐까요? 지금 닷시에는 중독자가 어느 정도 생기긴 했지만, 금지령이 조기에 내려져 군대에 영향은 경미합니다. 하지만 전쟁이 시작된 뒤에 오핀과 유사한 약물이 유행한다면 국력에 영향이 생기겠죠. 병사들을 단속할 수 있다 해도 무기 제조에 참여하는 노동자들은 그러기 힘들 테고요."

놀랍다. 겨우 그 정도의 정보로 이렇게까지 순식간에 예측할 수 있는 건가? 이쪽도 머리 회전이 상당히 빠른 타입이다.

그러자 산카쿠는 텅 빈 갈색 병을 휘둘렀다.

"그렇다면 다시 국내에서 사용하는 걸 금지하면 되겠지! 이 위법 오핀이라는 걸!"

"그렇죠. 그러면 어느 정도는 대책이 될 겁니다."

오우기가 한 말을 듣고 산카쿠가 나를 돌아보았다.

"그렇게 되었다, 마루. 위법 오핀으로 국력의 균형을 무너뜨릴 수는 없어! 이 전쟁은 막을 수 없다. 그런데 이건 꽤 괜찮은 물건이로군. 레시피를 가르쳐 다오. 공동으로 투자해서 공장을 만들고 양산하자꾸나."

"레시피? 재료는 약초뿐이야. 제조 방법은 대량의 약초를 끓이는 것뿐이고."

그러자 처음으로 산카쿠의 표정이 바뀌었다.

"약초를 끓이기만 해도 이런 걸 만들 수 있다고?"

나는 조용히 고개를 끄덕였다.

"……그건 별로 바람직하지 못하군."

"꽤 많이 바람직하지 못하군요."

이 주인과 시종은 정말 말이 잘 통한다. 건넨 소재를 통해 몇 수나 앞을 내다보고 있다.

"그래, 제조법은 간단해서 약초만 있으면 누구나 만들 수 있어. 위법 오핀을 금지한다 하더라도 재료와 제조법이 나돌면 의미가 없지. 그럼 이번에는 약초 판매를 금지할래?"

내가 도발하자 산카쿠가 매처럼 날카로운 눈빛을 보였다.

"……바보 같은 소리. 약초는 상인 길드가 정한 추천 아이템이잖아. 그것의 판매를 중지하게끔 손을 쓰는 건 상인 길드에 거역하는 거다. 그 위험성과 이번 계획의 이익은 균형이 맞지 않아."

"호오…… 마이어 가문에서도 상인 길드를 무서워하는구나."

"당연하지. 그 녀석들이 이 세상의 유통에 얼마나 강한 영향력을 지니고 있는데. 짜증 나는 존재지만, 길드에 거역하는 상인은 현명하지 못해."

이렇게 모든 것이 규격에서 벗어나 있고 터무니없는 남자도 이런 인식을 가지고 있는 건가……. 그렇다면 추천 아이템 제도를 없애려 하는 나는 엄청난 바보일지도 모르겠다.

"산카쿠 씨, 리다에서도 그 위법 오핀을 유행시키면 어떨까요? 두 나라에서 유행시켜 버리면 그것을 통해 균형을 유지할 수 있지 않을까요?"

오우기라는 부하의 제안은 망설임이 없었다. 나는 어깨를 으쓱였다.

"딱히 그래도 상관은 없는데. 그러면 나도 다른 방법으로 균형을 무너뜨릴 계획을 세울 거야."

그 말을 듣고 마이어 가문의 주인과 시종이 서로 얼굴을 마주 보았다.

"곤란하네요."

"으음. 곤란하군. 뭔가 해내려는 것보다 해내려 하는 자의 발목을 잡는 게 훨씬 쉽지. 그래서 나는 실력이 좋은 자들의 싸움을 좋아하지 않는다. 우민들이라면 아무리 많이 해치더라도 두려울 게 않다만...... 이 젊은 상인은 실력이 꽤 좋을 것 같은데?"

"정답. 제가 이런 말을 하긴 좀 그렇지만요."

좋아, 허세가 통하고 있다. 잘 풀릴 것 같다.

그러자 산카쿠가 갑자기 얼굴을 들이대고 내 눈을 가까이에서 들여다보았다.

"응......? 아니, 그런데 마루...... 너는 인간을 파괴할 만한 독을 파는 상인으로 보이지 않는구나. 그런 타입인 상인의 눈이 아니야."

"네......?"

등골이 오싹해졌다. 산카쿠는 눈도 깜빡하지 않고 나를 보고 있다. 맹금류의 눈이다.

"실력이 좋은 상인은 어긋난 길을 찾아내는 법이고, 때로는 그 길을 걷기도 하지만 마지막 선을 넘을 수 있는 자는 그리 많지 않아. ……마루. 너도 그런 거 아니냐? 너를 사랑하고, 바로잡아 주고, 혼내려 하는 그런 소중한 사람이 있는 것 아니냐? 가족이나, 친구나, 연인이나."

산카쿠가 몸을 앞으로 더 내밀고 이마가 닿을 것 같을 정도로 얼굴을 들이댔다. 가까워! 가까워!

"그런 사람은 길에서 벗어나지 않는다. 그런 사람은 눈을 보면 알 수 있다."

오우기가 옆에서 고개를 끄덕였다.

"산카쿠 씨는 못된 사람을 알아보는 데 천재시니 그 직감은 믿을 수 있습니다."

"네, 네에……?"

산카쿠는 천천히 눈을 깜빡였다. 맹금류의 눈에서 인간의 눈으로 돌아왔다.

"그렇다면, 마루. 사실 너, 이 위법 오핀이라는 걸 팔 생각이 없는 거 아니냐? 어디까지나 나를 협박하는 용도라고 생각하는 거 아니냐? 아니면 그 위법 오핀의 독성이 그렇게까지 강하지 않은 거 아니냐? 아니면 오핀만큼 의존성이 강하지 않은 거 아니

냐? 다시 말해…… 그 위법 오핀에 국력의 균형을 무너뜨릴 만큼
의 효과가 없는 거 아니냐……?"

나는 마른침을 삼켰다.

길을 벗어나지 않는다고? 눈을 보면 안다고? 이 녀석이 무슨
소릴 하는 거지?

하지만 실제로 허세가 통하지 않고 있다. ……어떻게 할까.

산카쿠는 다시 들고 있던 작은 병을 흔들었다.

"나는 우민들과 달리 중독이나 의존과는 인연이 없으니 위법
오핀의 효능에 대해서는 판단할 수가 없다. 그렇다면…… 아, 좋
아, 오우기, 너도 위법 오핀을 먹고 검증을."

"안 해요. 무시무시한 말씀을 하시네요."

곧바로 거절당한 산카쿠는 생각에 잠긴 표정을 지었다.

"으음…… 그럼 다른 사람으로 검증을 해 보도록 할까."

"그러게요. 채무자는 아직 많이 있으니까요."

왠지 분위기가 수상쩍은데.

"제조법은 약초를 끓이는 것뿐이라고 했지. 직접 만들어서 시
험해 볼까."

"시간이 오래 걸릴 것 같긴 하지만, 어쩔 수 없겠네요."

마지막 선 정도는 쉽사리 넘어설 수 있는 녀석들은 어떤 것이
든 망설임이 없다.

혹시, 아니, 분명히, 내가 쓸데없는 짓을 했는지도 모르겠다.

"그럼 마루, 작별이다! 부디 실력이 좋은 상인들끼리 싸우지 않고 이익을 나눠 가졌으면 좋겠구나!"

앞장 선 오우기가 재촉하자 산카쿠는 한 손을 들고 시원스럽게 돌아섰다.

"아! 자, 잠깐만 기다려!"

그렇게 말해 봤자 기다려 줄 상대가 아니다. 나는 홀로 방에 남겨졌다.

"가 버렸네…… 해골에게 변명할 말을 생각해 봐야겠어."

**WHY DO YOU
ONLY SELL
COPPER SWORDS?**

너는 죽을 때까지

남에게 맡기기만

할 거야?

"위법 오핀으로는 산카쿠 일행과 교섭을 하지 못했다는 뜻이구나."

"제 생각이 어설펐다고 반성하고 있습니다~."

해골의 거점인 허름한 집으로 돌아온 나는 이 집의 주인에게 좀 전에 있었던 일에 대해 설명했다. 얼마나 어이없어할지 각오하고 있었지만, 예상과는 달리 해골의 반응은 무덤덤했다.

"마이어 가문이 간단히 장사를 내팽개치진 않을 거라 생각하긴 했지. 그래서, 다음 계획은?"

"……모집 중이야. 해골은? 무슨 생각 없어?"

"나도 생각하고 있긴 한데 말이지. 좀 더 만만한 녀석을 공략해 보는 건 어때?"

그러니까, 리다 쪽에 잠입해 있는 안경 쓴 남자 쪽을 노리라는 건가?

안경 쓴 남자는 마이어 가문의 부하인 상인이고, 지금은 산카쿠 직속 부하다. 리다의 상인 길드에서 이야기를 나누었을 때는 맛이 간 남자라고 생각했지만, 두목인 산카쿠를 만난 뒤인 지금이라면 그쪽이 훨씬 더 인간답다는 걸 알고 있다. 그렇다, 멘탈, 피지컬, 양쪽 다.

"이 계획은 양쪽 나라에서 장사가 이루어져야만 성공해. 산카쿠가 닷시 왕과 거래를 성공시키더라도 리다를 담당하고 있는 안경 쓴 남자는 어떨까. 그를 무너뜨릴 구체적인 방법은 아직 생각나지 않지만……."

해골이 제안하자 나는 순순히 고개를 끄덕였다.

"마을을 돌아다니면서 좀 생각해 보자. 그리고 좋은 생각이 나면 다시 이 허름한 집에 모이기로 하고."

그러자 해골이 팔짱을 끼고는 토라졌다.

"마루는 뭘 모르네. 우리 집은 허름한 게 아니야. 알겠어? 멀리 동쪽에 있는 쟈폰이라는 나라에서는 이런 걸 '정취'라고 한다고."

"……해골, 영감님 같아."

나는 인상을 찌푸렸다. 쟈폰 이야기는 질색이다.

나는 닷시 성 아랫마을을 돌아다니며 산카쿠가 한 말을 떠올리고 있었다.

마지막 선을 넘어설 수 없는 상인은 눈을 보면 알 수 있다고? 내게도 소중한 사람이 있지 않냐고?

그야 있지. 점주님이나 지금도 목숨을 걸고 싸우고 있을 동생, 바츠가.

누구나 있겠지. 소중한 사람 한두 명 정도는.

"이봐, 그거 알아? 용사 바츠 이야기!"

"그래! 괜찮으려나……."

사람들이 별로 없고 중독자들만 눈에 띄는 이곳 성 아랫마을 에서는 다른 사람들이 나누는 이야기가 잘 들린다. 그 내용이 방금 생각하던 상대 이야기라면 더더욱 그렇다. 나는 마음속으로 불안해하며 두 남자의 이야기에 귀를 기울였다.

"두 번째 사천왕의 요새에서 돌아오지 않는다고……."

"이봐, 이봐, 오랜만에 강한 용사가 나타난 줄 알았는데, 실망 이네~."

바츠가……? 말도 안 돼…… 그럴 리가 없어!

"만약에 살아 있다 하더라도 사천왕을 상대로 버거워한다면 마왕 같은 건 힘들겠지."

"얼른 세상을 평화롭게 만들어 주면 안 되나~. 그러기 위해 용사님이 있는 거잖아?"

"정말, 나약한 용사들이 늘어서 곤란해."

남자들에게 있어서 올해 용사의 생사 따위는 무책임하게 소비하는 화제일 뿐이다.

나도 그 사실을 알고 있었지만, 참지 못하고 남자들을 노려보았다.

"응? 뭐야, 너…… 상인이냐?"

한쪽 남자와 눈이 마주쳤다. 나는 목소리를 억누르며 중얼거렸다.

"……용사에게 엄격하게 대하는 것처럼 자기 인생도 돌아보라고."

쓸데없는 말을 했다. 나는 수상쩍어하며 이쪽을 보는 남자들을 뿌리치고 뛰어가기 시작했다.

사람은 높은 지위에 오르거나 유명해질수록 인간 대접을 못받게 되는 모양이다.

용사도 예외는 아닐 것이다. 멋대로 기대하고, 멋대로 실망하고, 민폐라고.

바츠, 나는 네가 죽었을 거라 생각하지 않아.

분명히 파티 중 누군가가 크게 다쳤고, 치료하기도 힘들고, 키메라의 날개도 다 떨어졌고, 마력이 바닥나서 전송 주문도 사용하지 못해서 마을로 돌아가지 못하는 상황이겠지.

바츠, 너는 죽지 않았어. 그러니까 나는 상인 길드 본부로 갈 거야. 그러면 되는 거지?

나는 어디까지나 상인이야. 상인으로서 너를 도와주는 것에 집중할게.

그래. 만약에 크게 부상당한 사람이 너라면 재기불능이라고 하면서 돌아오면 돼. 그러면 전선에서 이탈할 명분도 생길 텐데.

"……하지만 그런 짓을 할 녀석이 아니란 말이지."

그런 동생이 있기에 나도 이렇게 선을 넘을 수 없는 상인 행세를 하고 있는 거다.

나는 그제야 뛰는 것을 멈췄다. 정신을 차리고 보니 이미 마을 변두리까지 돌아와 있었다.

그리고 그 안경 쓴 남자에 대해 생각했다.

오핀을 생산해서 판매하며 이웃 나라 사람들을 망치고 있다. 그는 그 행동에 대해 아무런 생각도 없는 걸까. 소중한 사람은 없을까. 아니면 이미 마지막 선 건너편에 있는 걸까.

"조사해 볼까……."

안경 쓴 남자의 집은 생각보다 훨씬 작은 임대 주택이었다. 리다의 상인 길드에서 멀리 떨어져 있는 곳, 성 아랫마을과 맞닿아 있는 자그마한 마을의 구석에 있었다.

키메라의 날개를 써서 리다로 날아간 내가 우선 착수한 것은 안경 쓴 남자의 집을 알아내는 것이었다.

집으로 돌아가는 남자를 미행해서 그걸 금방 알아낼 수 있었다. 집에는 그 녀석의 가족이 있다는 것도.

하룻밤이 지나 오늘 아침, 나는 안경 쓴 남자가 출근하는 모습을 확인했다.

문까지 배웅하러 나온 여자는 그의 부인일까. 그녀의 치맛자락에는 어린 소녀가 달라붙어 있었다.

"그럼 다녀오겠습니다. 오늘도 이 아이를 부탁해요."

인사를 하고 몸을 살짝 숙여서 소녀의 머리를 쓰다듬은 다음, 안경 쓴 남자가 출근했다.

……뜻밖이었다. 그렇게 큰 규모로 오핀을 만들고 있으니 돈 같은 건 넘쳐날 텐데, 안경 쓴 남자의 생활은 매우 검소하다. 딸에게 보이는 모습은 자식 사랑이 넘쳐나는 아버지 그 자체인 것 같다. 부인을 상대로 "부탁해요"라며 고개를 숙이는 모습이 매우 기묘했다.

역시 모든 위화감을 해결하려면 이 방법밖에 없을 것 같다.

나는 몸을 숨기고 있던 나무 그늘에서 나와 안경 쓴 남자의 집 앞에 섰다. 그리고 목제 문을 두드렸다.

안에서 "네~", 그렇게 톤이 높은 여자의 목소리가 들렸다.

나는 마을에서 용건을 마치고 리다의 상인 길드를 방문했다.

"어라, 어라, 마루 씨. 무슨 일이신가요?"

안경 쓴 남자는 여전히 얼굴에 지어낸 듯한 미소를 드리우고 있었다. 오늘 아침에 집을 나설 때는 좀 더 자연스러운 표정이었는데.

"아! 그러고 보니…… 용사님 일행에게 큰일이 생긴 모양이더군요. 형님께서 얼마나 마음이 아프실지 짐작이 됩니다."

일부러 어두운 표정을 지은 안경 쓴 남자에게 나는 진지한 표정으로 말을 꺼냈다.

"마음에도 없는 말씀은 안 하셔도 됩니다. 그건 그렇고 가르쳐 주시죠. 당신들이 밀수한 오핀이 이웃 나라 사람들을 얼마나 괴롭혔는지, 따님은 아직 어려서 이해하지 못하죠? 중독자들에게도 가족이 있을 텐데, 당신은 자신과 딸만 행복하게 살면 상관없다는 건가요? 인간성이 훌륭하시네요."

내가 방문한 의도를 짐작한 것 같은데도 안경 쓴 남자는 여전히 지어낸 듯한 미소를 보이며 대답했다.

"아…… 곤란하네요. 마루 씨, 당신도 상인이라면 알고 계실 텐데요. 그건 그거, 이건 이거. 공사를 구분하는 건 상인의 기본입니다. 그리고…… 예전에도 말씀드린 것 같습니다만, 오핀 생산은 이제 리다의 국가사업이고, 반드시 필요한 산업입니다. 그걸 그만두면 얼마나 많은 국민들이 일자리를 잃게 될지……."

나는 해골이 한 말을 떠올렸다.

상인인 이상, 우리는 항상 누군가에게 이익을 주고, 누군가에게 손해를 입히고 있다. 하지만 사람은 누군가에게 손해를 입힌다는 실감을 견딜 수 있을 만큼 강하지 못하다. 그래서 이 남자도 오핀으로 인해 괴로워하는 사람들을 자신의 머릿속에서 떼어내고 현실을 직시하지 않음으로써 겨우 제정신을 유지하고 있을 것이다.

하지만…… 그건 이미 제정신이라고 할 수 없는 것 아닐까?

나는 안경 쓴 남자를 싸늘한 눈초리로 보았다.

"제가 문제로 삼고 있는 건 당신의 사고방식이 아니라 철이 들었을 때 따님이 어떻게 생각할지인데요. 몇 년 정도 지나면 느끼는 구석이 있을 테고, 주위 사람들도 잠자코 있지 않을 겁니다. '너희 아버지는 독을 팔고 다녔던 죽음의 상인이다'라고 누군가가 말해도 이상할 게 없고요."

남자는 안경 너머로 눈을 가늘게 떴다.

"……저도 계속 이런 장사를 할 생각은 없습니다. 그렇죠, 그 무렵에는 후임자에게 자리를 물려주고 저는 어디 멀리 떨어진 마을에서 변변찮은 도구 상점이라도 낼까 생각 중입니다. 딸은 이런 도시가 아니라 대자연 속에서 구김살 없이 자라 줬으면 하니까요."

"그렇군요. 그리고 따님은 자상한 도구 상점 주인인 아버지의 얼굴밖에 모르고요."

"마루 씨, 오핀 사업에는 사회에 공헌하는 측면도 있습니다. 죽음의 상인이라는 건 말씀이 너무 심한 것 아닙니까."

그 단어가 어지간히 마음에 들지 않았는지, 남자가 나를 비난하는 듯이 말했다.

……그게 바로 당신의 약점이라고, 안경 쓴 녀석.

"그렇게 대단한 장사라고 생각하신다면 누가 뭐라 하더라도 당당하게 나서시면 되잖아요. 필사적으로 자신을 변명할 필요도 없고, 멀리 떨어진 마을로 도망칠 필요도 없을 텐데."

"……하하, 호된 지적이군요."

안경 쓴 남자는 골치 아픈 녀석이 시비를 걸어서 곤란하다는 듯한 표정으로 어깨를 으쓱였다.

자기가 하는 일에 대해 사회적인 의의를 외칠 때마다 당신의 약한 구석이 뻔히 보인다고.

나는 눈을 깜빡이지도 않고 안경 쓴 남자를 빤히 바라보았다. 지금 내가 맹금류 같은 눈빛을 보이고 있을까.

"공사를 구분한다고 하셨는데, 제가 그러지 못하게 할 겁니다. 언젠가 당신이 이 마을을 떠나 멀리 떨어진 마을에서 선량한 장사라는 걸 시작하더라도 제가 거기까지 쫓아가서 다 큰 당신의 딸에게 가르쳐 줄 겁니다. '너희 아버지는 예전에 오핀이라는 독으로 사람들을 잔뜩 죽였다'고요. '너는 그런 아버지가 번 돈으로 자랐다'고요."

내가 생각해도 지독한 협박이다. 처음으로 안경 쓴 남자의 얼굴에 동요하는 기색이 드러났다.

"마, 마루 씨. 농담하지 마시죠. 같은 상인들끼리 무슨."

이 녀석이 마지막 선을 넘지 않았다면 분명히……. 나는 기대를 담아 계속 말했다.

"상인들은 다들 깨끗한 짓과 더러운 짓을 동시에 합니다. 완전히 올바른 입장에 설 수도 없고, 그 반대도 마찬가지죠. ……하지만 말이에요, 정도라는 게 있잖아요? 당신이 하고 있는 일은 분명히 도를 넘어섰습니다. 그리고 당신은 마이어 가문의 지시를 받아 전쟁을 일으키는 것에도 가담하고 있고요. 오핀뿐만이 아니라 그 죄까지 짊어지려는 겁니까? 그런 짓을 하면서 아이에게 날마다 어떤 표정을 보여 주고 있는 거죠? 앞으로 당신은 어떤 표정으로……."

"그럼 어쩌라는 거야! 빚이 있다고! 빚이! 산카쿠라는 망할 녀석에게!"

안경 쓴 남자는 내 말을 가로막으며 화를 냈다.

……아, 달라붙어 있던 가면이 부서져서 인간다운 표정이 어느 정도 나오기 시작하는데.

"나는 사업에 실패했고, 부인은 과로와 마음고생 때문에 죽었어! 남은 건 많은 빚과 딸뿐이야! 그 딸의 행복만큼은 무슨 짓을 해서라도 지키고 싶어 하는 게 부모라는 거잖아!!"

이 녀석의 부인이 죽었다는 이야기는 나도 그 집에 있던 가정부에게 들었다.

그렇구나. 사업 때문에 생긴 빚을 떠안게 되었을 때 산카쿠가 접근한 건가. 돈 때문에 곤란해하는 사람을 돈으로 얽매는 건 간단하니까.

"산카쿠가 내 딸을 보고 뭐라고 했는지 가르쳐 줄까?! '몇 년만 지나면 팔 수 있겠어'라고 하더라!! 그 녀석이야말로 인간이 아니야! 딸을 팔 건지 오핀을 팔 건지, 그런 선택을 강요하면 당연히 오핀을 팔아야지!!"

소중한 사람이 있기에 마지막 선을 넘을 수 없는 상인도 있지만, 소중한 사람을 위해서 마지막 선을 넘을 수 있는 상인도 있는 모양이다.

안경 쓴 남자는 눈물을 피처럼 쏟으며 그것을 닦으려다 안경을 내팽개쳤다.

"내가 악인가? 누구나 그럴 텐데! 다른 사람을 위해 자신이나 가족을 희생시킬 수 있을 리가 없어, 그런 사람이 있을 리가 없다고! 다른 사람에게 손해를 입혀서라도 자신에게 이익이 되는 길을 선택할 거야, 그럴 거라고! 앞으로 2년도 안 걸려. 금방 이번 일을 끝내면 빚은 전부 갚을 수 있어! 나도, 딸도, 자유의 몸이 될 거라고!"

어리석고 가엾다. 하지만 같은 상인으로서, 아니, 같은 인간으로서, 나는 그를 비웃을 수가 없다.

만약에 바츠가 죽어 가는 상황에서 동생을 구해 주는 대신 오핀을 팔라며 신과 악마가 내게 제안을 한다면…… 나는 그런 선택을 내리지 않을 수 있을까.

그런 사람에게 눈독을 들이고 거래를 제안한 산카쿠는 정말 무시무시하다. 그것은 어떤 의미로 신들린 장사 재주라고 할 수 있을 것이다. 그 녀석은 저번에 악마라는 말을 듣고 격노했지만, 인간의 약한 부분에 파고드는 솜씨는 그야말로 악마의 소행이다.

큰일이네…… 이 안경 쓴 남자를 일방적으로 미워할 수 없게 되었는데.

"당신 말이야. 그 빚은 얼마 정도인데?"

"뭐……?"

눈물로 얼룩진 얼굴을 들고 남자가 안경을 다시 썼다.

"저기, 의논을 해 보자고나 할까…… 돈으로 해결할 수 있다면 제일 간단할 테니까."

안경 쓴 남자는 뭔가 털어 버린 듯한 눈빛을 보이며 자조하는 듯이 웃었다.

"당신 같은 애송이가 어떻게 해 볼 수 있는 금액이 아니야."

"아니, 나뿐만이 아니라 스폰서도 있거든. 일단 차용증을 보여 줘."

내 제안을 들은 안경 쓴 남자는 반신반의하는 낌새였다. ……
뭐, 당연하려나.

나는 남자에게 미소를 지었다. 이제야 장사 이야기를 하는 자
리를 마련할 수 있겠다.

"그 대신, 내게 약속해 줘. 만약에 그 빚을 다 갚는다면 리다와
닷시 왕에게 이번 전쟁이 마이어 가문에서 꾸민 거라는 사실, 경
위나 목적을 전부 편지에 적어서 보내 줘. 당신이 지금까지 산카
쿠 일행에게 받은 지시서를 증거로 첨부해서."

내 상인으로서의 눈이 정확하다면, 그 산카쿠라는 남자는 빚
을 받으러 다니는 쪽으로는 부지런하지만, 다 갚은 사람에게 보
복을 할 타입은 아니다. 자신을 변호할 필요가 없을 정도로 강하
고 악마 같은 남자지만, 그와 동시에 자기책임이라는 단어의 의
미를 그 누구보다 제대로 알고 있다.

"그걸 마치면 당신은 딸을 데리고 어디론가 사라져도 돼. 이미
저지른 죄는 계속 짊어지게 되겠지만…… 더 이상 저지를 필요도
없잖아."

오늘도 닷시 성 아랫마을은 날씨가 좋다.

산카쿠는 태양처럼 밝은 표정으로 도구 상점 주인이었던 남자

의 어깨를 연달아 두드렸다.

"이제 다 갚으셨군요! 아~ '원활'하게 갚아 주셔서 감사합니다!"

"쓰레기 같은 자식! 원활은 무슨! 가게의 재고를 푼돈에 전부 가져가 놓고!"

산카쿠의 미소가 움찔거리며 굳었고, 오우기가 옆에서 "산카쿠 씨"라고 부르며 달랬다.

"돈을 다 갚은 사람의 쓸데없는 소리를 신경 쓸 시간은 없습니다. 오늘도 돈을 받아야 할 곳이 네 군데나."

"나도 알고 있다, 오우기. 시간은 돈이나 마찬가지지. 더 이상 이익을 만들어 내지 못하는 자를 상대해 봤자 어쩔 수 없다는 건 나도 알고 있다!"

"네. 맞는 말씀이니 어서 가시죠……."

산카쿠는 알고 있다면서도 움직이려 하지 않았다.

"……균형이 안 맞는군. 나는 이 얼간이 상인에게 돈을 빌려줬고, 돈을 갚기 힘든 경우에는 이 녀석의 소유물을 차압할 권리도 가지고 있다. 전부 계약서 내용대로야. 그런데도 쓰레기라는 말을 듣는 건 아무리 생각해도 균형이 안 맞아. 예를 들자면 오른손 손톱 냄새를 맡은 다음에 왼손 냄새를 맡지 않는 거나 마찬가지지. 한쪽 냄새를 맡으면 다른 한쪽 냄새도 맡아야 기분이 나쁘지 않다고."

"저는 손톱의 때가 끼게 두거나 냄새도 맡지 않으니 무슨 뜻인지는 모르겠지만, 그러니까 일방적으로 그런 말을 듣는 건 이해가 안 된다는 말씀이신가요?"

산카쿠는 "그렇다!"라고 당당하게 말했다.

"이봐, 얼간이 상인! 네가 사업에 실패한 건 나 때문이 아니다! 재능도 없고 게으른 너 따윈 원래 단순한 노동을 하며 누군가의 지시에 따라 일을 했어야만 했던 거다! 그런데도 상인으로 독립하다니, 주제를 모르는 것도 정도가 있지! 그런 쓰레기에게도 돈을 빌려줬으니 나는 천사 같은 존재일 텐데! 그런데 쓰레기라고?!"

멱살을 잡을 듯한 기세인 산카쿠를 보고 겁을 먹은 가게 주인이 작은 목소리로 대꾸했다.

"저, 정세의 흐름이 예상과는 달랐을 뿐이야! 나 때문이 아니라 사회의 흐름이⋯⋯."

"너⋯⋯희 같은 망할 밑바닥 녀석들은 툭하면 사회다 정세다 떠들어대기나 하고! 사실이나 현실에 대처하는 것까지 실력이라는 걸 왜 모르는 거야!"

"그가 무능하기 때문이죠", 냉정한 오우기가 그렇게 말했다.

"그래! 무능하기 때문이야! 그리고 게으른데다 한가하기 때문이지! 너는 지금까지 어떻게 살아왔지? 어차피 거스를 수 없는 사회의 흐름이라는 것에 불평불만을 늘어놓으면서 무의미한 자기 긍정만 해 왔을 거 아냐! 알겠어? 네게 형편이 좋은 사회는 100억 년이 지나도 오지 않아! 이유가 뭔지 가르쳐 줄까? 그건 사회를 움직이는 게 너 같은 쓰레기가 아니라 강자이기 때문이야! 강자가 강자의 논리로 강자를 위해 만드는 게 이 사회라고! 약자의 논리 쪽으로 사회가 치우칠 일은 없어!"

"으……윽. 얼굴이 가까워, 얼굴이 무서워."

전 가게 주인이 무례한 감상을 늘어놓았지만, 산카쿠는 아랑곳하지 않았다. 빚을 다 갚은 사람에게는 물리적으로 손대지 않는 것이 그의 신조다.

"이루지도 못할 소원을 빌면서 시간을 낭비하고 있는 게 지금 너다! 그야 패배하겠지! 그런 사람이 패배하지 않을 리가 없어! 하지만 나는 그렇지 않아! 나는 그런 쓸데없는 것에 시간을 쓰지 않는다! 네가 사회에 불평을 늘어놓는 동안에 나는 장사를 실천했다! 네가 술집에서 술을 마셔대는 동안에 나는 몇 번이나 쓴맛을 보면서 그걸 꾹 삼켰지! 그 결과, 현재의 나와 네가 이런 상황에 처한 거다! 나는 지금, 사회에 영향을 끼칠 수 있을 만한 힘을 손에 넣어 가고 있다만, 낙관적으로만 생각하며 게으름을 긍정하고 무엇 하나 대비하지도 않았던 너는 그저 사회에 불평불만을 늘어놓는 것밖에 못하는 거다!"

"그, 그만해……."

직시하고 싶지 않은 현실을 들이대자 전 가게 주인의 라이프

왜 동검밖에 팔지 않는 것입니까 🗡

게이지는 이제 0이 되었다.

"이 세상에는 변명 거리가 잔뜩 묻혀 있지! 하지만 일부러 그것에 물을 주고 싹을 틔워서 꽃을 피우게 만드는 건 너 자신 아니냐! 그 꽃이 네 인생을 조금이라도 풍요롭게 만들어 줬나? 잘해봐야 같은 꽃을 피운 쓰레기 녀석들이 '어라, 멋진 꽃이네요. 당신이 사회에서 성공하지 못했던 건 당신 때문이 아닙니다'라고 위로해 주는 것 정도뿐이겠지? 서로 날름날름 상처나 핥아 주고 말이야, 기분 나쁘다고! 그렇게 쓸데없는 짓에만 계……속 시간을 너무 많이 허비했다고 너는! 그래서 이렇게 꼴사나운 패배를 맛보는 거다!"

"쓸데없는 짓에 시간을 쓰면 당연히 경쟁에서 패배하겠죠."

"그만해……."

"맞는 말이다, 오우기. 그런데 이런 쓰레기는 그렇게 쓸데없는 짓에 시간만 허비한 모양이야. 내가 보기에는 이해가 안 되는군."

"그만해!!"

전 가게 주인은 절규했다. 얼굴을 새빨갛게 물들인 채 어깨를 들썩이며 숨을 쉬고 있다.

"그럼 죽을게, 죽어 주겠다고! 어차피 가치가 없는 패배자잖아? 죽여, 자!!"

바닥에 대자로 드러누워 배를 드러냈다. 이른바 되레 화내는 상태다.

산카쿠는 머쓱한 표정을 지었다.

"……이봐, 오우기, 들었나?"

"들었습니다."

"놀랍군, '죽여'라니. 이 녀석, 죽을 때까지 남에게 맡기려 하는데."

"네, 그의 정신적인 응석을 나타낸 단어인 것 같네요."

오우기의 냉정한 분석을 들은 산카쿠가 고개를 크게 끄덕였다.

"애초에 내게 있어서 가치가 없는 사람을 일부러 죽여줄 이유를 모르겠다만……."

휴우…… 산카쿠가 그렇게 한숨을 쉬었다.

"너무나도 바보 같은 말을 하니 머리에 쏠린 피가 빠져나갔군."

"다행이군요. 이제 돌아갈 수 있겠어요."

여전히 개구리처럼 몸을 뒤집고 있는 전 가게 주인을 남겨 두고 마이어 가문의 주인과 시종이 가게를 떠나려는 순간이었다.

"좀 더 조용히 돈을 받아 내지 그래? 밖에서 다 들린다고."

열려 있던 문 건너편에서 들어 본 적이 있는 목소리가 들렸다.

◈ ◈ ◈

좀 더 일찍 말을 걸려고 했는데, 솔직히 그럴 틈이 없었다.

내가 한 손을 들어 인사하자 산카쿠가 기억을 더듬는 듯이 눈을 가늘게 떴다.

"으음……? 오오! 너는…… 마루! 기억하고 있다! 쓰레기는 잊어버리더라도 실력이 좋은 사람을 잊을 수는 없지! 뭐야, 내 목소리가 밖까지 들렸나? 아니, 조용히 돈을 받아 내고 싶은 마음은 굴뚝같다만, 쓰레기들이 그렇게 하게 만들지를 않는군."

"마루 씨, 무슨 용건이신지? 골치 아픈 일은 싫은데요."

"아니, 이걸 가져다주러 왔을 뿐이야."

나는 가방에서 편지를 꺼내 부하인 오우기에게 건넸다.

"응……? 뭐지?"

"……산카쿠 씨. 이거, 안경 쓴 남자가 보낸 겁니다."

오우기가 접혀 있던 종이를 펴보고 산카쿠에게 건넸다.

"응……? 갚을 돈은 전부 대여 금고에 맡겨 두었으니 언제든지 수령할 수 있다고? 마이어 가문에서 빠지겠다고? 우리 협력 관계를 해소해……?"

산카쿠의 안색이 점점 안 좋아지기 시작했다. 오우기도 약간 냉정함을 잃은 채.

"산카쿠 씨. 큰일이에요, 이거. 안경 쓴 남자가 우리를 배신하고 마루 씨 쪽에 붙은 겁니다. 분명히 이미 두 나라에 음모를 알려 버렸을 거라고요."

……그런 것치고는 분석을 완벽하게 하네.

산카쿠는 종이를 꼼꼼하게 접고는 내 얼굴을 보았다.

"오…… 이럴 수가……. 마루, 그렇게까지 전쟁을 막고 싶은 건가? 특이한 녀석이로군. 이래선 우리가 도망칠 수밖에 없잖나."

"미안하지만, 나도 나름대로 막아야 할 이유가 있거든."

"산카쿠 씨, 어떻게 하실 겁니까?"

오우기가 묻자, 산카쿠가 딱 잘라 말했다.

"이제 장사를 할 때가 아니다. 얼른 이 나라에서 도망치자!"

앗싸! 역시 실력이 좋은 상인이야, 손절할 때도 결단이 빠르네.

상사가 결단을 내리자 오우기가 살짝 한숨을 쉬었다.

"에휴, 아깝네요. 아직 받아 내지 못한 빚이 잔뜩 있는데."

"너무 그러지 마라, 오우기. 지금은 욕심을 부릴 때가 아니다. 오핀만으로도 돈을 꽤 많이 벌었다. 전체적으로는 이익을 냈어! 물러설 때는 물러선다, 그게 살아남을 수 있는 상인이다!"

산카쿠는 한없이 긍정적이다. 그 멘탈은 본받고 싶다.

"받아 내지 못한 빚은 마이어 가문에 보고해야만 합니다. 보고 서류를 작성하는 건 저라고요. 정말, 균형이 안 맞네요."

"오우기, 항상 미안하구나!"

산카쿠는 순순히 오우기에게 고개를 숙이고 나서 나를 돌아보았다.

"아, 그리고 마루."

"네?"

성큼성큼, 두 발짝 만에 내 앞으로 다가온 산카쿠는 이마가 닿을 정도로 얼굴을 들이댔다. 가까워.

"……너, 보아하니 예전과 눈빛이 다르구나. 언젠가는 좋은 상인이 될 것 같다."

"네에……?"

또 그, 눈을 보면 안다는 건가?

"산카쿠 씨. 서두르시죠."

"으음. 그럼 또 언젠가 보자! 마루!"

오우기가 재촉하자 산카쿠가 돌아서서 가게를 나섰다.

현명한 상인은 실패까지 계산에 넣고 움직인다. 끈질기고 뻔뻔하게 이익을 확보하며 살아남는다. 동화에 나오는 악역처럼 완전히 당해 버리지는 않는 것이다.

산카쿠 일행이 완전히 철수했다는 걸 확인하고 나서 바닥에 드러누운 채 지켜보고 있던 가게 주인 같은 남자가 천천히 윗몸을 일으켰다.

"……다, 당신. 자세한 건 모르겠지만, 산카쿠 일행을 내쫓은 거야?"

"그렇게 되려나."

그 남자가 갑자기 기대로 가득 찬 눈빛으로 내 발치에 매달렸다.

"이, 이봐, 당신, 대단한 사람이지? 그 녀석이 인정했잖아. 장사에 조언을 좀 해 줘. 재기하고 싶다고! 한 번 실패했다고 포기할 순 없잖아. 인생은 밑져야 본전이지!"

좀 전까지 죽겠다느니, 죽이라느니 떠들어 놓고, 이 녀석, 배운 게 전혀 없네.

"······그렇게 응석을 부릴 거라면 상인 같은 걸 그만두는 게 낫지 않을까?"

허름한 집, 아니, '정취'가 있는 거점으로 돌아온 나는 오늘의 성과를 해골에게 보고했다.

"훌륭한 교섭이었던 모양인데."

감탄하는 해골을 보고 나는 살짝 고개를 저었다.

"아니야. 그 시점에서 이미 그 녀석들에게는 선택지가 거의 없었어. 교섭을 할 때는 사전에 상대방의 선택지를 줄이는 것이 중요하지, 현장에서 말재주로 어떻게 해 볼 수 있는 건 아니라고."

"역시 대단해. 마이어 가문에게 한 방 먹인 상인은 하는 말도 다른데."

"아니, 해골, 당신 덕분이기도 해. 당신이 안경 쓴 남자의 빚을 갚는 데 필요한 돈을 내줬기에 일이 잘 풀렸어. 역시 전 오핀 상인이야. 돈이 많나 보네."

그러자 이번에는 해골이 고개를 저었다.

"내 돈이 아니야. 의뢰인에게 이야기를 해서 내달라고 한 거라고."

"……돈이 꽤 많은 의뢰인이군. 누군지는 모르겠지만."

조만간 알게 될 거야, 해골은 그렇게 말하며 의미심장한 미소를 지었다.

"그건 그렇고, 그렇게 규모가 큰 싸움이 몇 안 되는 사람들의 대화만으로 벌어지려 하다가 아무도 모르게 소멸하다니, 마을 사람들은 믿을 수 없겠지."

그렇긴 하다. 자신들이 전쟁에 휘말릴 뻔하다가 가까스로 그런 상황을 피했다는 건 아마 아무도 눈치채지 못했을 것이다.

"권력이 일부에 집중되면 이런 일이 일어나기 쉽구나. 똑같은 무능력자라면 권력을 다수에게 분산시키는 게 그나마 낫겠어. 그러면 문제나 싸움이 생겨나기 전 단계에서 누군가가 눈치채고 큰 소동이 벌어졌을 테니까."

"권력자가 모든 걸 할 수 있다면 좋겠지만 말이지……."

해골이 중얼거린 말에는 전혀 동의할 수가 없다. 그런 인간이 있을 리가 없잖아.

"그런 건 됐고, 가르쳐 줘. ……상인 길드의 본부가 어디 있는지."

내가 묻자 그가 쉽사리 고개를 끄덕였다.

"그래, 약속한 대로 가르쳐 줄게. 하지만, 그러기 전에……."

"응……?"

해골의 몸이 조금씩 떨리고 있다. 왠지 괴로워 보인다.

……아, 역시나. 오핀 상인이 오핀 중독자라니, 그럴싸한 이야기다. 이 녀석이 해골처럼 앙상해진 것도 사실 오핀 때문…… 아니, 어……?

"으…… 으으……윽!"

해골이 왠지 갑자기 더욱 앙상해졌고, 피부가 녹는 듯이 사라지고 진짜 뼈가 보이기 시작했다.

"이봐, 괜찮아……? 아니, 괜찮을 리가 없지, 그거, 뼈가…….."

한동안 멍하니 바라보고 있자니 떨지 않게 된 해골은 아무렇지도 않게 후드를 들췄다. 그야말로 온몸이 해골이다. 어떻게 된 거지?

휴우…… 해골이 그렇게 숨을 크게 내쉬었다.

"미안, 미안. 오랜만에 원래대로 돌아와서."

"그, 그래……."

내가 생각해도 맥이 빠지는 목소리가 나왔다. 눈앞의 현실을 생각이 따라잡지 못하고 있다.

"다시 자기소개를 할게. 보면 알겠지만, 나는 해골 마물이야."

눈을 동그랗게 뜬 채 굳어 있던 나를 보고 해골이 "미안해"라고 속삭였다.

"이제부터 내가 할 이야기를 믿게 만들려면 이렇게 증명할 수밖에 없어서. 너는 마물이 하는 이야기는 듣고 싶지 않아?"

"……슬라임에게 말을 가르치고 있는 내가 이제 와서 마물과의 대화를 거절할 리가 없잖아."

"그러게."

슬라임이 신이 나서 맞장구를 쳤다.

놀라긴 했지만, 혐오감이 들진 않았다. 왜냐하면 해골은 내가 알고 있던 그와 달라진 게 없으니까.

내가 그렇게 말하자 해골이 기쁜 듯한 분위기를 온몸으로 뿜어냈다. 뼈만 남아서 표정을 알아보기가 약간 힘들긴 했지만, 원래 이 녀석은 피골이 상접한 녀석이었기에 딱히 문제는 없다.

"그럼 전부 이야기해 볼까. 내가 어디에서 왔는지. 상인 길드 본부가 어디에 있는지. 거기로 가려면 어떻게 해야 하는지. 그것 말고도 이것저것."

나는 고개를 끄덕였다. 오늘 밤은 기나긴 밤이 될 것 같다.

"네가 마루냐."

해골이 이야기했던 곳으로 와 보니 인간치고는 너무 큰 생물이 서 있었다.

후드를 깊게 눌러쓰고 있지만, 머리 부분이 부풀어 오른 걸 보니 멋진 뿔이 돋아나 있을 거라는 상상을 할 수 있었다. 그리고 큰 날개도 망토 밖으로 삐져나왔다.

좀 더 잘 감출 만한 장비가 없었을까. 정말 서투른 녀석이라는 느낌이다.

"그래, 내가 마루야."

"이야기는 들었다. 네가 전쟁의 씨앗을 없앴다는 것, 실력이 좋은 상인이라는 것, 상인 길드 본부로 가고 있다는 것, 전부 말이다. 지금부터 너를 마족의 영토로 데리고 갈 생각이다만, 문제는 없나?"

"문제없어."

곧바로 대답했다. 있을 리가 없다. 그걸 위해 오랫동안 여행을 해 왔으니까.

"살해당할 거라는 생각은 안 하나?"

"환영해 주길 기대하고 싶은데."

내 대답을 듣고도 마물은 딱히 반응을 보이지 않았다.

"마루, 힘내."

작은 목소리가 손 근처에서 들리자 나는 가방에서 삐져나온 슬라임이 든 병을 살짝 쓰다듬었다.

"……그럼, 간다."

마물이 정신을 집중하자 친숙한 감각이 몸을 감쌌다.

이거, 전송 주문이라는 거구나. 키메라의 날개와 마찬가지다.

……아. 점주님에게 답장을 보내는 걸 깜빡했네. 나중에 분명히 혼날 텐데.

그런 생각이 들었지만, 이미 늦은 상황이었다.

**WHY DO YOU
ONLY SELL
COPPER SWORDS?**

용사의

존재 의의

전송이 끝나자 눈앞에는 커다란⋯⋯ 아마도 마을인 것 같은 곳이 펼쳐져 있었다.

아마라고 한 것은 내가 알고 있던 마을의 개념과 주위의 풍경이 너무나도 달랐기 때문이다.

곳곳에 사각기둥과 반구 형태의 거대한 건물이 있었다. 한가운데에 있는 건물은 특히 컸고, 그것을 둘러싸는 듯이 펼쳐진 민가들만이 익숙한 건물이었다. 전혀 다른 그림 두 장을 잘라서 붙인 듯 강렬한 위화감에 휩싸였다.

저 거대한 건물의 재질은 대체 뭐지? 설마 표면에 뒤덮인 건 유리인가? 어떻게 하면 저런 걸 세울 수 있지? 전혀 알 수가 없다. 한가운데의 건물이 중요한 시설이라는 건 나도 짐작이 되지만⋯⋯.

나를 이곳으로 데리고 온 마물이 가르쳐 주었다.

"이곳이 마계의 수도, 피리오다."

"수도 피리오……."

내가 멍하니 있자니 슬라임이 병뚜껑을 밀어냈다.

"여기, 마을?"

"아마도. 내가 알던 마을하고는 전혀 다르긴 한데."

슬라임이 들어 있던 이 유리병도 우리 세계에서는 귀중하고 비싼 물건이었다. 그런데 눈앞에 있는 거대한 건물에는 투명도가 높고 커다란 유리가 잔뜩 덮여 있다. 마계의 건축 수준은 확실하게 인간계와 차원이 달랐다.

"……그 슬라임은 인간의 말을 할 수 있나?"

가이드 담당인 마물이 갑자기 물어보았기에 나는 고개를 끄덕였다.

"맞아. 신기하게도 말을 할 수 있는 슬라임이지. ……그런데 저 한가운데에 있는 커다란 건물은 뭐야?"

내가 손가락으로 가리키자 마물이 잠깐 생각하고 나서 입을 열었다.

"인간들이 이해하기 쉽게 표현하자면 《마왕성》이라고 해야겠지."

"마왕성이라고? 아니, 내가 아는 마왕성은……."

"인간들이 인식하고 있는 마왕성은 마족의 간부가 관리하는 시설 중 한 곳에 불과하다. 진짜 마왕성은 저기다."

자, 마물이 그렇게 말하며 막대기 형태의 물건을 내게 건넸다.

"마을로 들어가기 전에 이걸 써서 둔갑해라."

나는 손바닥 안에 있는 아이템을 보았다. ……둔갑하라고? 이 지팡이로?

"그건 변신의 지팡이라고 하는데, 휘두르면 적당한 마물로 둔갑할 수 있다. 인간 모습으로 마을을 어슬렁거리면 소동이 벌어질 테니까."

마물은 단적으로 알아듣기 쉽게 이야기했다. 그렇긴 하겠지.

"……에잇."

살짝 지팡이를 휘두르자 눈앞에 비단이 펼쳐졌다. 왠지 시야가 낮아진 듯한 느낌이 든다.

"……어때?"

"뭐가? 《마법 선인》 모습으로 변했을 뿐이다만."

"어?! 우와, 진짜네! 팔다리가 짧아! 이건 취소. 지팡이를 한 번 더 휘둘러도 돼?"

아무리 그래도 마법 선인은 아니지, 마법 선인은 모처럼 변신하는 거니까 그 왜, 척 보기에도 마물입니다라는 느낌이 드는 종족으로…….

"몸의 구조는 인간과 비슷하다. 불편하진 않을 것 같다만."

어……. 아니, 슬라임이 되지 않은 것만으로도 다행이긴 하지만.

"마루, 미남."

"슬라임의 미적 감각은 이상해……."

슬라임이 느긋하게 한 말을 듣고 내가 질색하고 있자니 마물이 담담하게 덧붙여 말했다.

"마법 선인은 머리가 좋은 마물이다. 너처럼 눈치가 너무 빠른 인간이 둔갑해도 위화감이 들지 않을 거다."

순수한 마물에게는 내 고집을 이해시킬 수가 없다.

"어쩔 수 없지. 이걸로 타협할까……."

"그럼, 가자."

옆에 있던 마물이 후드를 벗었다. 역시 머리에는 멋진 뿔이 두 개 돋아나 있었고, 뜻밖이라고 하면 실례가 될지도 모르겠지만, 얼굴에서 지성이 느껴지는 외모였다.

……그야 그렇겠지. 상인 길드 본부에서 보낸 사자가 바보라면 일을 할 수가 없으니까.

"잠깐만 기다려. 저기, 당신 이름은?"

"……《아즈라엘》."

아즈라엘이라고…… 응?

"그거 종족 이름 아니야? 이름 말이야. 당신만의 이름을 가르쳐 줘."

"우리에게 개별적인 이름은 없다."

"……그렇구나."

그리고 보니 해골 녀석도 마지막까지 자기 이름을 말하지 않앉지.

"그런데 상인 길드 본부는 이 마을 어디에 있어?"

"저기다."

……질색이다. 아즈라엘은 그 한가운데의 거대한 시설…… 마왕성을 손가락으로 가리켰다.

상인 길드 본부가 마왕성 안에 있다고? 머리가 이상해질 것 같은데.

"지금 네가 생각하고 있는 것도 짐작이 된다. 그리고 아마…… 이제부터 알게 될 사실이 너에게 있어서 바람직한 것이라는 보장은 없다만."

"배려해 줘서 고마워. 하지만 말이지, 나는 가야만 하거든."

그렇군, 아즈라엘이 그렇게 조용히 대답했다.

다가가 보니 더 크다. 뭐라고 해야 하나…… 질서정연한 마을이다.

깔끔한 돌바닥 길. 질서가 있는 가게들. 전체적으로 인간 세계보다 크게 만들어진 것 같은 느낌이 드는 건 내가 마법 선인으로 둔갑했기 때문인지, 아니면 대형 마물들이 많기 때문인지 모르겠다.

배설물이나 쓰레기가 떨어져 있지 않다. 잡초 같은 것도 자라나지 않았다. 다시 말해, 인간의 마을보다 훨씬 수준이 높다. 내

기억 속에 있는 마을 중에서는 하이프 같은 곳이 꽤 정비가 잘 되어 있긴 했지만, 이쪽 마을은 그곳 이상이다. 주민인 마물들도 아무렇지도 않게 돌아다니고, 아무렇지도 않게 장을 보고, 아무렇지도 않게 잡담을 하고……. 약간 떨어진 곳에서는 마족 아이들이 웃고 있다.

걸어가면서 아즈라엘이 설명해 주었다.

"이 성 아랫마을에 살고 있는 건 비교적 지능이 높은 마물들이다. 그렇지 않은 마물들은 같은 종족들끼리 마을을 만들거나 들판에 나가서 살고 있지. 인간계에 서식하는 마물들 중 대부분이 후자다."

"슬라임, 있어?"

"여기 사는 건 비교적 지능이 높은 마물들이라고 방금 말했을 텐데. 슬라임은 없다."

아즈라엘이 딱 잘라 말하자 슬라임이 꿈틀거리며 흔들렸다.

"너무함!"

"……이런 이야기를 누구에게도 들어 본 적이 없는데."

내가 그렇게 중얼거리자 아즈라엘이 "당연하지"라고 말했다.

"이 마을을 본 인간은 거의 없다. 정확한 정보가 인간계로 전달될 리가 없지."

이 세계에는 내가 모르는 게 너무 많다…….

"성까지는 직선거리로도 한참 걸릴 거다. 괜찮나?"

조용해진 내가 지쳤다고 생각한 건지, 아즈라엘이 커다란 몸을 웅크리며 이쪽을 보았다.

"평소였다면 말이지. 하지만 지금은 마법 선인이니까……."

……좀 더 다리가 긴 마물로 둔갑하는 게 나았을지도 모르겠다.

"도착했다. 여기서 잠깐 기다리고 있어라."

아즈라엘이 그렇게 말한 다음, 수속을 밟기 위해서인지 혼자서 먼저 들어갔다.

성문이다…… 재질은 철인가? 이렇게 거대한 철을 어떻게 주조한 거지?

아즈라엘과 문지기가 안쪽에서 뭔가 이야기를 나누었고, 잠시 후에 소리도 없이 문이 열렸다.

누군가가 잡아당긴 것 같지도 않은데, 거대한 금속제 성문이 마법처럼 열린 것이다. 마족의 기술 수준이 어떻게 된 걸까.

"마루, 이거 어떻게 된 거야? 공부~!"

"그래, 나중에 공부하자."

흥분한 슬라임을 적당히 달래 주고 있자니 아즈라엘이 돌아왔다.

"오래 기다렸구나. 가자."

이제 두 번 다시 돌아오지 못할 것 같다는 예감이 들었다.

내 마음속의 마왕성 이미지는 이렇다. 어둑어둑하고, 함정이 있고, 흉포한 마물이 넘쳐나고, 귀중한 아이템이 든 보물 상자가 있는 곳.

하지만 여긴 어떨까. 털이 긴 진홍색 융단과 지나치게 밝은 조명, 오래 되었고 기품이 있는 장식, 걸음걸이부터 세련된 경비 담당 마물들. 혹시 내가 내빈 대접을 받고 있는 건가? 지나쳐 가는 마물들이 항상 내게 인사를 했다. ······나, 마법 선인인데.

"정말로 괜찮겠나? 이대로 상인 길드 본부로 가 버려도."

아즈라엘이 걸어가면서 이상한 질문을 했다. 의미심장한 말투다.

"······그게 무슨 소리야?"

"무엇이든 순서가 있기 마련이다. 갑자기 결론을 보고 이해하는 건 힘들 것 같아서 말이다."

다시 말해 마음의 준비체조를 하게 해 준다는 건가? 이런 걸 뭐라고 하더라? 점주님에게 배운 적이 있는데. 그러니까······ '무사의 정'이었나.

"알겠어. 가는 순서는 네게 맡길게. 너는 머리가 좋으니까."

"알겠다. 그러면 우선 '조정부'로 가도록 하지."

◆ ◆ ◆

"그러니까, '극동의 동굴'에 배치한 《블리자드》 말인데요. 지금 시점에서 전체 즉사 주문을 쓰는 건 이상하다고요! 봐주세요, 이 데이터! 용사 일행이 이 동굴을 살아서 통과할 수 있는 확률이 72퍼센트라고요! 중반 난이도가 아니란 말이죠!"

"어? 그렇게 떨어졌어? 이상하네, 3년 전에는 9할 정도는 통과했던 것 같은데."

"그러면 블리자드의 즉사 주문 사용률을 낮춰 볼까요?"

큰 문 너머로 안을 들여다보니 척 보기에도 엘리트 같은 마물들이 열띤 토론을 벌이고 있었다.

"으음…… 그래도 말이지, 겨우 몇 년 정도 데이터로 마물의 종족을 개량하는 건 좀 그렇지 않아? 예산이 무한대인 것도 아니고. 통과율 하락은 일시적일 가능성도…….."

"종족을 건드리지 말고 동굴의 보물 상자에 《생명의 돌》을 몇 개 넣는 건 어때?"

"즉사 주문 대책으로는 괜찮겠지만, 그러면 단숨에 미지근한 게임 느낌이 들어 버리니까~. 아니, 너, '개발부'에 종족 개량을 부탁하는 게 귀찮아서 그러는 거 아니야?"

……이 녀석들, 무슨 이야기를 하고 있는 거지? 동굴의 통과율, 마물의 종족 개량…… 그밖에도 낯선 단어가 오가고 있다.

"그들은 밸런스 조정, 기획을 담당하고 있는 마물들이다."

당황한 내게 아즈라엘이 정성껏 설명해 주었다. 그런데…….

"용사 일행이 우리 예상대로 모험을 할 수 있게끔 마물의 능력이나 숫자, 떨어뜨리는 돈, 아이템, 던전의 보물 상자 등을 기획하고 조정하지. 그래서 조정부다. 그들의 기획안을 기반으로 개발부가 마물의 종족을 개량하거나 '파견부'가 현지의 보물 상자 내용물을 바꾸기도 한다."

"잠깐만, 잠깐만. 잠깐만 기다려 봐……."

정신이 나갈 것 같다. 머리가 이해하라고 해도 마음이 받아들이는 걸 거부하고 있다.

들여다본 문 너머에서는 마물들의 토론이 이어지고 있었다.

"두 나라, 쿠텐하고 토우텐의 국경 말인데요, 마물의 숫자가 감소하는 경향을 보이고 있습니다. 곧바로 증강하지 않으면 다시 두 나라 사이에서 영토 분쟁이 시작되어 버리겠는데요."

"마물을 배치해서 장애물을 만들어 두지 않으면 금방 그런 짓을 시작해 버린다니까, 그 녀석들."

"반대로 중동 해협은 지나치게 번식했습니다. 무역선 침몰 비율이 높아졌고, 조만간 항구 마을이 습격당할 겁니다."

"아…… 그건 큰일인데. 상급 마물을 파견해서 얼른 솎아내기를 진행하자고."

"지능이 낮은 마물들은 정도라는 걸 모른단 말이지."

"모든 마물의 지능이 높아도 곤란할 텐데요. 인간처럼 되어 버릴 겁니다."

……그렇구나. 아즈라엘의 배려는 정답이었다. 만약에 처음부터 결론을 보았다면 내 허용량이 눈 깜짝할 새에 한계를 맞이했을 것이다.

"다음은 '도서관'이다."

아즈라엘이 말했다. 친숙한 단어를 들은 나는 약간 안심했다.

도서관이 이렇게 넓을 수 있을까. 하늘 위쪽 먼 곳까지 벽에 책이 빽빽하게 들어차 있었다.

"마족이 쓴 책이니 인간인 너는 믿을 수 없는 내용일지도 모른다."

"지금은 인간보다 너를 더 믿어, 아즈라엘."

"책! 잔뜩! 공부! 잔뜩!"

슬라임이 완전히 흥분했다.

"아, 이런 상황이 아니라면 하루 종일 느긋하게 책을 읽고 싶은데……."

아즈라엘은 사서 마물에게 책을 몇 권 꺼내 달라고 해서 내가 읽게 해 주었다.

그것은 내가 어느 정도 예상하고 있던 내용이었다. 인간과 마족이 진짜로 전쟁을 벌이던 것은 먼 옛날. 지금은 용사를 배출하고 있는 일곱 군데의 주요 국가와 협정을 맺고 겉으로만 싸우고 있을 뿐이다.

"……이제 잘 알겠네. 우리 인간은 마족들이 살려 두고 있을 뿐이라는 걸. 예전부터 이상했거든. 강한 마물들이 우글거리는 지역의 도시나 마을이 멸망당한 이야기를 거의 못 들어 봤으니까. 그것도 너희 조정 덕분이었던 거야?"

그렇다, 아즈라엘이 그렇게 인정했다.

"지능이 낮은 마물은 지나치게 번식해서 먹이가 줄어들면 마을을 습격하게 된다. 그래서 우리는 최대한 사고가 일어나지 않게끔 각지의 상황을 감시하고 있다. 마족은 기본적으로 인간들보다 번식력이 강하다. 그래서 인간의 지역에 살게 하는 대신, 그렇게 조정하고 있지."

"그렇구나, 나라에서 정한 '지정 보호 몬스터'는 인간 쪽이 협력하는 거였어?"

그렇다, 아즈라엘은 그 물음에도 그렇게 대답했다.

"서식하고 있는 몬스터의 균형은 섬세하다. 어떤 종이 사라지면 다른 종의 번식이나 멸종을 불러오게 된다. 그것은 전체적인 균형의 붕괴로 이어질 수도 있기에 인간에게도 위험한 일이다."

"……당연히 각 나라에서는 그 사실을 알고 있는 거고."

"모든 나라가 그런 것은 아니다. 용사를 배출하는 주요 나라 일곱 군데의 상층부뿐이다."

용사……. 나는 바츠를 생각했다. 진실을 알고 싶은데도 왠지 겁이 났다.

아즈라엘은 머리가 좋다. 아마 내가 지금 무슨 생각을 하고 있는지 눈치챘을 것이다.

"어째서 우리는 겉으로 '싸워야만 하는가'. 어째서 인간 쪽에서는 용사를 '배출해야만 하는가'. 설명할 필요가 있겠지?"

"……그래, 부탁할게."

그래. 그것을 알고 싶다.

"다음 장소로 가지."

아즈라엘이 그렇게 말하고 나를 데리고 간 곳은 햇볕이 잘 드는 안뜰이었다.

그곳은 드넓은 공중정원 같았다.

잘 손질된 풀과 꽃 사이에 석판이 질서정연하게 늘어서 있다. 예쁘다…… 예쁜 무덤이었다. 안쪽은 오래되어서 이끼가 끼었고, 앞쪽으로 올수록 새로 만든 것이었다.

그리고 내 눈앞에 있는 무덤은…….

"바츠……."

가장 새로운 석판에 새겨진 글자가 동생이 이곳에 잠들어 있다는 사실을 말해 주고 있다.

거짓말일 거라 생각하진 않았다. 나는 얼마 전부터 이런 예감이 들었다.

"이곳은 용사의 무덤이다. 최소한의 배려지."

아즈라엘이 조용한 목소리로 말했다.

안뜰에 잠든 모두가 예전에 배출된 용사였다. ……그 막대한 숫자.

"각지에서 선택받은 용사는 마왕성을 향해 떠난다. 물론 이곳이 아니라 간부가 관리하는 가짜 마왕성이다. 그리고 모든 용사는 반드시 중간에 '사망하게 되어 있다'. 적어도 250년 전부터 지금까지는."

조정실에서 회의하는 모습을 보니 나도 믿을 수밖에 없었다. 용사 일행의 운명 따위는 그들의 손바닥 위에 있을 뿐이니까.

용사는 반드시 죽는다. 여행을 떠나면 두 번 다시 돌아오지 않는다. 그건 인간계에도 예전부터 널리 알려진 사실이었다. 하지만 그게 전부 마족의 조정과 프로그램의 결과였던 건가.

"……인간계에서는 예전에 마왕을 세 번 쓰러뜨렸다고 알려져 있는데."

"그것은 어떤 이유로 인해 마왕 역할을 맡은 간부가 교대했을 뿐, 실제로 쓰러진 것은 아니다. 그런 적이 예전에 세 번 있었을 뿐이다."

……어떤 이유?

내가 의문을 품었을 거라 짐작한 아즈라엘이 먼저 설명을 덧붙였다.

"주로 정치적인 이유다. 마왕을 겁내는 인간들에게 있어서 마왕을 쓰러뜨리는 건 비원일 것이다. 그것에 눈독을 들인 용사 배출국의 요청으로 마왕 역할을 맡은 간부를 정기적으로 교대시켰고, 인간계에서는 그것을 '마왕 토벌'이라고 전파했다. 마왕을 쓰러뜨렸다는 소식을 통해 인간계에 활기가 생겨난 모양이다."

그래서 마왕이 사라지지 않았던 거구나. 단순히 간부가 교대한 것뿐이니까.

"그런데 아즈라엘, 아직 잘 모르겠어. 어째서 인간과 마족이 싸움을 연출할 필요가 있는 건지. 어째서 반드시 죽게 되는 용사가 마왕을 쓰러뜨리기 위한 모험을 떠나야 하는 건지."

그건…… 아즈라엘은 그렇게 말하며 햇볕이 내리쬐는 안뜰을 보았다.

"크게 나누어 세 가지 이유가 있다. 우선 첫 번째로, 각 주요 국가 대표자들이 민중의 지지를 얻거나, 그 지지를 유지하기 위해서다. 이건 우리 마족들이 이해하기 힘든 감각이다만, 인간들은 공통의 적을 지님으로써 한데 뭉칠 수 있는 모양이더군. 같은 인간이라는 종족들끼리 적대시하기 위해서는 대의라는 게 필요한 것 같다만, 마물이라면 일방적으로 없애 버려도 된다고 생각하는 인간도 많은 모양이다. 인류에게 있어서 우리의 존재는 절대악으로서 민중을 통일하는 데 형편이 좋지."

아즈라엘은 이해하지 못하는 감각인 것 같지만, 나는 금방 알아들었다.

처음 만났던 그 식당에서 해골도 했던 말 아닌가.

……마물이니까 죽여도 되는 거야. 그렇게 마물이라는 존재를 '떼어 내' 버리지 않으면 사람은 제정신으로 살아갈 수 없어…….

그때는 매우 비꼬는 말처럼 들렸던 해골의 이야기도 그 녀석이 마족이라는 사실을 알게 된 지금은 그저 진실을 늘어놓았을 뿐이라는 걸 알 수 있다.

"민중이 지배층에 불만을 품게 되는 시기에는 용사가 마족의 간부를 쓰러뜨렸다거나, 영토를 탈환했다거나, 새로운 용사가 나타났다는 보도가 나오는 경향이 있다. 그리고 마족의 위협을 이유로 추가 징세를 하거나 배급 물자를 줄이는 경우도 있는 모양이다."

"……공감이 되네."

전부 위정자들의 사정인가. 너무 알아보기 쉬워서 웃음도 나오지 않는다.

내가 이해했다고 판단한 아즈라엘이 다음 화제로 넘어갔다.

"그다음으로는, 경제 효과다. 근처에 마물이 서식하고 있기에 무기나 방어구 같은 아이템의 수요가 생겨나고, 각 산업이 발달하게 된다. 그리고 용사 일행의 행사…… 예를 들어 '하늘의 계시'를 통해 용사가 선정되었을 때 개최되는 퍼레이드나 용사가 사망했을 때 개최되는 위령제, 그런 것들에도 큰 경제 효과를 기대할수 있지. 용사는 각지를 여행하게 되는데, 그 순서는 조정부에서조작하고 있다. 마물의 숫자나 능력을 조정해서 말이지. 그렇기때문에 용사는 거의 정해진 순서에 따라 도시나 마을을 통과하게되고, 각지에서 아이템을 구입하는 등, 소비 활동을 한다."

마족의 조정이라는 게 그렇게까지 철저하게 이루어지고 있는건가?

자신들이 매우 기뻐하며 떠들어 대는 용사 이야기가 누군가의손에 의해 이렇게까지 계획적으로 진행되고 있다는 사실을 알게된다면…… 민중은 어떤 표정을 지을까.

"인류 측의 상층부가 이상적으로 생각하는 것은 용사 일행이순서에 따라 무기나 방어구를 구입해 나가는 것이다. 곤봉이나동검부터 시작해서 사슬낫이나 철체 창, 강철 검, 좀비 분쇄기,드래곤 킬러…… 그렇게 각지에서 구입해 나가는 것이 경제적으로 바람직하지."

실제로 용사들은 대량의 마물을 쓰러뜨리고 돈을 빼앗는데다민가나 던전에서 아이템을 모으고 다니며 모험 도중에 막대한 자산을 모으게 된다. 그들이 쓰는 돈은 새로운 경제 효과를 낳을 것이다.

"응……? 그럼 마물이 일부러 돈 같은 걸 떨어뜨리는 게……."

"그것도 경제적인 이유지. 애초에 마물이 정해진 금액의 돈을 떨어뜨리게 된 것은 200년 전부터였다. 그것도 종족 개량을 통한 조치였고, 원래 종족의 체내에 그런 것은 존재하지 않는다. 현재, 인간계에 서식하고 있는 마물 중 대부분은 개량종이고, 조정부의 계획에 맞는 금액을 생명 활동이 멈춘 뒤에 체내에서 생성하게끔 만들어졌다."

"그렇게 정교한 걸 말이지……."

계속 의문이었던 마물의 몸속에서 일정 금액이 나오는 구조도 이곳에서 설명해 주니 이해가 된다. 인간계의 상식으로는 상상도 못할 일이지만, 마족의 기술력이 있으면 가능한 것이다.

"일부 예외를 제외하고 마물의 능력에 맞는 금액을 생성하게끔 '설정'되어 있다. 그로 인해 각지를 여행하는 용사나 모험자가 경제를 순환시키는 역할로 기능하게끔 되어 있지."

"설정……?"

아즈라엘은 병 틈새 너머로 눈알을 움직이는 슬라임을 보았다.

"그렇다. 네 선조는 200년 이상 전에 이곳에서 만들어졌다. 슬라임은 모험 초반에 용사 일행에게 '사냥당하는 것'을 목적으로 만들어졌고, 지금은 사망하면 체내에서 2골드가 생성되게끔 설정되어 있지. 그 능력도 용사를 배출하는 도시나 마을 주변에서만 살아남을 수 있게끔 설정되어 있다. ……다시 말해, 원래는 슬라임 따위가 마왕성에 들어올 수는 없는 것이다."

슬라임이 병 속에서 뭔가 말하고 싶은 듯이 꿈틀댔다. 그 대신 내가 물었다.

"그럼, 슬라임이 인간의 말을 하는 건? 이건 설정에 없는 거 아니야?"

그러자 아즈라엘이 딱히 망설이지도 않고 대답했다.

"슬라임만큼 단순한 마물들에게는 개체 차이가 거의 없다. 그 슬라임이 할 수 있다면 다른 슬라임도 언어를 이해하고 말을 할 수 있을 것이다. 과거에도 비슷한 사례가 여러 번 확인되었다. ……단, 몸의 구조상 할 수 있는 것과 실제로 말할 수 있게 되는 것 사이에는 큰 차이가 있다만."

"모르겠어, 어려워."

슬라임이 조용히 중얼거렸다.

"……흠. 참고로 아즈라엘도 마찬가지야? 쓰러뜨리면 돈을 떨어뜨려?"

호기심과 놀리려는 마음으로 그렇게 물어보았다. 하지만 진지한 성격인 아즈라엘은 기분 나쁜 표정도 짓지 않고—애초에 표정이 풍부한 종족도 아니지만—질문에 대답했다.

"아니. 나는 원종이다. 슬슬 400살 정도가 되었군."

"우와, 생각보다 오래 살았네!"

"우리 종족은 1,000년 정도 산다."

다시 말해 상급 마족인 원종 중에는 용사 시스템이 확립되기 전부터 살아남은 종족이 많다는 뜻인가? 아무리 노력해도 겨우

100년 정도 사는 인간과는 계승되는 지적 자산의 축적량이 전혀 다르잖아. 기술 수준에 차이가 날 만도 하다.

"다시 하던 이야기를 계속 하지, 마루. 마지막으로…… 징세 시스템으로서도 용사들에게는 존재 의의가 있다."

"뭐……? 징세?"

여기서도 돈인가……. 그런데 경제 활동을 뒷받침해 주는 것과는 다른 이유라니, 그게 무슨 뜻이지?

"각 나라에서 정한 규칙에 따라 용사 일행은 민가로 들어가 마음대로 아이템을 뺏어도 된다. 그리고 던전 등의 보물 상자나 마물이 떨어뜨리는 아이템, 골드를 모으지."

"그건 물론 나도 알아."

아즈라엘은 담담하게 이야기를 이어 나갔다.

"우리는 항상 용사를 감시하고 있고, 죽으려는 곳에서 죽일 수 있다. 용사가 사망할 경우에는 그들이 가지고 있던 돈과 아이템을 신속하게 회수, 현금화해서 각 용사 배출국의 국고로 분배하고 있다."

"……용사가 민가의 아이템을 뒤지는 것도 사실상 징세였구나. 자산의 강제 회수. 하하…… 잘 만든 구조네."

오랫동안 용사나 마물에 관한 구조는 일반인들이 건드릴 수 없는 분야로 치부되었고, 이해가 되지 않는데다 부조리한 규칙에도 의문을 품은 사람이 없었다. 가끔은 나처럼 특이한 녀석이 튀어나왔을지 모르겠지만…… 하지만 아마 큰 변혁은 이루어지지 않았을 것이다.

　용사는 시스템이었다. 면밀하게 계획된 놀이시설을 여행하고, 절대로 쓰러뜨릴 수 없는 마왕을 쓰러뜨리는 꿈을 꾸고 있었다. 본인은 자각하지 못한 채 이용당하고 소비당하는 존재.

　마치 이 세상의 더러움을 떠안고 죽는 산 제물 같다…….

　아즈라엘이 계속 말했다.

　"'민중의 조작', '경제 효과', '징세'…… 이상의 세 가지 이유로 우리 마족이 인간의 적이어야 할 필요가 있고, 용사도 필요하다는 뜻이다. 그 대신, 우리는 인간계까지 서식 지역을 늘리는 것을 인정받고, 인간의 영토 안에 있는 귀중한 자원도 얻고 있다."

　나는 제자리에 주저앉았다. 지금은 마법 선인 상태라서 지면이 가까우니 다행이다.

　"……알아듣기 쉽게 설명해 줘서 고마워, 아즈라엘. 잠깐 울 건데 어디서 좀 기다려 줄 수 있을까?"

　"오늘은 이제 쉬는 게 어떤가. 성 안에서 숙박할 허가도 받았다."

　"……아니, 됐어. 이 무덤 앞에 좀 있게 해 줘."

　나는 그렇게 말한 다음, 땅딸막한 팔로 무릎을 끌어안았다.

　"나는 로비에 있으마."

　응, 나는 그렇게 작은 목소리로 대답했다.

안내 담당인 아즈라엘이 떠나자 나는 안뜰에 홀로 남겨졌다.

아니, 혼자는 아니었다. 이곳에는 바츠와 많은 용사들이 있다.

"……그렇다는데, 바츠. 너는 그런 것 때문에 죽은 거래. 정말 싫증이 나지?"

두 형제가 각각 출발한 뒤에 세계의 끝에서 다시 만났다니…….

이상한 이야기다. 아직 믿기지 않는다. 이곳이 진짜 마왕성이라는 것도. 바츠가 죽어 버렸다는 것도. 적어도 나는 바츠가 용사가 되지 않았다면 이곳에 도달하지 못했을 것이다.

나는 끝까지 용사 바츠의 모습을 직접 보지 못했다. 바츠는 바츠고, 내 동생이다.

……우리가 대체 뭘 하고 있는 걸까.

계속 생각하고 있었다. 마왕을 쓰러뜨리기 위해 용사들만 보내는 건, 다시 말해 전력의 순차적 투입이고, 전술적으로는 어리석은 짓이라고. 나도 알 만한 그런 사실을 주요 나라들이 눈치채지 못할 리가 없다.

진짜로 마왕을 쓰러뜨릴 생각이 있다면 각 나라가 협력해서 마족과의 국경 근처에 거점을 만들고, 물자 공급망을 정비하고, 대군을 동원해서 전선을 밀고 들어가야만 한다.

……그러지 않는 이유가 이건가.

바츠의 무덤 앞에는 이곳 안뜰에서 따온 것 같은 자그마한 꽃

왜 동검밖에 팔지 않는 것입니까 ✎

다발이 놓여 있었다.

다른 무덤 앞에는 없는 걸 보니 새로 무덤에 들어간 용사에게만 바치는 모양이다.

파란색 꽃들을 한데 모아 두었다. 메인은 어렸을 때 바츠가 좋아했던 꽃이다. 그냥 우연이겠지만, 왠지 기뻐졌다. 이곳에 꽃을 바쳐 준 마족 누군가에 고마워하고 싶어진다.

바라보고 있던 묘비 위에 뚝뚝, 물방울이 떨어졌다.

그렇구나, 마법 선인도 눈물은 나오는구나……. 아무런 도움도 되지 않은 새로운 발견을 느끼고 무심코 웃어 버렸다.

공부한 성과인 걸까, 평소에는 말이 많은 슬라임이 하필이면 이럴 때 입을 다물고 있다.

그리고 묘비 위에 떨어진 물방울이 전부 말랐을 때쯤, 나는 그제야 일어섰다.

이곳에 온 진짜 이유…… 상인 길드 본부에 있는 길드 마스터를 만나기 위해서.

안뜰에서 돌아온 나를 아즈라엘이 로비 구석에서 기다리고 있었다.

"기다렸지. 미안해, 시간을 오래 끌어서."

"신경 쓸 필요는 없다. 나는 길드 마스터의 지시에 따라 움직이고 있는 것에 불과하다."

해골의 설명을 들어보니 아즈라엘은 상인 길드의 길드 마스터가 거느리고 있는 측근이다.

상급 마족들이 마법 선인 상태인 내게 인사를 하는 이유를 잘 생각해 보니 내 옆에 있는 아즈라엘 덕분일지도 모르겠다.

나는 성 안의 긴 복도를 걸어가며 아즈라엘에게 물었다.

"너, 그 길드 마스터하고는 오랫동안 알고 지냈어?"

"아니, 그 정도는 아니다. 겨우 10년 정도 함께 지냈을 뿐이다."

그거, 인간 감각으로는 충분히 긴 기간인데……. 400살이 보기에는 10년 정도는 매우 짧은 기간인 모양이다.

"그런데 그 길드 마스터는 마족이지? 일단 만에 하나를 대비해서 확인하는 건데."

"……인간이다."

가슴이 이상하게 뛰었다. 상인 길드 본부가 마왕성 안에 있다면 마스터가 인간일 리 없다고 생각했는데.

어떤 구조로 움직이는지 알 수가 없는 승강기 안에 발을 내디뎠다. 아즈라엘이 빛나고 있는 부품을 건드리자 우리가 탄 투명한 상자가 갑자기 올라갔다.

"길드 본부의 업무는 나를 포함한 마족들이 맡아 보고 있다.

마스터는 평소에 인간계에서 생활하고 있고, 본부에 오는 경우는 많지 않다."

"……팔자도 좋네."

내가 그렇게 말하자 아즈라엘이 "아니다"라고 대답했다.

"오히려 인간계를 항상 감시해야만 하니 힘들겠지. 특히 인간 상인들은 한눈을 팔면 무슨 짓을 할지 모르니까. ……이건 마스터에게 들은 이야기다만."

"왠지 잔소리가 많을 것 같은 사람이네, 그 마스터."

"……그건 부정하지 않겠다."

승강기가 계속 올라갔다. 기분 나쁜 예감이 멈추지 않는다.

나는 떠오른 생각을 그대로 아즈라엘에게 말했다.

"그러고 보니 용사는 '하늘의 계시'라는 걸로 선택받는 거잖아, 매번. 아까 이야기를 들어 보니 그건 신이 내린 계시 같은 게 아니라 다른 기준으로 선택받는다는 거겠네?"

"그렇다. 자세한 기준은 각 나라마다 다른 것 같다만, 오랫동안 여행해도 버틸 수 있는 체력, 그리고 마물을 쓰러뜨릴 수 있는 힘을 지닌 것을 전제로 삼아 인위적으로 선택하고 있다."

"……그거, 아마 우리나라에서는 '자기희생 정신'이 기준 중 하나일 것 같아."

그 결과가 용사 바츠다. 이야기를 들으면 들을수록 그 제도에 화가 난다.

"자, 이쪽이다."

승강기를 내려서 아즈라엘이 말하는 대로 가운데 쪽으로 나아갔다.

……뭐야, 경비를 맡고 있는 마물이 엄청나게 늘어났는데.

"먼저 마왕님께 인사를."

아즈라엘이 한 말을 듣고 나는 깜짝 놀랐다.

"어? 마왕?! 갑자기 그런 말을 하지 말라고!"

"괜찮아. 온화하신 분이니까."

아무렇지도 않게 말하네. 그런 구석이 좀 무신경하다.

"아니, 아니, 아니, 마음의 준비라는 게 있잖아. 용사도 마왕의 본거지가 가까워지면 장비나 스테이터스를 정비할 시간 정도는 가진다고!"

보아하니 이곳은 이미 알현의 방인 것 같다.

그렇겠지. 엄청나게 넓은 공간 안쪽에 보이는 저건 옥좌니까. 뭔가 앉아 있기도 하고. ……아직 잘 안 보이지만.

나는 옆에 있던 아즈라엘을 찔러댔다.

"금구 같은 거 있어? 마왕에게 하면 안 되는 말이라거나, 그걸 말하면 잿더미가 되어 버린다거나……."

"없다."

아즈라엘은 옥좌 쪽을 바라보며 딱 잘라 말했다.

"마왕님께서는 일부 인간이 하는 말 이외는 신경 쓰지 않으신다.”

“아, 그러셔……. 대등하지 않은 건 최고로구나…….”

점점 전체적인 모습이 보이기 시작했다. 마왕님은 꽤 크다. 피부는 푸르스름하고, 뿔과 이빨이 보인다.

“마왕, 크다~!”

내 마음을 읽었는지, 슬라임이 갑자기 소리쳤다.

“이놈! 말조심해.”

급하게 병을 두드리며 나무란 다음, 나는 다시 마왕을 관찰했다.

그래도 몸의 구조는 인간 같네. 아마 이족 보행을 할 것이다. 목에 걸고 있는 큼직한 목걸이는 꽤 악취미 같은데, 그런 말을 하면 역시 불타 버리려나?

“저, 목걸이, 촌스럽다~!”

“그러니까 입 다물라고. 잿더미가 되어 버릴 거야.”

내가 억누른 목소리로 나무라자 슬라임이 “그럼, 다물게”라며 얌전해졌다.

옥좌의 아래쪽까지 다가가서 아즈라엘과 함께 무릎을 꿇었다. 다리가 짧아서 고생했지만.

“마왕성에 온 것을 환영한다, 마루.”

낮고 배에 울리는 목소리다. 나는 마족의 우두머리를 올려다 보았다.

"네, 네. 저기…… 처, 처음 뵙겠사옵니다."

"예의를 차리지 않아도 된다. ……자, 마루. 만약에 내 편이 된다면 세계의 절반을 네게 주마. 어쩌냐, 내 편이 되겠는가?"

"네? 저기……."

이 마왕이 무슨 말을 하는 거야…….

나는 당황해서 곁눈질로 옆을 보았다. 아즈라엘이 약간 껄끄러운 듯이 말했다.

"미안하다, 마루. 그건 대대로 이어져 내려오고 있는 마왕님의 단골 개그다."

"……개그."

갑자기 마왕이 껄껄대며 웃었다.

"인간에게는 이 센스가 좀처럼 통하지 않는구나! 상인 길드의 마스터도 젊었을 때는 비슷한 표정을 지었지!"

……. 그거네.

어렸을 때, 술자리에서 계속 시비를 걸다가 폭소하던 아저씨가 있었다. 완전히 그거다.

개그가 썰렁하다는 자각을 하지 못하는 마왕이 신이 나서 화제를 돌렸다.

"자, 마루. 조금 진지한 이야기를 하자꾸나. 이 세계의 구조는 아즈라엘이 가르쳐 주었겠지? 그런 상황에서 너는 이 세계를 어떻게 생각하나."

나는 그 말을 곱씹어보았다. 그런 다음에 천천히 대답했다.

"매우 어려운 질문이네요. 생각할 게 너무 많아서…… 앞으로 더 생각해 보려 합니다."

"너는 똑똑하구나. 어리석은 사람일수록 복잡한 문제의 결론을 성급하게 내리려 하지. 의견이나 생각을 일단 보류하지 못하는 것이다."

마왕이 그렇게 말한 다음 잠깐 뜸을 들였다.

"네게 마족의 가치관을 알려주마. 인간과 크게 다른 점이 있다."

나는 가르침을 원하는 듯이 고개를 숙였다.

그러자 마왕이 천천히 말하기 시작했다.

"마족은 출신이 전부다. 그 종으로 태어난 이상, 아무런 의문도 품지 않고 그 종의 방식으로 살아간다. 종족에 따라 메꾸지 못할 만큼 능력 차이가 있고, 같은 종족 중에서도 혈족에 따라 차이가 있으니 노력을 미덕으로 여기지 않고, 노력이 보답받을 거라는 생각도 하지 않는다. 오히려 마족의 서열에 변화를 가져오는 요소를 싫어하는 경향이 강하지. 나도 마왕으로 태어났기에 마왕을 하고 있다. 솔직히 인간만 없었다면 이런 성이나 마을을 만들필요도 없었고, 마물의 종족 개량을 포함한 기술을 향상시킬 일도 없었을 것이다. 우리는 풍요로움을 추구하며 발전한 게 아니다. 그저 살아가기 위해 그럴 수밖에 없기에 그러고 있다. 할 수만 있다면 불변이나 정체 속에서 평생을 살고 싶다. 그것이야말로 마족에게 있어서 이상인 것이다."

"……그렇군요. 그건 인간의 사고방식과는 크게 다르네요."

마왕은 고개를 크게 끄덕였다.

"우리는 개체별 의식도 희박하다. 그래…… 벌레의 가치관에 가까울지도 모르겠다. 종족 전체의 존속을 가장 우선시하고, 그것 앞에서는 개체를 버릴 수 있는 게 마족이다. 만약에 인간을 학대하는 마족이 있다 하더라도 그것이 인간과의 공존을 위해 필요하다면 우리는 아무런 말도 하지 않을 것이다."

"그것도…… 인간과는 많이 다르네요."

"그래서 공존을 위해 이러한 구조가 필요한 것이다. 마족이 마족이고, 인간이 인간인 이상. 그것은 기만으로 가득 차 있고 희생조차 동반하게 되긴 한다만……."

"……네, 납득할지 여부는 별개로 치더라도 이해는 됩니다."

"그 자…… 상인 길드의 마스터도 꽤 고생하고 있다. 인간 상인들은 잠깐만 한눈을 팔아도 세계의 균형을 무너뜨릴지 모르는 행동을 한다면서."

나는 그 말도 이해할 수 있었다. 지금까지의 여로를 통해서.

"마루. 가능하다면 이대로 마족과 인간이 '싸우지 않는' 나날이 계속 이어진다면 좋겠구나."

그 말이 마왕과의 알현이 끝났다는 신호였다.

◈ ◈ ◈

아즈라엘 뒤를 따라서 약간 어둑어둑한 복도를 걸어갔다.

마왕이 말한 마족의 가치관이라는 것은 내게는 왠지 쓸쓸하게 느껴졌다.

그렇다면 인간은 어떨까. 더욱 풍요롭게, 더욱 편리하게, 더욱 즐겁게, 더욱 높은 지위와 명성을……

거의 본능처럼 필요 이상의 무언가를 추구한다. 사회적 성공을 포기한 자들조차 쾌락이나 오락을 탐닉하고 있다.

나도 그렇다. 그저 살아가는 것만으로는 살아갈 의미를 느끼지 못한다.

"……아즈라엘, 이상한 걸 물어보는 것 같긴 한데, 마왕을 목표로 삼겠다는 생각 같은 건 안 해?"

"안 한다. 왜냐하면 나는 마왕으로 태어나지 않았기 때문이다."

아즈라엘의 대답은 간단했다.

"흐음~. 마족은 실력이 아니라 종족을 떠받드는구나."

"그렇다. 마왕님께서는 마왕이라는 종족으로 태어나신 시점에서 전능하시다. 인간의 갓난아이와는 다르지."

"종족 간에 그런 차이가 있나 보네."

"있다. 인간에게도 차이가 있을 텐데? 신체 능력이나 지력, 외모……. 같은 종족인 인간조차 나름대로 개체 차이가 있다. 종족이 다른 우리는 태어난 대로 살아갈 수밖에 없다."

나는 병 속에서 조용해진 슬라임을 생각했다.

해골도 말했었다. 말하는 슬라임은 불행하다, 종족을 초월하는 것에 의미 같은 건 없다고. 그것이 마족 특유의 가치관이었다는 걸 지금이라면 알 수 있다.

하지만 말하는 슬라임에게 부정적이었던 해골도 분명히 마족 중에서는 특이한 존재일 것이다. 그렇게 개성적인 녀석은 인간들 중에도 별로 없었다. 종족 같은 건 상관없이 그렇게 되고 싶다고 원하며 그렇게 된 게 아닐까, 그 녀석.

"되고 싶은 자신의 이미지 같은 건?"

"없다. 아즈라엘은 아즈라엘로서 살아간다. 그것뿐이다."

"만약에 자기가 슬라임이었다면?"

"슬라임으로서 살아가겠지. ……하지만 애초에 슬라임의 지력으로 복잡한 생각을 할 수는 없다."

"그런가…… 적어도 이 슬라임은 꽤 생각을 하는 편인데?"

말을 하나 배울 때마다 사고가 복잡해졌다. 그리고 이 녀석은 신이 난 것 같았다. 화를 내거나, 삐지거나, 시끄럽게 떠들었고, 내게 시비도 걸었다.

아즈라엘은 내 가방을 보았다.

"거기 있는 슬라임에게 묻고 싶군. 인간의 언어를 이해하고 어느 정도 사고를 할 수 있게 된 뒤에는 뭐가 있지? 너는 앞으로 아무리 노력을 해 봤자 내 발치에도 미치지 못하는데."

"이제, 말해도 돼?"

잿더미가 된다는 공포 때문에 조용히 있던 슬라임이 그제야 목소리를 냈다.

"아는 거, 재미있어."

아즈라엘은 감이 오지 않는 모양이었다. 내가 슬라임이 한 말을 보충 설명했다.

"……멀리 동쪽에 있는 나라, 쟈폰의 코미디언, '이이토모 모리타'라는 사람이 이렇게 말한 모양이야. '교양은 있는 게 좋다. 많이 있을수록 놀 재료가 되니까'라고."

"의미를 알 수가 없군."

아즈라엘은 진짜로 의아한 것 같았다. 나는 계속 말했다.

"인간 같은 경우에는 사고나 망상, 미지를 이해하는 것도 전부 오락이 될 수 있거든. 교양을 통해 오락의 폭이 넓어진다는 의미로 해석하고 있어."

"다시 말해, 실용적인 면을 중시해서 자신을 갈고닦을 필요는 없다고?"

"물론, 그런 동기로 너희가 말하는 '쓸데없는 노력'을 하는 인간도 있지. 이 슬라임도 딱히 생존이나 야심을 위해서 무언가를 알고 싶어 하는 건 아니야."

맞아, 슬라임이 그렇게 맞장구를 쳤다.

"재미있으, 니까."

그렇다. 이 세계는 이렇게나 어리석고 잔혹한데도 알면 알수록 재미있다.

"있지, 마족에게는 미지에 대한 호기심이나 그걸 이해했을 때의 쾌감 같은 건 없어? 그런 감각은 이해 못해?"

"……그거라면 이해하지 못할 건 아니다."

아즈라엘의 대답은 신중했다.

"내가 생각하기에…… '마족의 일생은 태어날 때부터 정해져 있다'는 사상이 너희 눈을 어둡게 만들고 있는 거 아닐까."

그러자 아즈라엘이 "그런가"라고 대답했다.

"……좀처럼 이해할 수 없다만, 생각을 해 보려 한다."

마족에게 너무 참견한 건가.

하지만 미지에 대해 눈을 반짝이는 이 하등 생물과 모든 것을 달관한 고등 생물, 어느 쪽이 더 행복할까 하는 생각이 드니까.

"도착했다."

잠시 후, 아즈라엘이 문 앞에 멈춰 섰다. 보아하니 이곳이 상인 길드의 본부인 모양이다.

크지도 않고 멋지지도 않다. 간판 같은 것도 없다. 평범하다. 아니, 수수할 정도다.

"좀 더 거창한 입구가 있을 줄 알았는데."

"마스터는 필요 이상을 선호하지 않는다. 문은 문의 기능만 있으면 된다고 생각하지."

"왠지 인간답지 않네, 그 사람. 만약에 내가 길드 마스터였다면 이런 성의 방 한 군데가 아니라 상인 길드 본부를 크게 지을 거야. 물론, 호화로운 장식을 듬뿍 넣고, 금이나 보석도 쓰겠지. 그리고 유명한 예술가의 미술품을 장식할 거야."

"그건 '벼락부자' 아닌가? 비용에 비해 악취미라는 것을 나타내는 단어다."

나는 깜짝 놀랐다. 그러고 보니 해골도 '정취'라는 말을 알고 있었지.

"……잘 알고 있네. 그거, 쟈폰이라는 나라의 말인데."

"마스터에게 들었다."

아즈라엘이 한 말을 듣자 내장이 솟구쳤다.

그런가…… 역시, 그런 거였나.

"들어가기 전에 이걸 써라. 이제 그 모습으로 있을 필요는 없겠지."

그가 변신의 지팡이를 건넸다. 그 대신, 나는 아즈라엘에게 슬라임의 병이 든 가방을 통째로 맡겼다.

마법 선인의 자그마한 손으로 지팡이를 잡고 휘두르자 시야 앞에 있던 비단 같은 것이 걷히고 익숙한 내 손이 보였다.

"마루, 금방 돌아와? 도서관, 공부."

"그래…… 그러게."

가방 안에 있던 슬라임에게 대답을 한 다음, 문 쪽을 돌아보았다.

아즈라엘이 내 가방을 든 채 다른 쪽 손으로 문을 밀어서 열었다. 내부는 상상했던 대로 수수한 사무실이었다.

나는 단숨에 방 안으로 발을 내디뎠다.

복도보다 밝은 실내, 사무용 책상 8개와 그 위에 쌓인 서류, 뭔지 잘 모르는 기기. 아마 이곳에서 날마다 담담하게 따분한 업무가 진행될 것 같다는 걸 알 수 있었다.

……그리고, 안쪽에 남자가 한 명.

이미 누군지는 알고 있다. 그래도.

지금도 시야 구석에 보이긴 하지만, 어떤 표정으로 그를 봐야 할지 모르겠다.

"문 앞에서 하던 이야기, 전부 들리던데."

계속…… 어렸을 때부터 들어온 목소리다.

"마루, 내가 말했잖니. 상인은 야심을 숨기는 방법도 배워야 한다고."

왜 동검밖에 팔지 않는 것입니까

13

자유로운 건
좋아

"점주님……."

아마 내 목소리는 떨리고 있을 것이다.

성 아랫마을의 무기 상점 주인…… 내 스승님이자 아버지인 사람이 그곳에 있었다.

"우선 오랫동안 여행하느라 수고가 많았다. 무사해서 다행이야. 위험한 일도 많았겠지. 다친 곳은 없니?"

"……점주님!"

"각지의 상인은 어땠고? 공부가 되었어?"

점주님은 그렇게 말하고 웃었다. 안경 너머로 애초에 크지도 않은 눈이 더 가늘어졌다.

"……그런 이야기를 할 때가 아닌 것 같구나. 마루, 어떤 것부터 이야기할까."

오랜만에 점주님을 보자 내 안에서 무언가가 터졌다.

"바츠가 죽었어요! 죽어 버렸다고요!"

"……그래. 바츠는 죽었다."

"아니, 살해당한 거예요. 세상이 그 녀석을 죽였다고요!"

"그래. 바츠는 사회 때문에 희생되었지."

"점주님은 그걸 알면서도 바츠를 보냈어요! 알고 있었다면…… 뭐라도 할 수 있었을 텐데?! 그 입장을 이용하면!!"

점주님은 타이르는 듯이 말했다.

"……마루, 잘 들으렴. 용사의 선출은 공평해야만 해. 자질이 있는 자라면 권력자의 친족이라 하더라도 용사로 선택받아야만 하지. 나도 고민했단다. 하지만 말이지, 내가 특권을 행사해서 용사 선출을 방해하면 많은 권력자들이 그걸 따라 하며 자신들의 친족을 지키려 할 거다. 그러면 질서가 지켜질까?"

그렇게 뻔한 명분 같은 건 듣고 싶지 않다.

"나는 감정 이야기를 하는 거라고요!"

"나는 이성 이야기를 하고 있다!"

점주님이 날카롭게 대꾸하고는 목소리의 톤을 낮췄다.

"마루. 너는 똑똑하고 장사 재주도 있지만, 바츠만 엮이면 냉정함을 잃는 경향이 있어. 그래선 다음 길드 마스터를 맡길 수가 없지."

다음…… 뭐라고?

"길드 마스터라니…… 무슨 말씀이세요?"

"마루. 안타깝게도 인간의 수명은 너무 짧아서 말이다. 나도 그리 오래 살진 못해. 하지만 세계의 질서를 유지하기 위해서는 후계자가 필요하지. 약간 계획이 달라지긴 했다만, 네가 내 가게를 뛰쳐나가 세계를 여행하는 날이 언젠가 올 거라 생각했고, 그래야만 한다고 생각했다. 네게는 재능이 있어. 그러니 내 역할을 물려주려 했지."

나는 멍해졌다.

"말도 안 되는 소리하지 마세요. 그런 지독한 시스템에 관여하고 싶진 않다고요. 인간성이 남아 있는 자가 맡을 만한 일이 아니라고요."

"선대에게 지명받았을 때는 나도 비슷한 말을 했었다. 하지만 그와 동시에 이 시스템의 필요성도 깨달았지. ……너도 마찬가지일 텐데."

"……."

"어째서 상인 길드가 필요한지, 설명하마……."

점주님이 사무용 의자에 앉았다. 그가 시키는 대로 나도 옆에 있던 의자에 앉았다.

등받이에 몸을 기대고 배 앞에 깍지를 낀 점주님이 천천히 말하기 시작했다.

"기록에 따르면, 처음 가로막았던 건 《근력의 씨앗》이었던 것 같더구나. ……알고 있지? 근력의 씨앗은 섭취하면 근력 증강 효과가 있는 씨앗이야. 지금은 자연산만 유통되고 있을 텐데, 예전에 그 씨앗을 재배해서 양산하려던 상인이 있었다. 그게 성공하면 어떻게 될까? 당연히 마족과 인간의 균형이 단숨에 무너질 거다. 아니, 그 이전에 인간계 안에서도 국가 간의 균형이 무너졌겠지."

점주님은 내가 입을 다문 것도 아랑곳하지 않고 이야기를 이어 나갔다.

"우리는 양산 계획을 저지하고 각 주요 국가와 마족 사이에 끼어들어서 현재 용사 시스템의 기초를 만들어 냈다. 그게 초대 길드 마스터의 공적이지. 초기 가맹 국가는 한 군데뿐이었지만 말이야. ……그 이후로도 길드 마스터는 세대를 바꾸어 가면서 세계의 균형을 크게 무너뜨릴 수 있는 사건에 대처해 왔다. 그 왜, '모험자용 아이템'이라는 규칙도 그 일환이야."

"……네?"

아이템의 가격과 품질은 나라에서 엄중하게 관리하고, 전 세계에서 협정이 맺어져 일원화되었다. 그런데 거기에도 길드가 개입한 건가?

그러자 점주님이 내게 살짝 고개를 끄덕이고는 이야기를 계속했다.

"예전에 중요 거점의 아이템을 사재기해서 비싼 값에 되팔려

하는 상인이 각지에 나타났지. 그건 용사 시스템을 크게 저해하기 때문에 가맹국을 중심으로 모험자용 아이템을 정하고, 전 세계에 발표했어. 그 결과, 현재는 용사의 여행에 필요한 아이템의 매매 가격이 고정되었고, 되파는 것을 방지하고 있지. ……다시 말해 모험자용 아이템은 국가의 정책인 것과 동시에 길드의 감시 대상이라는 뜻이란다."

상인 길드의 본부가 마계에 있고, 용사 시스템에 깊게 관여한 이상, 쉽사리 예측할 수 있는 일이었다.

나를 포함한 전 세계 사람들은 상인 길드의 규모를 착각하고 있었다. 그렇게 길드의 영향력을 잘 알고 있던 마이어 가문의 산카쿠조차 아직 이런 사실은 모를 것이다. 하지만 당연하다. 당대 길드 마스터인 점주님을 포함한 각 나라의 상층부가 마족과의 관계와 용사 시스템의 구조를 철저하게 숨기고 있으니까.

"그리고 네가 폐지하고 싶어 하던 '추천 아이템 제도' 말인데……."

점주님이 내 가장 큰 관심사를 언급했다.

"이미 눈치챘겠지, 마루. 그것도 용사 시스템을 지키기 위한 정책이야. 처음부터 강한 장비를 구입할 수 있다면 용사의 소비 활동이 각 나라에 퍼지지 않고, 그들의 여로를 조정부에서 컨트롤할 수 없게 될 거야. 알겠지? 그건 정말 위험한 일이란다."

그랬지, 용사의 생사는 마족이 쥐고 있었어.

"하지만 그런 규제를 마련하더라도 상인들은 다양한 꼼수를 찾아내지. 그래서 상인들을 감시하는 조직으로 상인 길드의 지부가 세계 각지에 만들어졌어. 겉으로는 상인들의 상호 부조…… 예를 들어 과잉 경쟁을 막는 것 등을 목적으로 활동하고 있지만, 그 활동 내용이 주로 상인들의 감시나 위반자들에 대한 박해라는 건 많은 상인들도 알고 있는 사실이다. 아니, 알려져야만 하지. 세계의 질서를 위해서라도."

상인 길드가 세계의 질서를 관리하는 존재라니…… 여기 와서 진실을 봤는데도 나는 악질 농담인 것만 같았다.

"……제가 봐 온 지부 녀석들 중에는 제대로 된 녀석이 한 명도 없었어요. 그 녀석들은 급료와 정보, 지위만 보고 소속되어 있을 뿐이에요. 딱히 점주님이 말한 이념에 공감한 것도 아니라 그저 야심만 품고 있는 녀석들이라고요. 그런 녀석들이 세계의 질서를 지킨다고요? 말도 안 돼!"

점주님은 내가 한 말을 듣고 "그래"라고 맞장구를 쳤다.

"인재 문제는 끝이 없지. 어찌 됐든 길드의 역사도 오래 되었으니까. 내부에서 부패가 보이는 것도 당연한 거야. 문제가 있는 자는 그때마다 제명하고 있다만, 내 눈이나 손발이 닿는 범위에도 한계가 있고, 일손이 부족하다는 것도 사실이란다. 지금은 현지의 상인을 지부에 등용하고 있다만, 그것도 다시 검토해야 할지도 모르겠구나. ……마루, 지금부터는 그 일을 네가 해야 한다."

"싫어요! 왜 그런 걸······!"

점주님이 내 눈을 빤히 보았다.

"마루. 누군가가 해야만 하는 일이야. 너도 가까운 곳에서 보았을 텐데, 전쟁의 불씨를. 그것을 막기 위해 부하를 그 나라로 보낸 것도 나란다. 만약에 네가 전선에서 막아 주지 않았다면 길드 본부에서 대처에 나섰을 테고, 일이 더욱 커질 뻔했지."

생각해 보니 해골과 함께 전쟁을 회피하기 위해 돌아다니기 시작한 이후로는 점주님과 편지를 주고받는 것을 강요받지 않게 되었다. 그때가 점주님이 나를 보호자로서 감시하는 게 아니라 길드 마스터가 조종하는 말로 써먹겠다고 결심한 타이밍이었나?

"······마이어 가문에서 개발한 무기는 향후 세계에 더욱 혼란을 가져올 거다. 그러한 신기술에는 닥친 뒤가 아니라, 그전에 근본적인 대책을 생각해야만 했어."

눈앞에 있는 점주님은 예전과 달라진 게 없다. 안경이 어울리고 파라그라의 무기 상점 주인에 불과한 착한 사람인데. 이 사람은 지금 얼마나 많은 것들을 짊어지고 있는 거지?

"상인이란 부족한 것을 모르는 위태로운 존재란다. 돈을 버는 것에는 사족을 못 쓰고, 그 결과가 무엇을 낳을지도 관심이 없어. 그리고 장사 재주가 있는 자들은 저마다 이렇게 말하지. '자유롭게 장사를 하게 놔두라'고 말이야. ······하지만 말도 안 되는 소리지. 인간의 욕망은 한계가 없지만 물질은 한계가 있으니까. 아니, 지위나 명성도 마찬가지지. 이건 구조의 문제야, 마루. 모두가 자유롭게 자신의 욕구에 충실하면 쟁탈전이 벌어지겠지. 상인들이 자유롭게 장사를 하는 세상이 되면 그들은 멈추지 않을 거다⋯⋯ 멈출 수가 없어. 자신이, 시장이, 또는 세계가 붕괴할 때까지. 그건 각지의 상인을 보았으니 이해하겠지?"

점주님은 항상 신중하고, 규칙을 잘 지키고, 공평했다. 지금 하고 있는 이야기도 규모가 크긴 하지만 점주님의 신조와 들어맞는 내용이다. 그래서 이해는 된다. 하지만⋯⋯ 나는 납득할 수가 없다.

"네가 여행을 떠나기 전에 말했었다. '왜 제일 좋은 상품이 동검이죠?'라고. 이제 이유는 알겠지? 그건 세계의 질서를 지키기 위해서란다."

내 의문의 답은 이곳에 전부 모여 있었다. 하지만⋯⋯.

"괜찮아, 마루. 너는 냉정해질 수 있을 거다. 현명한 사람은 감정에 지배당하지 않아."

그 말을 듣고 나는 갑자기 냉정해졌다. 단 한 명뿐인 동생이 죽었는데. 부조리한 사회 시스템 때문에 살해당했는데. 부모라고 생각하던 점주님이 모든 걸 알면서도 죽게 내버려 두었는데.

그럼에도 불구하고⋯⋯ 냉정해져 버렸다.

나는 사람도 아닌가? 아니면 분노라는 게 사실 오래 지속되지 않는 건가?

……하지만. 내가 이곳에서 입을 다문다 하더라도 분명히 이 세상 어딘가에서 누군가가 다시 똑같은 의문을 제기할 것이다. "어째서 동검이 제일 좋은 무기인 거죠?"라고.

그렇다면…… 그렇다면 나는 내 신조에 따라 세계를 지켜도 되는 거 아닐까?

"점주님, 지금 같은 방식으로 세계의 질서를 계속 지키는 건 이제 불가능하다고요."

"……마루의 의견을 들어 볼까."

점주님이 내게 말하라고 눈치를 주었다.

"상인 길드가 모든 것을 장악하고 위기의 싹을 짓밟는 시대는 끝을 맞이하고 있는 것 같아요. 모험자용 아이템이나 추천 아이템 제도로 얽매더라도 상인들은 그것이 아닌 장사에서 활로를 찾아내겠죠. 실제로 저는 평범한 꽃의 가격을 의도적으로 폭등시키는 장사나 사람들의 분노를 부추겨서 표적이 되는 장사, 노예, 마약, 전쟁, 그렇게 모험자용 아이템과는 상관이 없는 다양한 '꼼수'를 봐 왔어요. 만약에 그것들을 규제하더라도 그들은 또 새로운 길을 찾아내겠죠."

흐음…… 점주님이 그렇게 말하며 생각에 잠긴 표정을 지었다.

"인간에게도 수명이 있듯이, 시스템에도 수명이 있을 거예요. 용사를 중심으로 그것을 해치는 존재를 제거하며 고집스럽게 현재 상황을 유지하려 하는 기존 시스템은 조만간 한계가 올 겁니다. 마이어 가문처럼 세계의 균형을 붕괴시킬 수도 있는 개발을 비밀리에 진행하는 자들도 있고요."

"그러면 어떻게 해야 할 것 같은데?"

"장사를 자유롭게 만드는 거죠. 상인들에게 절도 있는 경쟁을 하게 만들고, 현재 상황을 유지하는 게 아니라 사회 전체를 발전시키는 거예요."

점주님이 눈살을 살짝 찌푸렸다.

"성급하구나. 너는 '절도'라고 하는데, 만약에 자유와 무질서 사이에 틈새가 있다고 치고, 어디에 선을 긋지? 그걸 어떻게 판단하지?"

"점주님. 일단 자유로워지지 않으면 선을 그을 곳을 판단하는 것도 불가능할 거예요. 인간은 앞으로 오랜 시간을 들여서 발전과 실패를 거듭하며 그걸 찾아내야만 해요. 그러지 않으면 마이어 가문뿐만이 아니라 실력이 뛰어난 야심가들에게 뒤쳐질 거라고요."

이번에 여행을 하면서 계속 하던 생각이다.

명분은 제쳐두고, 마족과 인간 사이에 실질적인 싸움이 사라지면 앞으로 인구가 계속 늘어날 것이다. 하지만 현재의 사회 체제로는 모든 사람의 배를 가득 채울 식량을 생산할 수가 없다. 그렇다면 규제를 풀고 상인들이 자유롭게 경쟁할 수 있게 만들어 주는 것이 식량 생산뿐만이 아니라 온갖 산업이나 물류 수준도 비약적으로 상승하고 사람들의 생활을 윤택하게 만들 수 있는 방법 아닐까?

그리고 지금 상황에서는 상인 길드의 엄격한 규제 때문에 각지의 상인들이 적극적으로 무기나 병기를 개발할 수가 없다. 그렇기 때문에 마이어 가문처럼 풍부한 자금을 지닌 일부만이 규제가 걸린 상황에서도 비밀리에 개발할 수 있게 되어 버렸다. 그로 인해 생겨나는 기술 격차는 심각하다. 그렇다면 그쪽도 규제를 풀고 일반 상인들도 무기나 병기를 비롯한 기술 개발을 추구할 수 있게 해서 격차를 줄이면 된다. 마이어 가문이 리다와 닷시를 손바닥 위에서 놀아나게 만든 비극을 되풀이하지 않기 위해서라도.

"……자유 안에서 사람들이 역사로부터 절도를 배운다고?"

나는 고개를 끄덕였다. 하지만 점주님은 한숨을 쉬었다.

"100년이나 200년 정도로는 해결이 안 되겠구나, 그건."

"그래도요. 인간은 자유의 폐해를 경험하면서 배워 나아가야만 해요."

"알겠니? 마루. 사람이 역사로부터 배울 거라는 생각은 그저 이상론에 불과하단다."

나는 천천히 고개를 저었다.

"점주님, 그렇게 단정을 내릴 만큼 지금 사회에 역사를 배운 사람은 많지 않아요. 종이가 비싸니까요. 책이 비싸단 말이에요. 민중이 배울 수 있게끔 책을 저렴하게 양산할 필요가 있어요. 아니, 좀 더 획기적인 정보 전달 수단이 있을지도 모르죠. 그것을 개발하는 것을 목표로 삼죠."

그러자 점주님이 약간 슬픈 듯한 표정을 지었다.

"마루. 인간은 말이지, 새로운 기술을 학습이 아니라 오락에 활용하는 자들이 대부분이야. 책을 저렴한 가격에 손에 넣을 수 있게 되더라도, 저렴한 가격에 편하게 정보를 얻을 수 있는 기술이 개발되더라도 마찬가지일 거다. 결국 기술의 발전은 한정된 사람에게만 힘을 주고, 현명한 사람과 어리석은 사람의 격차는 기술의 발전으로 인해 확대되겠지. 그리고 미래 사람들도 어떤 형태로든 본질적으로는 지금과 다를 게 없는 실패를 반복할 거다. 문제의 본질은 기술이나 정보가 아니라 인간이라는 생물의 본질에 있으니까."

그것은 점주님의 정의와 철학이고, 어떤 의미로는 진실이기도 할 것이다.

"⋯⋯그렇군요. 점주님은 인간에게 기대를 하지 않으니까 모든 것을 얽매어서 위기를 막으려 하는 거네요?"

내가 지적하자 점주님이 살짝 웃었다.

"젊기 때문이겠지⋯⋯ 너는 인간에게 지나치게 기대하고 있단다, 마루. 네게는 소양이 있고, 우연히 내게 교육을 받았다만, 홀

룽한 교육을 받고 정확도가 높은 정보를 얻는다 해도 모든 사람이 현자가 될 수 있는 건 아니야. 인간은 같은 '종족'이기에 눈치채기 힘들다만, 역시 타고난 자질이라는 게 있는 법이지. 마족처럼 말이다."

"점주님께서 그렇게 비관적인 분인지는 미처 몰랐네요."

내가 동정하는 마음을 담아 비꼬자 점주님이 의자에서 일어서며 슬쩍 피했다.

"다행히 시간은 아직 있단다. 용사가 없는 세상의 구제, 징세, 마물과의 공존, 화폐의 유통…… 새로운 사회 시스템 구축에 대해 앞으로 천천히 토론해 보자꾸나, 마루."

"……어. 이거, 역시 저를 길드 마스터로 만드는 흐름인가요?"

점주님이 이번에는 소리를 내며 웃었다.

"그것도 앞으로 정해 나가면 되는 거지. ……그래."

점주님은 맞은편에 있는 사무용 책상 위에서 무언가를 들고 이쪽으로 돌아왔다.

"너도 나중에 바츠에게 꽃을 가져다 주거라. '마루의 모습으로' 말이야."

그것은 그 안뜰에서 본 자그마한 파란색 꽃다발이었다.

◈ ◈ ◈

……50년 뒤.

내 이름은 마루. 성 아랫마을 파라그라에서 무기 상점을 경영하고 있다.

"매번 고마워! 여기서 장비하고 가겠어?"

"아, 네. 부탁드립니다!"

나는 가게 밖으로 나가 무기의 부속품인 허리띠를 매는 법을 가르쳐 주었다. 손님인 젊은이는 방금 손에 넣은 얇은 은 검을 뽐내는 듯이 허리에 찼다.

"좋은데. 모처럼 샀으니 장비를 해야지!"

요즘은 검이 실용품보다는 패션 요소가 강하다.

인간계의 도시나 마을 주변, 도로와 해로는 50년 동안 놀랄 만큼 안전해졌다.

왜냐하면 추천 아이템 제도가 폐지되고 강력한 무기나 방어구도 돈만 내면 어디서든 간편하게 입수할 수 있게 되었기 때문이다. 지정 보호 몬스터 제도가 폐지된 것과 더불어 도시 주변 마물은 거의 모조리 사냥당해 버렸다.

용사라는 제도도 폐지되었다. 그 대신, 지금은 각 나라가 협력해서 군대를 이끌고 마족의 영토로 쳐들어가고 있다. 총기나 중

왜 동검밖에 팔지 않는 것입니까 🗡

화기를 든 병사들이 쳐들어가는 것이 용사의 토벌 부대보다 훨씬 효율적이기 때문이다.

처음에는 마족이 기술 면으로 훨씬 우위에 있었지만, 욕망과 수적인 면에서 더 뛰어난 인간들이 그것조차 따라잡으려 하고 있다.

상인 길드 본부는 20년 전에 마왕성에서 철수했고, 본부의 업무는 선발된 상급 상인들만 맡게 되었다.

······이 세계를 보고 내 동생 바츠는 뭐라고 할까.

교육은 높은 수준으로 발전되었다. 지금 아이들은 학교에서 교과서를 읽으며 공부를 하고 있다. 문맹률도 엄청나게 떨어졌다.

하지만 그곳에서 배우는 역사는 나라에서 왜곡과 수정을 가한 것이고, 예전에 인류와 마족이 남몰래 손을 잡고 있었다는 사실은 알려지지 않았다. 마족은 여전히 '악'이고 증오해야 할 공격 대상이라고 배운다. 그 점은 용사가 있었던 시대와 별로 달라진 게 없다. 역시 인간에게는 공통의 적이 필요한 걸까.

······이 세계를 보고 점주님은 뭐라고 할까.

다양한 장사의 자유화를 추진한 결과, 사회는 눈부시게 발전했다. 하지만 안정적이라고 말하기는 힘들다. 간헐적으로 경제의 혼란과 붕괴가 일어났고, 그럴 때마다 규제가 생겨나고 있다.

과연 인간은 정말로 절도를 배울 수 있을까. 그러한 혼란이나 붕괴가 일어나지 않는 완전한 시스템이라는 것을 언젠가 찾아낼 수 있을까.

경제의 자유화로 인해 빈부의 격차도 확대되었다.

왕족이나 귀족 같은 계급으로 인한 격차가 아니다. 이번에는 능력으로 인한 격차다.

단 한 명의 개인이 출신과는 상관없이 그저 자신의 능력으로 기술과 지식을 흡수하고 사회에 큰 변화를 가져다주는 것이 가능하게 되었다.

빈민에게도 기회가 있는 사회……라고 하면 바람직하게 들릴 것이다.

하지만 그것도 나름대로 잔혹하다. 출신과 상관없이 능력이 떨어지는 자들은 도태되어 간다는 뜻이니까.

노력과 부지런함을 믿을 수 있었던 젊은 시절이 그립다. 지금 생각해 보니 마계에서 살던 상급 마족들이 하던 말은 인간에게도 적용되는 이야기였다. 다시 말해 노력으로 뒤엎을 수 없는 개체 차는 인간계에도 존재하는 것이다. 소질이나 재능을 타고나지 못한 자들에게 이 사회는 얼마나 차가울까…….

내가 해 온 일이 옳았던 걸까, 잘못된 걸까.

그 답이 나오는 건 몇백 년 뒤일까. 그저 지금은 혼란스러운 과도기일 뿐, 인간의 결승점은 여기가 아니라고 믿고 싶다.

좀 전에 왔던 손님을 배웅한 다음, 나는 가게 안으로 돌아왔다.

그러자 갑자기 다른 손님이 눈앞에 나타났다.

"……실례합니다, 그 동검을 좀 보여 주세요."

후드를 깊게 눌러쓰고 키가 매우 크다…… 목소리로 보아 아마 남자일 것이다. 하지만 그의 중장비를 보니 도저히 동검이 필요할 것 같지는 않았다.

그리고…….

나는 간판 아래에 걸쳐 둔 낡은 검 쪽으로 손을 뻗어 칼집을 살짝 두드렸다.

"아니, 이 동검은 말이죠, 장식이거든요. 저희 가게의 트레이드마크 같은 거죠. 그리고 요즘 세상에 동검 같은 건 안 쓰잖아요. 애초에 손님이 허리에 차고 있는 물건과는 비교도 안 될 것 같은데요. 그런 것보다 이 총은 어떠신가요. 검보다 위력도 강하고 사정거리도 길어요. 어지간한 마물이라면 한 방이라고요. ……아, 총알에 비용이 든다고 생각하시죠? 그게 말이죠, 사실 지금……."

"네가 상인 길드의 마스터, 마루지?"

후드를 쓴 남자가 내 말을 가로막으며 그렇게 말했다.

어…… 그렇게 말하며 고개를 든 내게 그가 조용히 말했다.

"나는 용사다."

"……네?"

용사 제도는 사라진 지 오래되었다. 뭔가 잘못 들은 게 아닐까

하는 생각이 들었다.

"너 때문에 우리 고향이 사라졌다. 어린 내 동생은 먹을 것이 없어서 굶어죽었다."

후드 너머로 나를 원망하고 있다는 게 뻔히 보이는 얼굴이 보였다.

비유가 아니라…… 인간의 얼굴이 아니었다.

나는 모든 것을 이해했다.

"……아. 너, 마족이구나? 용케 여기까지 왔네. 내가 길드 마스터라는 정보는 어디서 얻은 거야? 그리고 용사라니……."

"닥쳐라. 나는 너를 용서하지 못한다."

마족 용사는 허리에 차고 있던 검을 뽑아 들었다. 아니, 그게 아니다. 나타난 것은 검이 아니라…….

외날 무늬가 몸이 떨릴 만큼 아름다웠다. 저건 멀리 동쪽에 있는 나라, 쟈폰의《도》아닌가? 요즘 시대에, 그것도 마족이 어떻게 입수한 걸까.

"네가 세상을 이렇게 바꿔 버렸다. 죗값을 치러라."

그래, 네 말이 맞아.

격차를 확대시키고 인간과 마족의 균형을 무너뜨린 건 바로 나다. 하지만 내게는 나의 정의와 철학이 있었다고. 전부 내 생각대로 되지 않았을 뿐.

……뭐, 그런 이야기를 해 봤자 소용이 없으려나.

"깔끔하게 베어 줘. 아픈 건 좋아하지 않거든."

그렇게 말하자 용사가 도를 들어 올리고 자세를 취했다.

……아, 실력이 대단하네. 이 정도면 편히 죽을 수 있겠다.

나는 입술에 미소를 드리우고는 기도하는 듯이 중얼거렸다.

"……안녕. 좋은 사회가 되기를."

하지만…….

용사가 내려친 도는 앞에 있던 상품 선반을 두 동강 내고 멈췄다.

보아하니 내 몸은 아직 붙어 있는 것 같다.

용사는 어깨를 들썩이며 숨을 쉬고는 물 흐르듯 자연스럽게 도를 허리의 칼집에 다시 넣었다.

"……현자님께 배웠다. 테러리즘이 사회를 좋은 방향으로 바꾸진 않는다고. 역사를 역행하는 것에 불과하다고."

갑작스럽게 용사의 입에서 나온 단어를 듣고 나는 깜짝 놀랐다.

"현자님……?"

"병에 담긴 채 너와 함께 여행을 했고, 20년 전에 인간과 마물이 결별할 때까지는 상인 길드의 개혁에 참가했다고 들었다."

그 공부를 좋아하던 슬라임의 모습이 내 머릿속에 되살아났다.

그렇구나. 현자라니 대단하네. 그리고 네가 이 용사를…….

"현자님께서는 쇠약해져 돌아가실 때까지 네가 하는 행동을 어느 정도 이해하고 계셨다. 나는 도저히 이해할 수 없었다만."

용사는 자신의 마음을 가라앉히려는 듯이 사나운 이빨 사이로 길게 숨을 내쉬었다.

"현자님께서는 노력을 믿고, 교육을 중시하고, 정체된 사상을 지닌 마족을 계몽하셨다. 그리고 마족은 종족을 불문하고 배웠다. 노력했다. 역사를 알았다. ……인간이 욕망으로 물들지만 않았다면 분명히 공존도 가능했을 거다."

나도 진정한 의미로서의 용사 시스템을 필요로 하지 않는 '공존'을 꿈꿨었다.

하지만 인간 사회는 그런 방향으로 움직이지 않았다.

아무런 대꾸도 하지 못하는 나를 용사가 노려보았다.

"배우지 않는 건 인간 쪽이다. 절도를 모르고, 저속한 쪽으로만 흘러가며 자유와 무질서를 착각하는 만행을 저지르지. 우리를 적으로 내세우고 대의명분을 내걸고는 약탈을 반복한다. 교육 기회가 있는데도 불구하고 과거를 배우지 않고 잘못된 역사를 되풀이한다. 아마 우리 마족이 사라지면 이번에는 인간들끼리 서로 잡아먹을 게 분명하다."

"……반론할 말은 없어."

한마디도 없다. 찍 소리도 못한다는 게 바로 이런 상황일 것이다.

하지만 내 예상과는 달리 마족 용사는 불쾌하다는 듯이 이렇게 말했다.

"반론할 말이 없다고? 까불지 마라. 말해. 생각해라."

……말해. 생각해라……라고.

"……마지막 순간에 뭐라고 했어?"

"뭐가."

"현자님이 마지막 순간에 뭐라고 했는데?"

용사는 기억을 더듬는 듯이 한동안 침묵했고…… 그런 다음에.

"……현자가 되고 싶었다고."

아, 그 녀석은 목숨의 불꽃이 사라지는 그 순간까지 배우는 걸 포기하지 않았다.

현자라고 자신을 떠받드는데도 배움 그 너머를 바라보고 있었다.

마족의 일생은 태어날 때부터 정해져 있다는 고정관념으로부터 마족을 해방시킨 너는 분명히 현자였구나, 슬라임.

마족 용사는 후드 너머로 이쪽을 똑바로 바라보았다. 이상한 생김새에 당당한 지성이 깃들어 있다. 그 맑은 눈동자에는 포기라는 감정이 전혀 보이지 않았다.

"나는…… 너와 이야기를 하러 왔다. 마족과 인간이 공존할 방법에 대해서. 자유와 그 폐해에 대해서."

나는 완전히 하얗게 센 머리카락을 오른손으로 마구 헝클었다.

"어쩌면 정체되어 있던 건…… 나 자신이었나."

"그게 무슨 뜻이지?"

용사가 캐묻는 듯이 이쪽을 보고 있다.

"나도 좀 더 노력을, 인간을 다시 믿어 볼까 생각했을 뿐이야."

왜 동검밖에 팔지 않는 것입니까

왜 동검밖에 팔지 않는 것입니까?

2024년 4월 30일 1판 1쇄 발행

저　　　　자　에프
옮　긴　이　천선필
발　행　인　유재옥

이　　　　사　조병권
출판본부장　박광운
편　집　1　팀　최서영
편　집　2　팀　정영길 조찬희 박치우 정지원
편　집　3　팀　오준영 이소의 권진영
디 자 인 랩 팀　김보라 박민솔
라이츠사업팀　김정미 맹미영 이윤서
디지털사업팀　박상섭 김지연 윤희진
영업마케팅팀　최원석 박수진 이다은
물　류　팀　허석용 백철기
경 영 지 원 팀　최정연
발　행　처　(주)소미미디어
발 행 등 록　제2015-000008호
주　　　　소　서울시 마포구 토정로 222, 502호(신수동, 한국출판콘텐츠센터)
판　　　　매　(주)소미미디어
제　작　처　코리아피앤피
전　　　　화　편집부 (070)4260-1393, (070)4260-1391 기획실 (02)567-3388
　　　　　　　판매 및 마케팅 (070)8822-2301, Fax (02)322-7665

ISBN　979-11-384-8240-0　(03830)